中国书籍文学馆
名家文存

闲笔杂说

王必胜／著

中国书籍出版社
China Book Press

图书在版编目（CIP）数据

闲笔杂说 / 王必胜著 . —北京：中国书籍出版社，2014.3
（中国书籍文学馆 · 名家文存）
ISBN 978-7-5068-3960-0

Ⅰ . ①闲… Ⅱ . ①王… Ⅲ . ①杂文集—中国—当代 Ⅳ . ① I267.1

中国版本图书馆 CIP 数据核字（2013）第 306294 号

闲笔杂说

王必胜　著

图书策划	武　斌　崔付建
责任编辑	钱　浩
责任印制	孙马飞　张智勇
出版发行	中国书籍出版社
地　　址	北京市丰台区三路居路 97 号（邮编：100073）
电　　话	（010）52257143（总编室）（010）52257153（发行部）
电子邮箱	chinabp@vip.sina.com
经　　销	全国新华书店
印　　刷	三河市华东印刷有限公司
开　　本	710 毫米 × 1000 毫米　1/16
字　　数	152 千字
印　　张	14.5
版　　次	2014 年 5 月第 1 版　2022 年 1 月第 2 次印刷
书　　号	ISBN 978-7-5068-3960-0
定　　价	48.00 元

版权所有　翻印必究

目 录

上辑 文坛闲说

- 002 打量南北，杂说京沪
- 010 读写他们
- 074 读·看·想
- 080 品位和风骨
- 085 地域、自然与文学
- 088 关于"茅奖"
- 091 生态美文之魂
- 094 散文和我们
- 103 文艺评论的姿态
- 106 散文这个精灵
- 110 散文的几个关键词
- 116 纸上性情堪可欢
- 119 思考者的背影
- 122 敬畏生命　春暖花开
- 125 丰富厚重的"大同读本"

下辑 浮生札记

130　生命与故乡
134　电脑苦乐
137　学　车
142　牌　局
149　球迷 W
152　感觉时间
155　这个夏天
158　霍金的分量
161　感谢世界杯
163　永远的廊桥
166　低碳与我们
169　塔中一日
185　莫斯科二章
193　婺源看村
196　徐霞客的上林
199　宜兴龙窑
203　小城大馆
209　邂逅美国"大选"
216　唯美卢塞恩
220　酒之魂

上辑 文坛闲说

打量南北，杂说京沪

——当前文学断想

一

当今文坛有没有一个派，不好说；当今文学界的某一类创作，能不能从一个地域来划定和规范，也不好说；叫做什么派的，或者冠以什么味的文学，能不能带来经济效益，增加"卖点"，收回成本，或者推出一个作家，成就一方人士，也不好说。人说，当今文坛是杂语喧哗，诸神亮相，跑马占地，大小鬼争位；又有人说，当今的文坛，是老树新枝，小树奇葩，杂花生树，群莺乱飞，目迷五色，各领风骚；还有人说，文坛最耐不得寂寞，没有的要叫板呼唤，有了的就应声鼓噪，献媚市场，推销促销，应有尽有，不一而足……因此，提出文化和文学的"南派与北派"、"京派与海派"等等，好像太专门太学究太迂执太形而上了。也有人说，眼下文化进入大一统，世界变小，地球村，人类意识，说派分党，好像太局限太狭小太具体了。

当一个热闹的文坛，没有主调，众声喧闹，荤素全席，鬼神共舞，用一个传统的话题来梳理，是不是太那个，又太不那个了。所以，面对开放多元的文化时态，面对文学的"五胡之乱"，说京派海派，说南方北方，是个难题。

如果说，有一种文化形象发生学曾在过去备受关注，以研究海派风格群体为其课题的话，而今这活儿很少有人去干，因为他所面对的多是一些难以诠释、难以作解的，恐怕也并非三言两语能说清楚的问题。所以，说京城沪上，说南北东西，这派那派，虽话题老旧，却好像"白头说玄宗"，恍如隔世。

不过，设若数典寻根，从老辈人那里找根据找说法，何南何北，把京畿沪上作为有特点的地域文化现象来评说，自上辈人上上辈人就开始了。近现代以来，不少学者为此撰写专文，最著名的有鲁迅先生的《北人与南人》、林语堂的《北方与南方》等。在我的印象中，过去说南北的异同、南北的划分，多是以北京和上海为轴心为圆点，辐射开来。所谓南北之比较，多是北京与上海的比较，北派的代表是北京是所谓"京派"，而南派的代表则是上海，是所谓"海派"了。如果说，南北文化是铸造了华夏文化的基石的话，而京派与海派则是它的集中体现。

近年里，理论的思维变为一种奢侈。君不见，这种从地域特色的区分和关注渐次淡漠，论者们连过去多为提及的文学以至文化的群体性，也少有涉及。这是因为，当今文化呈多元驳杂状态，繁复的文学景观，难以用地域特色和风格流派来梳理，各种文化取向大多呈现出一种外向发展的趋势。碰撞、交融与糅合，成为当今文化或文学的一大走势、一大潮流。在本土文化同外来文化的交汇成为时尚的时候，当不同的文化风貌竞相展现，各种文化潮流风行的时候，所谓"山药蛋"、"荷花淀"等某些区域性划分，并不全是人们认识当今文学现象的一个坐标。

还是那句名言，不是我不明白，而是这世界变化太快。所以，在一个开放的时代，一个现代化文明进程期冀着同世界接轨的社会，文学和文化，成为开放宏阔的形态，吐纳八方，本土文化的区域性在现代观念的冲击下，也由内敛聚合变为外向收取。一个民族的文化如此，一个地域的文化如此，甚至一个群落的文化亦复如此。

如果我们不惮固执、吃力不讨好地对这派别说三道四的话，我们难以脱开既成的定式，也难得走出前人的思路。所以，我们的话题只能是"打量"南北，"杂说"一下京沪而已。

二

如果我们沿用这个"派"的说法，我倒觉得不妨以南派和北派论及较为确当。鲁迅先生当年曾由海派与京派论争，而谈到北人与南人的异同，说到文化的地域性和地方性。今人余秋雨、杨东平诸先生也曾说到地域文化的不同形成了人文精神的差异。那么在当今文化与文学的发展中，南北相较，异同何在？

诚然，在诸多先贤同侪中，论及北方南方，忘不了拉出法国哲学家丹纳所言立论，文学的种族、环境与时代的三要素，决定了她的性质她的面貌。当天阔地远、大漠落日、古道孤烟的苍凉，同征夫涕泪、羁旅情怀、金戈铁马、号角连营，发为心声，融会为文学，是一种高亢昂扬、感天泣地的诗篇；而小桥流水、杏雨江南、风行荷上的物华风情，造就了一种婉转曲致、神秘诡黠的文学魅力。前者有急公好义豪侠之气，而后者多是阴柔细绵的纤巧。这大致成为数千年来两种文学的基本特色。在今天的文学中如果单是从其风格情态来看，仍然是北方雄浑与南方的绵邈，仍然是大江东去的浩气豪气，同绿杨荫里的灵动和清丽曼妙的区别。

但在文学最本能的意义上，北方长期以来重教化的传说，入世情结，帝王之气，挥斥方遒的政治意识，又使得文学具有经世致用的入世之风，每每在"致君尧舜上，更使风俗淳"的理想中，寄寓着文化的功用意识，寄寓着高歌豪迈的人文抱负。而南方的文化民间性的特色，重商的传统，致使文学的娱乐性突出。这曾经为众多论家所涉及的文化特色，至今仍然是我们考察这两种文化两种文学的基本点。

也可以说，在当代文学的发展中，我们看到的是，由传统文化衍生出来的南北文化差异在今天仍复如此。我们还看到，从北方的文学领地上，那边关的诗情勃发，那黄土地上征服大自然的心声，那中州大地上人们对历史的诘问，那关中地方对民族精神的开掘，都无一例外地把当今文学的社会性功能发挥到极致。这无疑形成当今北派文学的主力军。而从南方文学的方阵中，我们也不难找寻如上的文学景象，可是，南国变化流动的生活，多化为文学精细的情调，廓大荒寥的背景，在清新而轻盈的文化因子中，多浸润出风动幡转的哲思，数千年来屈子行吟的奇崛浪漫和六祖慧能的禅意高妙，把南人坚韧顽强、精细覃思、生生不已的精神，糅合到文学的情致上。北方的文学多是内容上的气势雄浑，所谓燕赵多慷慨之士，临风悲歌，壮怀激烈，萧萧水寒，成就一世文名和英名；而南方的文学则在情调和形式的精致上，多变化和创造。当然，这是相对而言。当一种沉郁浑然的文学之气象，与另一类阴柔葳蕤的文学风格，出现在不同地域方位的同时，我们看到的是，婉约和豪放的区别，透过表里我们看到的是文心文气的不同。与此相类的是，北方的文学注重的是传统，是宏大的规模，鸿篇巨制，从司马迁的史传传统到明清四大古典小说的大场面，都是以宏阔的篇幅和纵览生活的笔力，宣示了北方文学的思想的穿透力，而南方的阴柔清丽、神秘而狡黠的气韵内涵，留给历史的是清幽峭丽。以散文为例，北方的游侠孤傲的灵魂，与南国的"夕阳下的小女人"情调，最鲜明地划出了自古以来"秋风胡马塞北"、"杏雨春风江南"的不同。文学北派南风，千年以降，在最基本的风格上，是一阴一阳的比照互补，是一种对比中的美丽。

这数千年的南北文学的传统风格,其变异十分沉滞迟缓,也就是说,在基本的两极风格中,北派与南派,基本葆有着原生的文学情态,这也应和着所谓文学发展的时代性、人文传统和地域特色的说法。而在一个信息时代,一个新的文化精神观照下,这种老大的风格,也同我们今天对文学本体的理解发生变化一样,不可避免地有些许的变异。这个变化和变异,也增加了论者们专门从地域性考察文学的难度。没有了过去那种泾渭分明的文学分野,没有了过去显见的差异。更不用说,在同世界文学的一体化进程中,东西方文化的撞击和交流,改变了传统意义上的封闭性,也发展了对文化的认识。

幸也,憾也,不太好说。

三

京派文学如果作为一个专有名词,她的存在更多的是研究的意义,换句话说,所谓"京派",早已名存实亡。京派文学,我以为,自老舍以后就走向式微。北京作为文化重镇的人文内涵,作为首善之区,其政治文化中心的地位,在文学的认宗立派方面,占有绝对的天然优势。这容易造成一种错觉,无论京派是否还能成学立派,是否还有继承者,是否还有代表派别和学说的真功夫,在某些习惯思维者那里,仍把她作为一个流派来信奉。

所以,如果说京派曾作为历史上一个文化现象存在过的话,而今这个文化的流派已成为零散的碎片,作为文学更是没有一种特定的内涵,缺少代表特有的文化内涵的作品和作家。仅是那种写地方土著生活,或者描绘京城都市的斑斓光影,是不足以构成文学特有的阵势的。另一点,主要的是,如今描绘北京大都市文学或文艺的,其主力军都是一批新生的作家们,他们对作为北派文化的代表京派文学多是从逆反的思维出发,如果说有所继承和借鉴的话,是它的戏谑性和幽默感。在同样描写都市生活的文学中,京城的作家们调侃味浓于沪上作家和南方作家。同样，首都的权威意识，天子脚下的皇都意识、政治情结、自负情结和老大情结等等，熔铸了京城作家们的敢言敢写的勇气。当代文学史上的最主要的几类文学现象，都少不了北京作家的参与。说京派的不复存在，还有一点是，首都的文化人大都是来自外地，从出生来说，南人居多。而在京都实际上是两拨人：一是属于北京市辖，这类人又多是本地生长，从地段上划分是地道的京派骨干；一是生活在北京，而工作在中央机关，纯"北京意识"弱少，他们从五湖四海来，大部分是南方人，对北京本土文化不熟悉，相融也太难，而且这类作家创作生产力也较旺盛，无形中对形成本地文化流派是个耗散。目前，形成京派文化的合力业已消散，尽管京城文学当中，曾有过少数的创作集体，也出现过共同创作打响了的作品，比如，运河文学，但是，由于缺少相近的文学主张和文学实践，人员成分纷杂，也就难以再现一个流派的成绩。

相对而言，海派沪上的文学相似性更多一些，或许是南方文化的相融性强，或许沪上的文化内质本身的凝聚力，也或许作为地域特色的上海城市文化更为显著更为单质……尽管在海派文化的传统中，个人性的操作较之北方来说更为单纯，可是作为一个群体的文学现象，上海的都市风格和情致，尤其是写当下城市生活所展示的文学面貌，是其他地方的作家们所不及的。上海的文化传统不及北京深厚，但开埠以来对外域文化的汲取，则是其他城市所不及的。上海文人的机敏和精细，干练和潇洒，能够在逼仄的题材里完成漂亮的活计，冲破亭子间意识、走出城隍庙的意识，俯瞰文坛急于功名的心理，在大上海都市气象中，不免透示着文人的小家习气。沪上的文学运作多是不张扬不叫卖的，却往往因了操作的精到而能得成。有句流行的话是，北京人看所有的人是外地人，上海人看所有的人是乡下人，确实与否，不去管它，但清高和自负作为人与生俱来的陋习，而在上海人那里通过这样流行语更为彻底地得到揭示。文人相轻，往好的方面说，是一种动力。上海人也许因了物质方面的优越而在文化方面也有睥睨大千、目空万物之概。群体意识、圈子意识，相对而言，上海人要少一些，可是作为一个体的保护意识，则相对其他地方又强烈些，极可能发展为狭隘的"保护主义"、封闭主义和老大思想。同北京相比，上海的老大是一种不容忍的老大，是力图平分天下的老大，而北京则是一种先入为主的老大，是自我欣赏的而疏于叫真的老大。所以当一种文学现象或一种文化景观出现时，北方与南方，总能闻到唇枪舌剑的火药味。

还有，作为一个略为称派略为成派的群体，北京往往容易推举出领衔人物，往往自觉和不自觉地寻找出精神领袖来。这或许同王朝时代的文化遗风有关，或者是一种战术，当然还取决于团队意识，不同的是上海更注重单兵作战，或者是没有首领的为自己而战。

如果说文坛有"战火"的话，在当今文坛上，居于南北两大文学重地的北京和上海，算得上是"战争"的发源地。这几年的讨论，虽正面冲突短兵相接的阵地不全在这两大阵营，然而，很多的导火线是从这两处引发的。因了这北方南方的"冲突"，文坛的许多话题才有所深入。在这样的"战争"中，北人和南人在地域上的概念已不复存在，而且也并不多为地域而战，为阵地而战。不过，相互间的地方意识，多多少少地化为壮士的一种精神动力。

北方以她的阔大苍凉，仍然肩起当今时代文学的主导，她的传统文化精神毕竟成就了她的主体风格，而在走向新世纪之时，她仍然是雍容大度，高视阔步，在没有指令下完成一种首席官的任务。在某些人看来，在她的羽翼下，京城渐渐修炼一个精神朝拜地，所以，当一些文艺作品需要得到指认的时候，进京或"晋京"，就成为自然而然、平平常常的事了。而南方利用地远心偏的优势，默默地积蓄着力量，等待着爆发。上海则更是进可以攻，退可以守，与大者比肩，与小者同道，寻机张扬自己。也许这种制约与融合，求同与存异，皈依与背离，成就了一个多元化、无主谓、少权威时空的文学发展。但这些，于文学于文化，对耶非耶，不太好说。也许，这种对文学的所谓地域方位的划分权当一种理论的阐述，一种文人的庸人自扰。

1996年7月

读写他们

—— 一本散文和一组作家书信

一、电脑引发的

电脑的普及，无疑解放了我等吃文字饭的诸位。尽管用电脑办公十多年了，眼睛为之降低了度数，还冒着辐射的侵害，而这个电辐射、光污染的家伙，还是给我等坐办公室的极大方便。至少，查资料、写东西十分得便。而且用上了这五笔字型，字随意到，敲击快慢之间，文字跳跃闪动，声音噼里啪啦，有动感，有声响，也有光影。这可人恼人的家伙，还是方便也好玩的。

可问题是，习惯了，熟练了，长短文字都是这电脑代劳，懒于握笔，而那十分心爱的书写，或者手书，却成了往日的记忆，变得陌生而珍贵了。

这就是现代文明付出的代价吗？

是的，我们在孩童时期，有老师和家长逼迫，谁没有过描红，没有灯下练字习书，或者，在课堂上欣赏个别老师的板书，再者，稍长之后谋生他乡，用急促而眷念的心情，铺纸展笔，寄写家书的经历？那是一种温馨的回忆，一种难得的心情！

所以，那些书法或者叫手迹的东西，今天变成了一种收藏。收藏可能就是缺失，对我们这等爱好写写划划的人，多少有点惆怅而失落的！

枯坐电脑前，生发这多感触，几近常事。于今，我偶然翻出近十七年前（可怕的十七年啊），因编辑一本散文选集，与众多作家朋友的信函交往，更加深了这番感触。

二、编书成全

事情还得从头说来。

上世纪九二年冬或是九三年初，家乡人老简和老秦，司职长江文艺出版社，他们来北京组稿，提及到要搞一个什么选题，即使不赚钱也要出的书。他们态度坚定，大家各方想法子。于是，就有了我和同样算是乡党当时任职文艺报社的潘凯雄的合作，就是后来也还算有点意思的一本《小说名家散文百题》的图书。我敢说，这样的选题是一个独创。那时，新时期文学历经八十年代红火，九十年代的稍嫌冷寂，而散文好像别有不同，热闹的小说家和不甘的小说家们，加入了这个阵营，成集团阵势。也可以说，自那之后小说家散文渐渐兴起，而且，有着十分看好的前景。在这本书后记中，我写了有关情况——

> 编小说家散文之类的选本和专集，也不是鲜见的题目。好多这类的东西，问世后并不走俏。闲聊之余，我们说及到让每位入选者写上五六百字的"散文感言"或"散文观"之类文字，以纲带目，兴许能区别于同类选编而见出新意来。
>
> 想法归想法，付诸实施不是件容易的事。首先入选者名单，

是很慎重的。书名冠之以小说名家，这"名"一定要严，要有标准。一是要活跃于新时期以来文坛的小说高手，同时又有为人称道的散文新作。

为使选本有权威性，葆其特色，我们请作家自荐作品。入选的五十多位名家之作，除个别老先生因年事已高不做便打扰外，余者均为作家们自荐。不少作家手头工作和创作任务繁忙，却十分热情不吝赐文，尤其是那精粹的短文"散文感言"，作家们不嫌琐碎，鼎力相助，使我们深感友情的可贵。当然，这些来自创作实践的夫子自道对读者和文学也是十分难得的。

编选工作仅是微薄之劳。记得把编书的信息告诉一些作家师友，都爽快支持。王蒙先生在出访国外前的空隙，第一个将"散文感言"写就。在海口，韩少功兄的文稿，放在摩托车后方被当作钱物遭窃，数日后又重新复印，并据记忆重写一篇"散文观"送给我们；还有汪曾祺老的手稿刚完即复印寄赐；刘庆邦兄自谦散文写得不好，专门为本书写一篇，都令我们感动。——众多的亦师亦友的作家们，寄来文章的同时，亲笔写来信件。

时光荏苒，但现在想起来也记忆如昨。当年，编选之事在拟定选题后，略微确定了一个名单。名为小说家百篇是个概数，以我们感受到的有特色的小说名家，以其小说在当下活跃走红为标准，当然，私心是以青壮年和我们熟悉的为主。于是，就地北天南，先后反复，最后选了55位。

从我保存的一份有点乱散的初定名单看，是以老者领衔，以地区比如北京、上海等划分，名单定好后再传到出版社，由他们打印一个约稿信件，盖上公章，再从北京寄发。一来二去，到了三月八日我和凯雄分头寄出约稿函。

十多年后，拣出这些信件，有七位作家已作古，他们是冰心、巴金、孙犁、陆文夫、汪曾祺、高晓声、叶楠，看他们的文字，不免唏嘘，也让我有赶快写下这些文字的念头。

三、在海口，韩少功丢文稿

没想到，这诸多来信中，最早的一封是来自遥远的海南的韩少功兄。他写道：

必胜：近好。

　　回北京一路可顺利？寄来五百字以内的散文观，你看能不能用。

　　一回生，二回熟，这次认识你很高兴，对你木讷之下深藏着明敏和幽默有很深印象。还盼以后在什么好玩的地方重聚。颂

　　顺适。

少功　93，3，6

　　另：你为贵报约写散文一类的事，我找了找，寄上一篇未曾公开发表的，不知是否合用。不用掷还，不必客气。

少功的字是用海南省作家协会的三百字稿纸写的。这在当时是很常见的单位公用稿纸。字写得秀气流利，还有点行书味。坦率地说，从书法角度看，不敢说很有特色，当然，这十多年后，他，包括这篇文章所涉及的诸位，可能潜心或不经意地成为书法高手，也未可知，在这里，仅以当年的书信文字解读和诠释。若有不妥或不恭，包涵了。

信写得很家常，看出他是个很细心的人。少功对我的几句评价，也没客套，令我感动。更主要的是，这寥寥百十字，却是这一组书信的开篇。

与韩少功兄相交，是在海南后的一个笔会上。那是1993年2月21日，当时从安徽到海南的作家潘军，在海口经商有了点实力后，以他们公司的名义举办了一个"蓝星笔会"，其阵营较为庞大，约二十多人，记得领衔的是汪曾祺老及他的夫人施老师，还有文坛上甚为活跃的诸才子们，以北京南京武汉广州方面的为多。那天我从上海飞到海口时，作家刘恒到机场去接我时穿一白衬衫，而我从北边来，一身厚实的皮夹克，极为反差，至今记忆如昨。有何志云，他和我同住一屋。这两位仁兄，在北京就熟悉，海口几日多有相处。还有南京的苏童、叶兆言、范小青、赵本夫、俞黑子、范小天、王干、傅晓红，北京除刘恒、何志云外，还有王朔、陈晓明，上海有格非，海南有韩少功、蒋子丹等，广州有张欣、范汉生、田瑛等，武汉的方方前半程参加，后去了另一个会上提前离开，吉林宗仁发，天津的闻树国，安徽的沈敏特，海口的除韩、蒋外，还有一些人。真正是天南海北，群贤毕至。为写这篇文字，想查找当时参加笔会的人名单，可没有原始的记录，只凭印象，大约还有几位。

那几天，作为东道主，潘军用他能够想到的办法，让这些来自各地的作家们，坐镇海南谈文学，把这个蓝星笔会弄得像模像样。对这个会议，印象是面对市场经济的冲击，作家们感叹这变化之快，有点出乎意外，会上，就文化的商品性与市场化也多有涉及，记得开了两个半天的会，在一个圆桌似的会上，大家都认真，说三道四，有大言滔滔，有随意即兴的，对当时商品经济和市场化的社会现实，有着较为敏锐的感悟，会议好像没有太集中的主题，也没有形成什么统一的结论，有点神仙会的味道，其本意是主办者想借此活动，让大家聚会海南。无论怎样的初衷，这有点民间味道的笔会，在当时以较大的阵营和规模，形成了影响。日后几天到三亚发生的小插曲，更是让这次笔会增加了谈资，让人难忘。当然，也有通常的旅游采风。只是去了三亚，天涯海角边上沐浴椰风蕉雨，文学也变得可爱。汪曾祺老先生那时酒量很在状态，酒后多有妙语，他几次同范小青、张欣等女士比试酒量,虽有夫人在旁管束也无妨,常常是兴味盎然,酒意阑珊。最可记忆的是,在三亚一个好像叫唐朝还是唐都的酒店,凌晨时分,在睡意沉醉之时,同住一屋的叶兆言、格非,突然被闯进的蒙面者喷了迷药,眼睁睁地看着被抢走了两块手表,所幸人没有什么伤害。这样一个正规酒店却被人拧开门锁盗窃,闻所未闻,虽然获赔了,但凌晨惊魂,让笔会结尾时有了高潮。

在这次笔会上,也是地主的韩少功,几天的会都参加,记得还邀请大家去他家做客。那时候,他从湖南到海口,住在海南师院。可能以前在什么会上,我们见过,却没有深入交往。但在海口一见如故,在他家我向他索稿。他答应要挑出文章在我回程时带走。过后,在宾馆的会上,他说好拿来文章的复印件,可是,不小心放在摩托车后面弄丢了,他说是在上楼的一会功夫,被小偷当宝贝顺走。

这样,本来当面给我的文章,被小偷拦劫后,改由他邮寄,就有了这封信件。因祸得福是也。让我感动的是,他重新把那感言文字回忆下来(按当时我们的统一要求,每个作家提供六百字的散文观),随信寄来了三百字的"散文观"。可惜的是,当时排版印刷都是手工,一些原稿送到车间拣字后了无踪影了。

少功写的"感言",还有个题目《不敢随便动笔》。文字不长,照录如下:

> 散文是最自由的文体,是最迫近日常生活和最不讲究法则的文体,也就是说,是技术帮不上多少忙的文体。散文是心灵的裸露和袒示。一个心灵贫乏和狭隘的作家,有时候能借助技术把自己矫饰成小说、电视剧、诗歌、戏曲等等,但这一写散文就深深发怵,一写散文就常常露馅。如同某些姿色不够的优伶,只愿意上妆后登台,靠油彩博得爱慕,而不愿意卸妆后在乱糟糟的后台会客。

造作的散文，无非就是下台以后仍不卸妆，仍在装腔作势，把剧中角色的优雅或怪诞一直演到后台甚至演到亲戚朋友的家中。

这样看来，散文最平常也最不容易写好。成败与否完全取决于心灵本身是否具有魅力。

我本庸才，因此从来都不敢随便动笔写散文。

韩少功提供了两篇作品：《作揖的好处》、《然后》。这两篇散文风格各异，前者以说理为主，从五个方面来论及作揖这个当时被热议的一种礼仪的"好处"，行文犀利明快，简捷思辨。后一篇是怀念莫应丰的文字。"然后"，是他的同事作家莫应丰在弥留之际"冒出的一句疑问"。而这个"然后"的疑问，包含了什么，对此，少功追问："然后什么？逝者如川，然而有后，万物皆有盈虚，唯时间永无穷尽，……岁月茫茫，众多然后哪堪清理，他在搜寻什么？在疑问什么？"从莫应丰与命运的抗争，到他不幸染上重病，到最后的归去，他感叹："命运也是如此仁慈，竟在他生命的最后的一程，仍赐给他勇气和纯真的理想，给了他男子汉的证明。使他一生的句点，不是风烛残年，不是脑满肠肥和耳聩目昏，而是起跑线上的雄姿英发，爆出最后的辉煌。"少功对莫应丰的"然后"，进行了解读，也是亡友的怀念与纪念。逝者已去，生者怀念，有深深的纠结和诘问。对莫的怀念，虽是人生的几个片断，一个耿直而纯真的小说家，跃然而出。这就是少功散文的力道。

散文可说是韩少功的副业，他认真，"不随便动笔"，却成绩卓然，仅列举篇名就可知他的收获，计有：《面对神秘而空阔的世界》（浙江文艺出版社 1986 年）；《夜行者梦语》（上海知识出版社 1993 年）；《圣战与游戏》1994 年；《心想》（天津人民出版社 1996 年）；《灵魂的声音》（吉林人民出版社 1996 年）；《世界》（湖南文艺出版社 1996 年）；《韩少功散文》（两卷集）

（中国广播电视出版社 1997 年）；《完美的假定》（昆仑出版社 2003 年）；《阅读的年轮》（九洲出版社 2004 年）等。

少功的散文作品，我以为，当年的《灵魂的声音》、《完美的假定》以及晚近的《山南水北》几部，较突出地反映其散文特色。他多是以思想性见长，从日常生活、平常故事写人生，有人文精神的贯注，信手拈来却含英蕴华。他的语言讲究，精致而不干涩，典雅而不浮华，有张力，多智性，重文气。不太引经据典，也不掉书袋。可以说，韩式散文已有某种特定的范式，换言之，大众情怀，人文视角，理性思辨，构成了其散文底色。散文于今，乱花迷眼之中，多有诟病，无论如何，期待散文的知性和理性，识见和文气，是当下散文界的共识。而这恰恰在少功的作品中相当充分。这多年来，如果将小说家散文排行，他的创作，不仅是蔚为大观，也是名列前位的。

之后，与少功兄也是在某个会议上打照面，见面很少，但他这些年每有动静，还是很关注的。他小说创作中继续着先锋的锐气与寻根的厚实，两条路数并立而行，常有佳作，并时不时有较大声浪。九十年代初他较早翻译的米兰·昆德拉，成为一时话题；日后的长篇小说《马桥词典》，更是有争鸣与争议，以及他到湖南汨罗乡下有如梭罗式的田园耕读生活，都曾在我的视野中捕捉。近十年来，每年我们都编一套年度优秀散文随笔，他的作品也常在选中，偶或与他打个招呼，或者也先斩后奏，以为是熟人就没多介意，自作主张他也不计较，默默中感受到他的美意。

只是这年头电脑挤兑了笔，人也懒了，好多美好，只是在回味和怀想中重复。

四、"随意说"的方方

第二封信是武汉的方方。时间是三月十六日。

方方算是以小说《大篷车上》登上文坛的．上世纪八十年代初，文学激情澎湃，风光无限。小说有读者，也有电影人青睐。方方的这篇小说也借电影走红。她还写有《十八岁进行曲》等小说，大概是号准了那一时期社会奋进的心态，抒写了青年一代进取心理，很有读者和观众。尔后，方方多篇写实小说问世，及至八十年代末，《风景》、《祖父在父亲心》中等小说，奠定了她写实小说家的地位。卓尔不群，锐利峻切的风格，沉重的历史情怀和对人情感的穿透力，她的小说成为新写实的佼佼者，她并不特别拘泥于某种地域文化，却有强烈的精神力度。方方散文也有一种刚性和率真，在柔软中显示坚硬，直抒胸臆的畅快淋漓，如行云流水。

关于散文的感受，方方写道：

> 我非常喜欢"随意"这两个字。我觉得无论是作文还是做人，这都是一种境界。我作文章素来主张随意，尤其是散文，心到意到笔到，这是起码的。那种刻意作文，每文必想文眼所在，思想意义所在，以及上升到什么高度等等，一定是很累的。写的人累，读的人亦累……人们现在已经越来越广义地去理解和认识散文了，不再只是读到华丽的词字和句子才说那是。这正是散文越来越随意的结果。随意便展示出了个性，而个性的作品总是容易受人青睐的……
>
> 很久前有人问我你在什么状态下写小说，我说："怎么舒服怎么写"。这就是一种随意，对写散文，我仍得这么说。

方方自荐的散文以"都市闲笔"为总题，有"跳舞"、"看电影"、"看病"、"刍言"、"书病"五章。这组随笔中，她写平常生活事相，以明快并略带幽默的语言，对都市的现代生活现象，从自我的感觉和参与中，进行言说。跳舞曾为当时的全民运动，如何呢，尽管有种种好处，但她却并不坚持，从有兴趣到愿意为看客，因为，与其大汗涔涔，不如安静地一旁欣赏别人。同样，在电影场上的秩序乱，再好的影片也是一种作践；看病与生病，买书与读书，这诸多矛盾的统一体，其中况味，她是步步地解读，并让"闲笔"关乎心情，性格，人生的态度，当然，也有人间烟火味，闲而不枯。

方方的散文不多，但精致，她多是随笔类，在谈天说地中描绘生活世相，在关注现代人生的生活状态同时，注重人的精神需求。

如同方方"随意说"，她在给我的信中也随意地写上：

王必胜，你好。海南一别，不觉又去了半个多月（所托告诉池莉寄散文事已对池莉讲过），听说你们在海南玩得很开心，惊险事不断出现，显示了资本主义笔会的诡谲。我们这边的"社会主义"笔会，实在是祥和，安定，形势一派大好，可见"资"和"社"的分野随处可见也。一笑。

寄上散文一组。约七千字。创作谈谈得随意，其实，随意最好，有话则说，无话则不说，这当是写散文的最佳境界。（我这里是胡扯了）。

附作品。祝好。篇幅若长了可拿下看电影一文。

方方 三月十六日

信中，方方说的托池莉散文事，也是请她代约池莉自荐散文稿子。她是个认真的人，我顺便一说她还很当个事。她说的惊险事不断，就是叶兆言、格非俩在酒店里的被不明不白的迷醉后遭劫之事。那个奇怪的惊魂之晨，一时传向四方，而方方前半节参加了在海口的笔会，好像她还去贵阳还是一个什么地方参加另外会议，提前离开，她没有亲历那个惊险场面，所以，她在信中不忘逗一下我们。那一时候，思想界有所谓的"姓社""姓资"的讨论，关乎大节，可于她只是随意一用，恰当而幽默，可见放松随意,不拘形迹的顽真,这是方方的性格。

与方方多有接触,是因为湖北老乡又是武汉大学校友,最早好像是八三年前后,在武汉参加一个作协的创作会议,就认识了。因湖北的好多朋友,像於可训、秦文仲,还有作协的一帮人,都与方方合得来。一九九四年秋,武汉举办了全国的书市,她那时已主政《今日名流》杂志,也是热火朝天的时期。书市上,她们为宣传展示杂志的成绩和期待更多的读者,拉起了大展位,她事无巨细,跑前忙后。在当时办刊物,并没有什么经济效益,不像后来"办杂志向钱看"是各类杂志的目标。但她把杂志办得风生水起,影响一时。争睹名流,抓住了人们崇实的心理,一时报摊上争购脱销,成为那时特有的文化风景。作家办杂志,说来最早也始于海南的韩少功,他同蒋子丹办的《海南纪实》,打人文选题牌、新闻政治类的延伸旗号,常有不少的文章引起轰动,杂志声誉不胫而走。或许从人物纪实的角度,方方看到了潜在空间,接手并改版了这份刊物。在武汉这个中部地带,办活一分人物杂志,并没有多大的人文优势,也不是真空的地带。后来,种种原因,杂志无疾而终。但方主编和她的杂志,其思路和创意,让人敬服,在出版界和文坛也留下了佳话。

为此,她在另一信中说:

王必胜:你好!许久没联系,近来可忙?

我近年在办杂志,忙得什么也没写,现在总算告一段落,想继续我的"写作生涯"。办杂志一年,也还有趣,尤其见到杂志出来,众人称道,心里也十分高兴,辛苦一场,其实也就为这份高兴。并忍不住让诸朋友共分享之。特地寄上二册给你,请多提意见的同时,亦帮出点点子。北京地势高,视野辽远些,比之武汉,新思想新见识要多得多。

另外,若能介绍几个贵报笔头的厉害的记者给我刊,那不是

帮我们大忙了。就档次来说，在我刊发作品是不会辱没贵报记者的。一笑。祝

春安。 方方 3，12

我猜想这信是在九五年左右写的。几年里，她无不集中精力，尽可能的利用各方的信息。那时杂志发行量不断上升，而且，与《海南纪实》一南一北，互为竞争，有得一拼。杂志事务渐渐走向正常。作为主编，她向朋友们传递了这份喜悦。她也希望扩大作者面，以为我的同事中有这类写手和高人，可惜的是，我没能帮上什么，当时忘记了有没有向她推荐了谁，后来也没有再过问，直至杂志停办承蒙她仍惠寄，却一点也没有帮上什么，总有点不安。

方方的信，写来也是率性随意的，亲切还不时幽默一下。她的字，笔力硬朗劲道，不讲究，很率性。字如其人，文见性情，然也。

以后与方方也是断断续续联系，好像她不太参加文学的活动，哪怕是武汉或湖北的文学事情，很少见到她，不知是杂志之事，耽搁了她想补回所谓的"写作生涯"，也不知是否她的习性如此。有几年的全国作代会，似乎都看不到她。或者，她在这些会议上多是低调行事。

大概是四五年前，北京有个中外文学论坛之类的，好像是东亚诸国韩日什么女作家论坛吧，那天，得知有外地朋友来，大家说聚聚，在我们单位附近的一个小餐馆午餐，一拨文友，方方她们来了，起先也不知谁能来，放弃高级宴请，就吃点廉价的川菜，一杯薄酒，还跑这远的路，或许是为了友情，这味道我想是最醇绵的。

以后与她间或有电子邮件联系，出任湖北省作协主席后，方方并不成为文坛的忙人，去年她还在德国写作两个多月。在多年的隐伏之后，她以作品来说话，《水在时间之下》《万箭穿心》等等，她的作品数量和锐气并没有减少，尤其是那根深蒂固的书卷气。最近与她相见是2009年秋天，她

从德国回来，在《北京文学》颁她的一个授奖会上，匆匆交谈，还是那样子，不像有的人几年没见面无论是形体外貌还是做派，都沧桑许多，变味许多。方方好像没有。当时，我开了个玩笑说，你还是那样的没有见长大呀。不知她是否乐意我这个随意一说。我以为她是那个老样子，纯真而豁达，没有多少客套。可能是写作让一个人永远有自己的状态。但，那也是要有修炼的。

五、朱苏进：南京不曾忘你

　　必胜文兄：信悉。彬彬老弟也谈到了你们海南行的佳趣，并带来了你的旨意。

　　我恰在编选自己的散文集（天知道何时才能出来），抽出两篇自以为可读之文，寄上呈阅。"散文感言"也可用篇末的"自语"代替，兄以为可否？

　　前嘱为副刊撰稿事，不敢有忘，待忙过了这几日，调整心绪，再用心写来。

　　南京不曾忘你，盼你也别忘了南京各位兄弟，闲时下来走走，大家欢聚。

　　握手

苏进　3，17

这是南京军区的小说家朱苏进的信，在应邀作家的回信中，他是第三位。当时，我和潘凯雄分头联系，也各自收到作家们的回复。

苏进兄也是洒脱的就用一张白纸写来，他的字坦率地说，不太恭维，想来，多少名家高手写小说如风如火，可字么也并不经意了。如果往好里说，他这有点朴拙的字，稍显男性雄劲却没有太多的体式。也就百十来字，他却写满二大张，着力于把这种潇洒的感觉抒发而出，率性而为，重气势，有如武士列阵，其气象可见一斑。

与苏进算也是早认识，部队的小说家好像与地方有着天然友情，一是因为部队的刊物、出版社，间或有一些文学会议，再是军区有创作室也常活动，所以，与部队活跃的作家们，多在这样的场合有联系。苏进的小说《凝眸》《炮群》《射天狼》《醉太平》等等，他长枪短炮的，在文坛上动静很大，那时候，说军旅小说，说军人作家，他怎是了得。

于是，一些重要的文学活动有他。记得八八年，我们部门在苏州开一个文学笔会。与会人员有北京南京上海武汉四川的老中青各方，人数达三四十。北京小说家有王蒙先生，他好像还担任文化部长，是以作家身份与会，有李国文、从维熙、张洁、谌容、苏晓康诸先生，江苏的陆文夫、石言、朱苏进等等，评论家有高尔泰、吴泰昌、陈美兰、雷达、陈思和、王晓明，我们部门有蓝翎、范荣康、缪俊杰等。会议上大家相当放松，话题广泛。那一时期，说文学，人们多敞开着谈，也有得说。那时的会，也多是目标单一纯粹，尽管是在开放发达的苏南，也没有专门的采风，记得只是文夫先生带我们去了一次虎丘而已。会议很纯粹，也不请官员，没有什么仪式的。

会议时值中秋，吃了苏州的风味餐，去了陆文夫先生小巷深处的家，其他记得下来的也不多。会中，我们在苏州的商场上闲逛，难得有这样的雅兴。苏州的毛衣当时是领时装之风气的，特别是四平针毛衣。当时，男人的时髦可能就是这样子打扮。几位同行的都在为自己采购，可是，朱苏进却是在女装那边挑选，他买了一件我至今记得是天蓝色的女外套上装，让男人们都把欣赏投给他。想不到朱军人，还有这等细心，真是为他这样好丈夫的角色佩服，记得我也学他了做了一回好样子。不久后我们见面，还说及当时一同购物的事。他笔下多是描绘军人的英武和场面的粗犷，而那份心细真像一个新好男人。其实与他谈话他表达慢条斯理，行事文雅，与他多年的军旅生涯，与他军人家庭出生有关。

　　后来，好像是九四年左右吧，在北京南口镇一个坦克基地，解放军文艺社的一个文学活动中，我们晚上打扑克，多是特熟悉的一帮人，打一种那时流行的拱猪，追逐逼赶，可粗野可狂放，打法灵活，一对众，或众对一，或分为两派，记得我们是六人二组，胜负输赢还有点小惩罚，而老被动挨打，脸面是挂不住的。牌风沉稳、精于计算的他，每有不俗表现。只是，我那次也手气不差，几番下来，有的人顶不住了，不免认真起来，而苏进兄好像总是文气和气的，总是那样子的笑笑，也不忘夸奖一下我等。

　　他在散文感言中写道：

　　　　散文确是于随心所欲中最见个性的文体，你有多大的心眼，必有多大的散文，把你所写的散文摞到一块，就会看到一个浸在某种气浪中的自己。有时不免吃惊，原来我也曾精彩过。

　　　　散文写的全是自己，以及自己的意识迸到外界反弹回来的自己，所以写散文的时候，感到自己在胀开了，感到自己比预料到的要丰富得多，多得不得不散失掉一些，就像依靠一声吟哦散失掉一些心气儿。

　　　　当一个人默然独立时，他已经是一个散文化的人了，掏出他此刻心境意念，块块皆散文。这对于别人也许不重要，也许不堪观诵，但对于他自己而言，正是由于这些东西才将自己与他人区别开来了。我相信，一个人如果长年没有黯然独立的机会，肯定会把自己搞丢的。一个作家如果不时常有些散文式的笔墨，那也会冷漠掉自己，苦忙于营造。散文是自语的，用自己的口说给自己的耳听的。所幸者，是万千人儿都爱听到别人的自语。我想，自语者可别失误于此，而将自语打扮得不是自语了，为诱惑众多的耳朵而说话。或者，还没说呢，先想着锲刻在石头上。

　　朱苏进认为，"一个作家如果不时常有些散文式的笔墨，那也会冷漠掉自己。"可见他把散文当作作家警省的创作。也说"散文是自语,用自己的口说给自己的耳听的。"他自荐的散文,一是《我就是酒》,一是《天圆地方》。他从酒和围棋中体会人生,多以谈论杂感式。"掏出他此刻心境意念,块块皆散文。"他这样说而行动也于此。

他信中说及的彬彬老弟,是指当时从博士毕业后到他麾下——军区创作室搞评论的王彬彬,他文字犀利快捷,也好论辩,后来他一直在南京大学任教。在海口会上,托他带话给朱苏进要散文。信中苏进特别说到"南京不曾忘你",令人心生暖热,在这半是工作半是私人的信件中(如他信中说,我约他为我所负责的版面写文章,算是公事),他的这句客气话也算暖心之言。不曾忘记,抑或相忘于江湖,友情虽是君子之交,却超越时空,重于金钱功利的,因为我们有过虽不多却堪可回忆的聚会。

这之后,苏进的小说写得不多,散文创作也少了,后来,他索性在小说之外寻找了新天地。这些年,他创作了《鸦片战争》、《康熙王朝》、《朱元璋》等诸多主流大片和《我的兄弟叫顺溜》畅销电视剧,成果斐然,为小说家"弄电"的佼佼者。也许小说家们,尤其是功底深厚、独秉风格的小说家加盟,提升了影视文化的品位,而朱苏进的劳绩公认是数得上的。我祝愿他。

六、较真的何士光

何士光远在贵州,也算是较早的回信者。他的手书工整干净,如同文章的誊抄稿,一丝不苟,令人敬服他对文字的尊重。即便有两处笔误,他也改正如初,规范的好像当年手工拣字时送到排字车间发稿,必须要"齐、清、定"一样,这样清爽,洁净,秀气,现在恐怕得绝版了。这是他的个性还是行文习惯使然?他在信中写道:

必胜先生:惠书收到。遵嘱寄上你们要的材料。近年来写了一些散文，但大抵都很长。像《收获》上的《黔灵留梦记》和《钟山》上的《夏天的途程》，都万字左右，太长了。日子续篇本是散文，连同日子，也都是散文。但发表出来的时候，被当作小说了。两篇都为新华文摘和小说月报等转载。最近我编何士光散文集时，又才改回来。寄上的这一篇有六千多字，所以就选这一篇吧，是最短的，供参考好了。问凯雄好。

春祺。

何士光　三月十七。

其实说来，同他，是这数十来位小说家中，除了几位老者外，最不熟悉的。但他的散文却很有味道，为我们所关注。如他所荐的《日子》，我是把它当作散文来读的。他的小说名头大，是新时期早期写农村的几位高手之一。《乡场上》评为全国短篇小说奖，一时洛阳纸贵。他的小说虽不多，却精致，有味。他尝试着建立小说与散文之间的联系，让散文的节奏进入小说，有散文化的小说实验。在这次信中，他说自己的散文发表时被当成小说，而初衷却是当散文写的。这样的被认同，或者说被误读，当时也不乏其例。记得是《上海文学》吧，曾也有类似的"拉郎配"，好像是朱苏进的，还是散文家周涛的什么散文，也当作小说发过，发表后被有些书当散文收入。所以，有所谓散文化生活流的小说，其实就是在散淡的生活场景和闲雅的文字书写中，人物事件并不集中，情感和笔调都浓郁黏稠，或因强烈的主观抒情气息，被认定为散文，也是未可知的。在《日子续篇》中，何士光的感情表达就是这样子的，氤氲着一股淡淡的情致，写他的母亲，家人，故乡，亲情，人伦，于社会人生的变化与不变中，承续而聚合。包括前此的有名的散文《日子》，发表时就成了小说，而作者在给我信中是有所不愿的，这一点深得我意。于是，就以散文收入。

关于散文，他写道：

《金刚经》里说，世界非世界。这是说，世界是不停地变动着的，没有一刻停息；对于不断变动着的事物，你怎么能够描绘它呢？所以这个世界是无法描绘的；于是你描绘的世界又不是这个世界，仅仅是你描绘的世界而已。经里又继续说，众生无自性。这是说，你的存在，不过是一个不断变动着的身躯的存在。和着一串不断变动着的念头存在，这之中，哪一个又是你呢？我们通常所说的自我，又会在哪里呢？所以不难看出来，在这种情况下要来写我的散文观其实是靠不住的。

他在阐发写作者面对客体，而主体的重要性时，好像说得玄虚，好像以辩证的角度说世事人生，说万物变动不居的道理。是的，人不能两次踏入同一条之河。万物恒定，以心为是。也其实是站在什么角度来做什么表述的问题，这可能与他潜心于修道问庄，近黄老之术有关。那种净心静气地去深入，悟出人生与人世的种种得失，都有可能。重要的是，何士光的《日子》，以及续篇，是在不动声色的感怀中，感悟世道人心，如禅如佛，坐看云起时，一花一世界。

以后没有见到老何有如当年"乡场上"的磅礴之声，传来说，他在研究宗教佛学什么，只是那种精神上的苦修，是一种执著一种定力。九十年代中后，再很少读到何士光的小说，甚至散文，或许是我孤陋寡闻。前几年，偶见他写的一篇贵阳旅游胜景的散文，看过后，仍觉有当年闲散文字的余韵。

不知老何爱不爱练习书法，可能，修道者也善修书，他如果像多数写家们似的，练习这些，定有体式，或者至今已成气候，也说不定。

七、率真的刘兆林

必胜兄：遵嘱寄上散文两篇：《祝君欢笑》、《感谢跳舞》。前者太短，后者又长了点，无奈是两种写法和笔调，一并寄上难为你吧。

我已转业，到辽宁省作协任专职副主席，地址电话如名片。

我的散文观附后。

新到地方工作不如部队熟悉，望多支持我。有机会再聚，匆此，握手。

兆林　3月20日

刘兆林的字是属于流畅、好看一类，以我之体会，他早年练过字的，或者常是手不离笔画画写写，有点心得，也就光鲜而流利。看得出，他是个对文字包括书写都很有感悟的人，所以，书法于他我觉得是可以有所成就的，不知他以后有没有坚持这个路子，从这十多年前的字体看，他有这个趋势，即便这样子，在作家中他的字当算不错的。

信，他写得简单，我也记不清他之前有没有信件于我。他是在军队中我们较早熟悉的朋友，我还为他那本有影响的长篇小说《绿色青春期》写过小文。我们也有两三次的近距离的接触，这多年没间断，每隔些时还有见面的，对他我可以说，神交早，也算熟的。

二十多年了，1987年五一吧，我们一行在张家界盘桓三四天，先是从岳阳坐船在洞庭湖上一夜水路，小小的游船，就我们一行二十多人，又逢枯水时节，走走停停，好像还搁浅过，到得常德上岸，已是两天之后了。可就是这漫长的行旅，一帮人玩闹，有了亲近。那次多是军旅人士，小说家有叶楠、王中才，散文家有周涛，评论家有韩瑞亭、黄国柱、叶鹏等，另有非军界的人民日报海外版的解波大姐，中国青年报的董月玲，中国文化报的王晋军，天津作协的王菲等等。兆林的文名当时正值上升期，他的《雪国热闹镇》、《呵，索伦谷河枪声》什么的，两获全国中篇小说奖，开始有了"粉丝"，在那次船家小妹就把他当知心大哥和师长，据说悄悄地拿出私房日记求教于他，可见他的魅力。弄得一行人中，有十分嫉妒者，还与他争当辅导。一路上的兆林，情绪很好，说笑唱跳，都很有精力。这以后，他创作了长篇小说《绿色青春期》，九十年代初还在东北牡丹江某部队开了作品讨论会。那时候，他在沈阳军区专业创作。许是1991年夏天吧，我们单位在辽宁的兴城海边主办一个副刊写作学习班。我请他去讲课。我们同住一房，听他讲了自己好多的故事，包括那次船上的辅导等等。他是个性情中人，那夜，在夏虫鸣声中，听闻海风海味，他兴致也好，讲了好多敞心掏肝的话，虽在那时还是军人的身份，但他率直，也有委婉，不只是行伍人士的干脆，也有文人的倾情激昂，当然还有一种表达和倾诉的快意。我是佩服的，作为一个文学家，有了敢爱敢恨，也经历过许多如意和坎坷的人生，有过底层拼搏的经历，才会创造出那些有血肉有气味的人物，写出那么多真性情的文字。

比之其小说多是以军旅生涯和军人形象为主，他的散文多了人生的亲情表达，和人情世故的摹写。关于散文，兆林以《散文贵在真》为题写道：

散文的最大优点在散，因散才不拘小节放浪形骸自由自在，成为最随心所欲任意潇洒的文体。世间万物，人生百味皆能入其内。其长可似黄河滔滔一泻千里，洋洋数万言，短可如小溪，清流婉转百米许，言简意赅，天马行空，嬉笑怒骂，直抒胸臆，委婉含蓄，轻吟低唱，风花雪月；生死离别，大风飞扬，吃喝玩乐，指点江山，拼搏奋斗——皆成文章。

散文贵在真，叙真情，写真事，每篇表达一片诚情实意。一个真字，就将那满篇无拘无束的散凝聚住了，即所谓形散不散。这个真字很重要。我主张，不仅情真，所叙人和事都是真的才更为散文特点，这样才更显出与小说的真情之不同来。

散文人人可为。一封书信，一篇日记，一则广告写得情真意切鲜活生动时皆为散文。散文最随和，所以朋友最多……

散文是兆林小说创作之余的收获，从九十年代起他的散文创作丰收。他先后有《临窗听雪》等数部问世。他散文较突出的为两类：一是亲情的，写父辈，写家人，怀念与感恩；一是行旅散文，写见闻，客观为风物，主观写人物。曾读到一篇写他们一次西藏行的散文，单调的行程中，他自荐主持娱乐大家，调动众人的兴致，有了行程中的美好记忆。这类题材在散文中几近泛滥，流水账式的记录破坏了人们阅读的胃口，而挖掘情感，再现人物，以情趣串起，这样纪游文字，兆林懂得如何趋利避害，追求"利益最大值"。这对于一个细心爱琢磨的兆林，得心应手。

他自荐的两篇，《祝君欢笑》《感谢跳舞》，有如他自说的贵在真，真实场景，真情写来，让人读后忍俊不禁。跳舞加深了夫妻关系，跳舞中见出夫妻的性格，这种文章，他是否在给夫人一个信号，或者送上一个定心丸式的礼物。因那是二十年前的文章，这种读解不一定在理。无论何种初衷，一个性情中的舞者，一个性情的作家，至少在散文中，跃然而出。

也许这种纯真的感性思路，或者，他要自然而真实地表达，他前年创作的长篇小说《不悔录》与此思路有关，也成了有意义话题。他把文化机关许多的美丽与丑陋、善良与不良等等，较为自然地描绘了，有些情节，甚至地名人名，与他所处的现实相疑似。从当下知识者的各种行状、作派，描绘这个群体的是是非非。关键是他还是描写场景中的一员，不能不想到他的初衷。就切入写实，真实地表现，抒写他心中的诸多"不悔"这一点上，他也许达到了。只是他不避真假，不分虚实轻重，和盘托出，他获得了一些效果，可是，也有一定的风险。因为，生活的真实与艺术的真实，谁人也无法厘清，有时候，近距离容易成为难点，或者是盲点。或者说，作为一个性情率真又激情充溢的写作者，他有这样的表达的愿望，其他就不一定在乎了。成也性情，损也性情，这可能就是艺术与生活的悖论。这话有点远了，但作为朋友，想到了就说，但愿他姑妄听之。

八、池莉：希望稿费不太低

王必胜：你好！你的信到武汉时，我在北京，我是最近回汉的。

你要散文我当然应该给你，问题是寄你还是寄长江文艺出版社某人？另外我的散文不多，给你的同时也另外地方出书，你认为还需要吧？方便来个电话。祝好！

池莉 93，3，25

两天后，她在另一信中说：

怪我的草率，没细读信，现在明白你让我将散文寄你。

选两篇《钱这个东西》《最怕一种人》给你。另写一页《我的散文观》，没600字，我说不了那么长的关于散文的话，望谅。

希望书能早日出来。

希望稿费不太低。

祝好！

池莉 1993，3，27

短短二天，池莉来了二信，她办事认真。

与她是在1989年全国小说评奖时认识的，那次评奖也是个巧合，名为全国小说评奖，是由《小说选刊》杂志和我们文艺部举办。此前几届由中国作协主办，后来不知何故没有坚持，以前承办者都是小说选刊杂志社，当时主编李国文与我们头儿商量，就定了下来。出于什么愿望，哪来的经费，这多年后记不太准了，只记得，我们先后外出找贵州、河南的两家企业支援，也很容易就搞定了。后来获奖名单出来后，是一年之后了，世事突变，那年头空气也紧张，这个要管那个要看的，好烦人，有点自讨苦吃，不过，把这件事坚持了下来，还得到了认可，也算做了个善事。现在小说评奖排序，好像那次的评奖还是算数的。那次也推出了一些作家，现在多是文坛中坚。

池莉的小说《烦恼人生》获中篇奖。之前，何镇邦先生将她在《上海文学》发的这篇小说写了一篇评论，在87年12月由我们发表了。可能也算较早注意她的创作的文章之一。至少在这部小说是这样的。镇邦老兄是个热情如火的人，尤其是他认为值得的作品和人，他那劲头比当事人还冲。那次池莉来领奖，在北京和平饭店发奖会上见她。当时，她还算是新人，至少在获奖方面，会上她多受关注。她人未到，就有不少人在期待。之后，她在文坛上迅速闻名，《不谈爱情》、《小姐你早》、《生活秀》、《来来往往》等小说影响甚广，媒体评论说她的小说，"关注最广大人群的生存本相和生活状态，颇受喜爱"。

也是在1994年的武汉全国的书市上，长江文艺出版社把几位作家的书，和我所编的这本《小说家散文百题》，弄了一个台面，与池莉还有舒婷、斯妤、张洁的"女作家爱心系列丛书"一起，签名售书。她们的书是珠海出版社出的，出版社的老总成平女士也曾是武汉军区的小说家，她也到场。而我纯粹是一个陪衬，当时与长江社熟悉，可能觉得这本散文选本的创意也可，发行也还过得去，就借书市也借我回汉之机，拿出来热闹一下，与池莉她们散文丛书一同搞活动。记得，活动本身无论是主办者还是作家本人,也没有当回事,我,好像还有舒婷、斯妤一起,由池莉带着从汉口到武昌,也就做点样子,轻松开心玩玩。这事虽说几不搭界,可作为散文的交谊,是从那次开始的。

池莉在散文观中写道:

> 我现在最喜欢是孩子,爱一切幼小的东西。
>
> 小东西们由于懂道理天真未泯而无比可爱。
>
> 散文就应该是这么一个可爱的小东西。它自由,真实,活泼、散漫,甚至固执,偏激,刻薄,哭笑随意,喜怒随意,只要心里有脸上也就有。
>
> 在我们面前,大大小小的名著已经够多了。名著固然好,但成熟深刻得令人生疑。
>
> 上帝在创造人类始祖亚当的时候,在他完美的身驱上留下了一个缺点:肚脐眼,假如没有这个缺点,亚当是神不是人。散文便做肚脐眼如何?

这段话写得俏皮,生动,池莉把散文当做可爱的小孩子,是从"小"和"纯"来要求散文艺术的。她自荐的"散文二题",一是说钱,一是说人。她能够认同的人,不虚假,通达,可爱。她以为,"钱带给人的不仅仅是物质享受,精神享受更重要","金银的本质不过是一种金属";人呢,她说最怕的是一种"不通之人",这类人也许是生意人,也许是读了点书的半拉子文人,也许是常见的那种自负而爱聒噪的人。她生动描绘了这类人种种做派,令人捧腹。这种不通之人,在文学中的形象,也许不为多见,可她却专文刺之,是小说家识人的功力。在以后的散文创作中,她也是着力于人的精神状态的开掘,一如她的汉味小说,平实,烟火味,或者,关注的是普通人生存状态。后来,她出版有长篇散文《熬至滴水成珠》,以"如是我闻"和"我闻如是"两部分，分别记录生活和阅读、写作感受。有痛苦、沉吟、欢欣、从容，也及焦虑、寻觅等等，写得透彻而明丽，生活的历练，人生的沉浮，如同水已然结晶为露珠，她用"熬"字来表述，是一种智性的表白和沉实的总结。作为一位女性作家，敏锐而炽烈的情感文字，是至为重要的。

有意思的是，拣出池莉在一年半后给我的另一信中，她谈到当时流行的一本书：

必胜：

你好。早想给你写几句，因为去上海有事做便放下了。

你让何启治给我的书《廊桥遗梦》早已收到并于收到当晚连夜读完，非常难为情地告诉你，我那晚眼泪流得满世界，眼睛肿了，一周不敢见人，许多年许多年没有因为读小说而流泪了，也许这种感觉太可笑太幼稚太初级阶段，但我仍然衷心地感谢你让我有了这本书。

是的，我因此而想到我们从生活到文学创作，将人局限在多么狭窄的空间啊，事实上人与人之间的关系、情感、交往与想念是非常宽广乃至拥有无限的空间的。好了，谈到书与人，话总刹不住，可谁有时间看长信呢？日后见面再聊。

我想哪天给你写一个也是读《廊桥遗梦》的小文，可以吗？期待再推荐好书。

池莉 94，11，18

信中说到的是由人民文学出版社出版《廊桥遗梦》，小说仅数万字，描写的是美国地理杂志摄影家罗伯特·金凯偶遇农场主妇后的情感纠葛，最早翻译国内后，引起了极大反响，后来这个故事改编为电影也在国内热播过。当时，忘记了是因为我在《南方周末》上写一小文，还是在电话中说及这热销的书，她没有读到此书，正好就请我的学长、该社副老总何启治寄了一本给她。没想到，她有那种激动，激发了关于"从生活到文学"的感受，并说"人与人之间的关系、情感、交往与想念是非常宽广乃至拥有无限的空间的"。一位中国小说名家，为一本翻译小说流泪，有同行知音，如果大洋彼岸作者有知，该是多么有意义的一段文坛佳话！信中说的读后感，没有见她以后写来，也不知她写没写了在别处发表。

"谁有时间看长信呢？"是的，物欲滔滔，低俗流行，有多少人静心于文学，又倾心真挚的交流？

池莉的手书，我以为她用笔连贯浑成，也挺规正。其笔法如毛笔字中的断笔没有笔锋。那一时期，不少作家爱用蘸水笔。像刘恒，八十年代他写东西就用蘸水笔。没有电脑时代的作家们，书写工具是多么的丰富而有情调啊。

池莉行事为人细腻热情。她自认为喜爱独行，在接受采访时她说"我天生就喜欢写作，本来就是要当作家，至于其他职务和名声，都是身外之物。严格地说，我觉得自己从来都是江湖之外的江湖人。最初我是独往独来，现在还是独往独来。"

她是爱开玩笑的，于是，在那个年月，商品经济打开人的眼界，她借机不忘调侃，希望稿费不太低，明知收进这个选本没有多少银两可言，但她也得戏言一下，如此这般，这就是池莉，熟悉了就会玩笑一下。

九、周大新：不愧对"文学姑娘"

必胜兄：近好。南方之行顺利吧？今遵嘱寄上两篇散文，你从中挑一篇，若都不宜用，也不要为难，扔掉作罢，都是复印件。问全家好。

有信请仍寄南阳那边,我不久即回去。

顺颂

文安!

大新 3,25

周大新当时还在济南军区创作室,他笔法清秀,直捷说事,因与他相当熟悉,也常有书信往来,他在信中只是说了我所要文章的事。那些时,他常回南阳,因家中的事情所累,常住那边。他有些小说也是在这期间写的。记得我有事就把信寄给他夫人小杨的单位南阳地区人事局。

周大新的小说创作始于上世纪七十年中期,八七年左右引起文坛注意,小说《汉家女》获得全国短篇奖,小说《香魂塘畔的香油坊》为导演谢飞改编成电影《香魂女》,得过柏林的一个奖。我与他相识于济南他的作品讨论会。那次是冯牧先生领衔,后来,他早年的小说集《走廊》出版,我还写了个序言。他前期小说主要写家乡南阳盆地的故事,写部队的基层军人,兵味和乡土气息浓郁,以及对女性特别是女军人的刻画细腻,引起关注。他写得扎实而用力,是文坛的苦吟派,一步一步写来,年年都上台阶,最终长篇小说《湖光山色》获得新一届的茅盾文学奖。

散文于他时有收获,先后出版了多部集子。最新一部是《历览多少事与人》,从题名中也知其着眼于人世代谢、往来古今,思考深入。他为人谦和,也是敏感的,小说家的敏感,散文家的博取细腻,成全了他散文的亲和与精细。对散文,他说要"给人一点实在"——

散文有许多种,但不管哪种散文,都给人一点实实在在的东西。你要抒情,就抒一点也能令别人心动的真情,别假情硬抒,让人看了心里别扭甚至恶心。

你要讲哲理,就讲一点新鲜的,让人看了霍然顿悟,受点启发,别重复他人已经讲过的或大家已经明了的东西。

你写的是一篇游记,就要给人介绍一点别人眼睛在同一景点很难发现的东西,别变成旅游指南,导游是导游小姐们的事情。

你发表的是一封信,就让人看看写信人究竟是一个什么性情的人,别藏藏掖掖只露出正人君子的模样。

你介绍一个人,就介绍这个人身上独特的不同于他人的地方,让咱们确实开开眼界。

你就一件事发表看法,那就说出你的真心话,别让人一看就是违心话和套话,让人替你难受。

散文是我们记述所见所闻所思所想的最随意最方便的一种样式,什么时候写什么怎样写都行,如果在这种情况下我们仍然要来假的空的东西,那真真是有点愧对这位最随和的文学姑娘了。

周大新自荐的散文二篇:《最后一季豌豆》《平衡》。前者描绘从童年往事的追忆、怀想,到人的纯真和朴实。后一篇是说人生世事的"平衡规律"无时无处不在,连老百姓都懂的道理,在每天"有喜剧、悲剧交替上演",人生有福祸相生相克的。不以物喜,也不以己悲,千百年来,这样一个简单的思想,现代人往往并不能正常善待。不切实际的要求和拼杀,是福是祸,很难说清。周大新的散文随感,把这样的题旨,纳入他的思考。在对散文的解读中,他也以平实和真实,作为生命。

也许,他能够以平常心去对待生活的曲折,应对难事甚至不幸。这些年,他经历了家庭的坎坷,却能在创作中保持状态,且屡有出彩。在我认识的24年里,他工作和创作是顺利的,从军区到总部,从外地到北京,各类作品先后得奖,还有立功嘉奖,然而,生活中多有不如意,甚至打击,但他都顽强地挺过,坚韧地走过。平常的心态,执著的文心,是他创作的基石和支撑。每每看到我书柜里他那二十多本文集,长短小说、散文等,我叹服他的勤奋和定力。

　　想起了当年，也是八九十年代之交，长江文艺社还在办的《当代作家》文学双月刊，托我约周大新的小说，他很快就写了两个短篇《干涸》等，讲述农村现代化后土地被征，土地流失，泉水干枯，生态无序，农民们的心态与生活的变化，他深思现代化在农村发展中的代价。时在九十年代初，他是较早以文学的感受来触摸现代化与农村关系，以及传统的变异与现代文明的悖论。作为农民的儿子，他的文学基因来源于大地和底层。关注土地，倾情于大地，则使他的文学有了基石，日后的《湖光山色》获得茅盾文学奖并不偶然。

　　这种文学的经世观，在他说散文，以一句别愧对文学姑娘的提醒，让人难忘。这个滋润人心灵，给人精神上的提升和慰藉的文学，也是一个有生命的物体。在散文家周大新的心中，真实，实在，是其生命力。因此，他反复告示：别"假情硬抒"，别"藏藏掖掖"，别说"违心话和套话"。这不是每个人都能做到的。面对如今的文学，尤其是纪实的怀人的散文，这种反省是多么的需要！

　　可又有多少人能听得进去？

十、没入列的徐怀中

　　徐怀中的小说八十年代如雷贯耳，无论是《西线轶事》，还是更早创作（1954年）日后开禁的《我们播种爱情》，以及一些军旅小说，他在军事文学中的地位无可忽视。特别是他主政的军艺文学系，培养了不少青年作家。我们编小说散文集当然得有他的。不料，他在信中，十分客气地陈述了没有像样的散文：

　　　　必胜同志：来信收悉。我最近心电图有点问题，政协会议没开完就来三〇一医院住下来了，作作检查，想无大问题。谢谢你邀我参加散文百题行列。我没有写过什么像样的散文，近十年连小说也没有写了，就不能勉强充数了，甚觉惭愧，只有请你原谅。想你一定会把这本选集组织得很好，我等待读到这本书。一切顺利。

徐怀中　三月二十八日

他的字就是在一张没有天头地尾的白纸上写的，信手拈来，像一张复印纸，是出于节约，还是素来如此习惯？当时，他是否还在位上，没有查证，但他信中说了是在开政协会，肯定还没有完全退下来，而节省到用这无头无题的纸，亲自寄来，这样子纯文人的做法，看出老先生的自律。一个有点头脸的名人，一个有着高位的（他是总政文化部长，少将）领导，他不光是谦虚地说及自己的作品，也很自律地用这种简单方式，当时来看，我以为较正常的。可如今，看多了附庸风雅的官员文字，为求发表，动辄加密送达，弄权济私，其实，也纯系个人文字，早点晚点也何妨？这未必是当事人之意，好多吹喇叭、抬轿子者也是惹事者。这徐老先生的为人为文之道，高古之风，何能为继？呜呼，如今，这文坛报界陈腐之气，媚上之风，官场陋习，何以能除？

话说远了。再看徐怀中的信件。他自谦没有像样的散文，对我们"组织"的这本书很有兴趣，其实，我们邀请他加盟，是因为他的小说影响力。他的小说在描绘人性上，有着刻骨铭心的真实和深邃，他写散文也是注重韵味和情致。只是，身体原因，他多年没有创作，他自说有十多年连小说也没有写，一代小说名家困扰于病魔，当时，很为他身体担忧，还向一些部队的朋友打听。

而他的字，写得少见清朗，如行云流水，一气呵成，也很见力度。即使是硬笔书写也是见出章法的，还是在一张没有格子的纸上。细细端详，如列兵出阵，整饬如仪，倘若用毛笔写在宣纸上，他的字会是很有格式、功夫的书法作品。这是我见到作家的字中，相当有书法味道的信件。

多年后，也曾在某个活动中见到怀中先生，他那端庄的军人风度，仍然一如既往，是那些晚辈军人文友们所学不来的。今年初，凌行正先生的长篇小说《九号干休所》在北京座谈，有幸再见到他。听他讲话，还是文质彬彬，思路清晰，精神不错。年过八旬的他，那天冒冬寒，在不太宽的会场上一直坐有三小时，不容易。每每这样的场合，记者或号称事忙的人，都会提前离开，而他却安坐如山，仔细听会上发言，直到会议结束。无论是身子还是态度，让人佩服。因他的谦虚和坚辞，没有入列的徐怀中先生，更让我们尊重。

十一、"活趣说"的蒋子龙

必胜兄：近安，遵嘱写一散文观和散文两篇，随兄处理。
匆此，好。

蒋子龙　93，4，6

蒋子龙的来信更是简单的了，简单是因为熟悉，与他相熟追溯到二十年前，那时，沈阳的林建法在他耕耘《当代作家评论》之余，有很多的构想，比如，较早的成立杂志董事会，搞一些大的文化经济联姻类专题研讨。蒋子龙写过工业题材，且名头大，一篇《乔厂长上任记》，只要是说到早期的改革文学都会提及，于是，老蒋兄就在这样的场合出场领衔。九十年代初，几次大连的采风或者笔会，或者与企业家联谊，多次是老蒋兄出马，说文学谈经济说地方财政等，他都在行，也会引起会议的兴奋点。记得也是在大连有一次活动，建法兄命名为东北亚文化考察，名头有点吓人，当时，挂着建法煞有介事地配制的那个出席证，出入于这里那里，我和老蒋都窃笑，建法真会宏大思维。因老蒋是团长，还到市里参加了一个会见，也热闹了一番。还有数次，因为他的时间安排，活动也为之改期，所以，他当为这类活动的高僧大法，直到前年辽宁作协的一个工业题材的会议，被当做老工业基地上的一次文学呼唤，自然不能少他，那也是建法在帮助张罗的。就像一个宴会上，有主菜大菜的，老蒋每每是这样角色。

我们部门在九三年初，与广东省作协文学基金会在肇庆开了企业文化的研讨会，我也效法建法，把蒋子龙等请去，一大帮热心于改革题材和企业文化的作家们座谈了两天，还搞了个纪要见报。后来，在北京有几次简陋的会议上，他当天从天津赶个来回，拨冗参加，有时候，很感激他的理解，也会体味他的辛苦和无奈，没有办法，有了名就可能是尊神，也由不得自己了。这样，也免不了受朋友所托，代为请约。子龙兄也会给个面子，也有找个借口推掉，都很正常的。不要说太久远，就是这两年内，沈阳、长春、广东、河北，也不下五六次与他同行，还有北京的个别会议，也有聚晤，当为再熟悉不过老朋友了。

半年前一个深秋，在沧州他老家一个古老的枣园里，还看他在枣树下临风把笔，写下"老树成神"几个大字。他的沧桑与闲定，也有成神如佛的修道。

所以，因为熟识，每有我向他问学，要文章，他都会支持的。就在那次约稿前，他的另一信中写道：

必胜兄：春节好。实在对不起，这篇小稿拖欠得太久了。真要坐下来想给贵报写稿，不知为什么就正襟危坐，灵气全无，太笨了，只好硬挤出这么个东西，出于守诺还情不得不寄出。兄倘不满意再扔回来就是了。我另想点子，一定要还朋友的账。问夫人好，并祝阖安！

蒋子龙　93, 2, 8

记不得是哪篇文章，他如此的用力，费神。可能那种感觉是那一时期众多作家朋友们的共性，真不好意思，难为他们了。

在关于散文的感言中，他说：

> 当心里萌生出一种对自己的激情，对自己还有了感觉，是写虚构小说或其他文体所无法表达的一种情感，便写散文。
>
> 如同一个人自斟自饮，读者则欣赏作者的那份自然，那份真挚，那份狂放。
>
> 因此散文必须要有真情，真心，真思，真感，最忌假、玩、空。
>
> ……
>
> 散文以真诚给人们的精神投以阳光，所以在假货充斥的现代社会，格外受欢迎。
>
> 唯真诚才是心灵的卫士，是散文的生命。
>
> 散文凭借真诚感知生命的诗意，让自己的艺术的情弦充满智慧和饱满的感情。
>
> 散文的美是融合了心灵的真实和生活的真实而创造出来的，不能指望一个虚伪的灵魂，一个没有真情的人会创造出真实的美，写出感人的散文。
>
> 散文是作者心灵的告白，可直接表露自己的思想感情，表达个人的感受，表达个人独有的感受，因而也是值得珍视的。看散文如同欣赏一个人的精神收藏品。
>
> 有了真情，再把它提升到文学的层面，表达得美，这美就是活的，充满生命力。否则，只有美，没有真，再精致也只是艺术品，没有活趣。
>
> 正是这份真情，使散文虽很少大红大紫，却也从未被冷漠过，香若幽兰。

真实、鲜活，或者说要有"活趣"，蒋子龙把散文看作一个充满活力的鲜美事物，有香如兰。他自荐的散文是《天都情》和《中国的狗热》两篇短文，可见出其情趣，也是合他这种思路的。在向黄山天都峰的路上，他跨过了自然的绝妙与人情的极致。在这里，他信步百尺云梯，上天都峰，看到了无数恋人的连心锁高悬绝壁之上，感叹了人的情感表达绝妙神奇。而中国养狗热引出的问题，已成为一种社会公德拷问。他在一贬一褒中，完成对当下旅游和休闲习俗的一种描绘。这是子龙的散文特色，一，注重人的情感的挖掘，看山看水而得乎情；二，从日常事理观察出普遍意义，小事中寻大理，以小见大。三，注重当下，特别搜集时下的诸多资料，旁征博引，娓娓而谈。

也是在小说家散文刚红火的那一时期，八十年代中后期吧，沈阳出版社的一套作家自选的丛书，名家荟萃，就有蒋子龙的散文集。之后，散文随笔他多高产。他的说理叙事，注重事例，触类旁通，举一反三，小事情大道理，也多关乎世道人心，特别是国计民生。这可能是他的散文随笔为众多新闻报刊所喜欢的原因，有段时间他可是各类报纸上的文学明星。

那么子龙兄的字呢，也属自成一体的那类，有纵浪大化、凭虚御风的飘逸。他的信，或是在一张信纸上，也就十数个字，占满天地，神完气足，或者用正规的宣纸书写，还是竖写的，看出其研习书法的努力。前说那次沧州采风，偌大的枣林下，主办者准备了笔墨，他似乎早有腹稿，一挥而就，"老树成神"几个大字，翩然在阳光绿树下，再反复几张，一时游龙走凤飘逸不羁，树丛中掌声笑声一片。我端详几许，直想说，与十多年前给我的钢笔字比是有了气势啊。

很愿意与他同行，无论是会议，还是会议外的休闲，听他说东说西也是享受，他发言讲话时，爱用二指禅表达，左右手食指伸出合拢，特有的习惯动作，引你入胜。更重要的是，即使是闲谈中，他以一股特有的神情，专注于你的回应和表述，其实，你也就知道，他是在琢磨什么，说不定下次的散文或者随笔，就有了你所熟悉的某一个细节。

十多年来，老蒋兄作散文之余，也完成了多年构想，一个名为《农民帝国》的大部头长篇小说，前年问世，一如他以往近时段的人物和近距离的生活，他注定固守着这强烈的为人生的艺术。

无论如何，他的书，他这人，即便是字，诚如他言，是有活趣的。

十二、可爱的汪老头

收到汪曾祺先生的信，是我们从海口笔会回来不久。一个多月前，在海口我向他约大作收入"小说家散文"中，他说回去找找，汪夫人施松卿老师还邀我有时间去家里取。后来，因事急就去了个电话，还另给他寄上出版社的邀请信，汪老回复说：

王必胜：信悉。小说家散文选，我拟报选两篇。一，《城隍、土地、灶王爷》；二，《花》。第一篇刊在《中国文化》（刘梦溪主编）1991年8月第4期上。希望你能找到这期刊物，复印一下（我这里只有一本，还准备作其他选本之用）。第二篇尚未发表，稿在《收获》，将用在今年的第四期。大概八月才能出来。你如等不到八月，请来信，我将复印一份寄上（我这里还有一份底稿），或打电话7623874。

"感言"寄上，恰六百字。

即问安适。

汪曾祺　4月7日

我写此文也是迟到的悼文，他过世已多年。最近，他八十诞辰纪念，搞得十分热闹，足见他好人缘。那年他的追悼会，恰好我出差了，沈阳的林建法兄专来参加，我只好托请致意。想起来，海南笔会上每天与他处，但人多事杂，要不会议上，要不宴席中，或者行程匆匆的，没有多聊，但长者之风山高水长，虽匆匆数日，却亲聆謦欬，也算有幸。后来回京后一直想找时间去汪老家拜访。

1994年12月中旬，林建法从沈阳来住在作家许谋清那儿，说一起去看汪曾祺老。到了南城的一个旧楼里，出电梯七拐八弯的，汪老家里几乎是被书和杂物占据，许谋清带来一大包老北京下酒菜，不一会，还有老作家林斤澜带来温州的散文家程绍国，大家就随意地开席了。晚餐，施老师准备了一个火锅，一起涮捞，很是热闹。建法和谋清与汪、林二老早就熟悉，许谋清也爱说点笑话，还有林斤澜先生也是爱开玩笑的，而建法的思维也跳跃，大家以话下酒，好像汪老说得不太多。饭后，汪老在午休前，翻了翻杂物堆，不知从哪找出新出散文集签名分送我们。一年后的夏天，他搬了家，也是建法来北京，相约去看汪老新家，那是虎坊桥一带单位宿舍，汪老的书和杂物少了，而较乱的是画好的和没完成的书法绘画。铺在地上桌上，我们可以随意的挑看，未料汪老也没有说什么，想起有人说过在他家，从纸篓里都能找到一张好画的，确也如此。画作多是花鸟山水，有葡萄，有海棠，有紫荆种种。我看中一幅，梨花压枝的，建法说，汪老题个字吧，于是他就手题了"满宫明月梨花白"并加上我的名字。同去的还有潘凯雄，他俩要了什么字画不记得了，好像有一幅是紫葡萄吧。如今我的"汪梨花"，画面上大朵绽放的洁白梨花，舒展奔放，也清纯如许，常年开放在陋室过道上，每每睹之，无不感怀，哲人已去，丹青有情，呜呼。

汪老很细心，在信中把我所请托的事，交代得清清楚楚。现在看来，我是多么的大大咧咧，也许，我是把一封普通的公式化的信函发给他。他却不厌其烦地告诉我文章出处、刊期，还说，如不可将如何解决。在我担心《收获》杂志当期到后有些晚了时，他又在四月二十六日回信寄来《花》的复印稿，再次告诉了他家电话号码，"有事请联系"，客气得好像他是在找我办事一样。

汪老是一位贤明通达的人，多个时候，看他的头有可能是偏着，或叼着烟，或者，紧盯着你，默然无语，但是，他心里总有数，要不，在海南他以近七十高龄并不成为酒和烟的奴隶。他话不多，即便你是刚认识的，都不问及你的来处，你的出身，你的周遭，甚至你的喜好。好像，你既然相信了他或者你既然是他的朋友的朋友，那你也就是可信赖的了。我不知林建法这位"文坛大侠"（我们相熟多年，少说是二十年的朋友），如何与汪老这么熟悉的，按说他在北京朋友关系的轨迹我是略知一二，可是，他如此亲炙于汪老，如此的执礼于他，让我在感动之余也不太明白。林建法是一个义气、仗义的人，也是一个挑剔的人，他在北京的朋友多得去了，但只要每次来京，必定首选去汪家，或者，汪老那里有点事，他都可能从沈阳来，从外地赶来。而言语中，多是汪老如何如何，什么正事闲事，他都清楚。真不明何因。当然，汪夫人是建法他们福建老乡，这又算得什么呢！唯一最可能的答案是，这是一个文坛可爱的老头，一个让你不断有新的可爱之处的老头。

还是看汪老关于散文的一席话吧，他说：

近几年（也就是二三年吧），散文忽然悄悄兴起。散文有读者。在商品经济的冲击下，在流行歌曲通俗小说电视连续剧泛滥的时候，也还有一些人愿意一个人坐下来，泡一杯茶，看两篇散文，这是为什么？原因可能是：一，生活颠簸，心情浮躁，人们需要一点安静，一点有较高文化意味的休息；在粗俗文化的扰攘之中，想寻找一种比较精美的艺术享受，散文可以提供这样的享受，包括对语言的享受。这些年，把语言看成艺术，并从中得到愉快的人逐渐多起来，这是我们这个民族文化素养正在提高的征兆。

散文天地中有一个现象值得玩味，即散文写得较多，也较好的是两种人。一是女作家，一是老头子。女作家的感情、感觉比较细，这是她们写散文的优势。有人说散文是老人的文体，有一定道理。老年人，感慨深远，老人读的书也较多，文章有较高的文化气息，多数老人的散文可归入"学者散文"，老年人文笔也都比较干净，不卖弄，少做作。但是往往比较枯瘦，不滋润，少才华，这是老人文章一病。

小说家的散文有什么特点？我看没有什么特点。一定要说，是有人物。小说是写人的，小说家在写散文的时候，也总是想到人。即使是写游记，写习俗，乃至草木虫鱼，也都是此中有人，呼之欲出。

他分析了散文兴起的原因，说小说家的散文"没有什么特点"，写散文的时候，"有人物"，"想到人"，仅此而已。这或许因为是在我们的要求下才完成了这所谓"感言"吧。实在难为他，一个散文大手笔，让他写这些，类似小说大家钱钟书先生名言，吃了鸡蛋未必就得要问鸡是如何下蛋的。

汪老的字画，一时为圈内的抢手货。他被当作当代文人画的代表之一。一是他的文名影响。他以《大淖纪事》、《受戒》等小说，在新时期文学初期，题材别开生面，对人物心理隐秘的进入，对人性的多方开掘，有别样风景。他的散文，回忆往事，记述人物，注重情致和性灵，也简洁精短，有如明清的小品。再是他的书画，别有情趣，画面简约，留白疏朗，写意着墨不求技法铺陈，情意活脱而出。他的字，清丽、圆润，随意中见法度，不夸饰雕琢，也不张狂。在给我的书信中，一张白纸上，没有涂抹，清爽如许。

有人说，他是当代文坛最后一个士大夫，一个张扬人道主义的作家，斯言诚也。

十三、"另类"的叶楠

必胜：我寄给你三篇散文。是我去年今年写的我认为最好看的。篇名为：《酿造欢乐的酒浆》《神鸟敛合了翅膀》《生与死浇铸的雕像》。另遵嘱写了一篇所谓散文观，篇名:《晶莹的露珠》。请选用。敬礼。

叶楠 22，03，1993

这是我收到的仅有的两位用电脑打的信件（另一位是陈建功），这之前也曾收到叶楠先生的信，刚开始看他用电脑写信，有点怪怪的，那时，是九三年初还是九二年底，电脑写作属凤毛麟角，我等年轻点的用的也不多，他就这样子地超前，信的落款时间顺序是按西式先日再月再年的。佩服之余，好像不大习惯。心想，这种格式化的写法，有点批发的味道，除了名字外，都是硬邦邦的电脑字，难道这么几句都不愿意手写，是为了节约还是有意的炫技，想不明白。这两个疑问，在叶楠老，好像都不可能，那么，又做何解呢？只是想到一个兴趣广泛或者好奇心强烈的人，才有如此之举吧，"苟日新，日日新"是也。或者，他本来就是为了这刚学步的技术操作练习，才会这样子的，或者什么都不为，就是为了看起来整齐而清楚，也方便。无论为什么，他算较早用电脑写作的老作家之一。那么早，电脑创作，电脑写信，一个完全的现代科技拥趸，比年轻人还年轻人，他老先生可是花甲之年的人啊！

与汪曾祺老一样，叶老先生已过世有年。记得，2003年春，他重病住在海军医院，我去探望，他一头的管子，双眼紧闭，人没有了一点意识，当时，正好见到作家杨匡满也在，我们心痛，只有默默地祝福。不料三天后，他终于没有能挺过来，令人悲痛。想起了这位和善可亲的老先生，他常常是打个电话来，有事没事，交流一下，说点故事，再寒暄，问问他所关心或可能我所知道的事，他把我当成合得来的朋友。

与他多次一道外出，最长的时间是在北京南苑机场评全军文艺奖，一住五六天，最早的是1987年的张家界之行。叶楠是海军创作室主任，也因为他的电影《甲午风云》《巴山夜雨》等等的影响，在几次活动中，他被推在前台，可他却不习惯这样子，一句口头话是，那样子的不行。他的和气可爱，厚道得甚至有点的如佛如僧的淡定，不是装的，不像有些人老说我的脑子有点老年痴呆症啊，我的学问不好，书读得不多啊云云，故作低调，迹近噱头，恰恰让人侧目。平时，他话不太多，有点酒量，有点烟瘾，也有点小脾性，他也是个故事和笑话的能手。特别是当下文人圈的掌故逸事，他讲来很风趣，也很善意，往往是在大家不经意间，活跃一下气氛。他常常一身合体装束，是少有的注重形象的老先生。作为军人，我们相交这久，从未看他穿过一次军装。更多时候，他是牛仔装，丝毫不像是一个上了点年纪的老军人。

他给我的电脑文稿，打在一个长条两边带孔眼的专用打字纸上，两三千字都有长长的半米多，有时他的信也用这样的针孔纸，白纸面洇有浅蓝色的底字，并不清楚，却是那时的一道风景。

其实，他的字写的很是有笔有型的，现从他的签名两字看，有艺术字体的潇洒。柔软的飘逸，有如他的散文风格。在散文"感言"中，他以"晶莹的露珠"比喻：

> 春天的清晨，高山流水草甸的柔嫩小草的叶片上，挂着颗颗露珠，它们的透明，玲珑，晶莹，世上最好的珍珠也无法与之比美……
>
> 露珠是那么小，只可以用细碎来形容它们，然而，在它们小

小的球体里，含有蓝天，白云，朝霞，皑皑雪巅，莽莽丛林，高高飞的鹰……乃至整个宇宙。

它们吸融世界上所有色彩和光，又折射向这个世界，那折射出的色彩和光，要更加明丽动人。

即使是它们被微风或者晨鸟的翅膀，拂碎了，那散碎的更小的水珠，也还奇妙地保持无丝毫误差的正球体，也还向这个世界闪射着它们的光辉。

它不是刻意制造的，像盆景，哪怕是最精美的盆景。它是得之于自然，它虽幼小，形体是完整的，容量是配套的，色彩是丰富的。

这就是文学体裁中的散文。

他以诗的语言，为散文画像。自然，丰富，完整，这是他心中的散文境界。他对散文情有所钟，有多部散文出版，《浪花集》《苍老的蓝》，虽写海军生活的为数不少，但不少篇写大自然的风物，彰显生命的哲理，写天地自然中弱小事物的坚韧，有柔美细腻之风。"晶莹的露珠"，是他对散文的定义，对事物的观察。叶楠不嫌其细小，有别于男人、军人的豪放，惟此，细腻的语感，优美的文和情致，在军队散文家中别见风采。

十四、"武夫"邓刚

必胜兄：您好！遵旨将散文和六百字的散文观寄你，不知合格否？

我的信址是大连转山小区（以下门牌及电话省略——引者）有事请写这个地址。切切！祝你好并代问凯雄兄好！

邓刚匆匆上　1993，4，6

收到邓刚的信是四月了，这位以《迷人的海》闻名的小说家，其塑造的"海碰子"形象，丰富了新时期文学人物画廊。他的字龙飞凤舞，不拘法度，形象有点粗憨，却也试图有些形体。那时候，听说他到大连公安局挂职，还说他能徒手抓坏人，也曾到俄罗斯闯荡搞边贸，这一个武行道深的人，潜伏文坛，居然了得，但他也是个很细致的人，信中不忘详细地告诉你联系方式，也很周到，不忘了代问与我的合作者潘凯雄。

与邓刚见面是在大连的金石滩。那是在九十年代初吧，那边开发得热热闹闹，海边采风也吸引四方八面。一日，在大连作家徐铎的领地——金石滩午餐，好像有几拨人马，坐在一起，就有了与邓刚的相会，那次他也是陪朋友来采风的，饭桌上，因大家都有点熟，没有太多拘束，他就有发挥，话虽不太多，爱逗点嘴。他是快嘴大哥，特别是与女同志交锋，妙语联珠，好像有定论。再有印象就只听他说，在公安那边干活，而绝口不说自己写作的事。好像当桌上有好多的海味上餐，也有人就问了他写海的事，他眯缝着眼，一笑而过。这以后，他的文字，也就幽默加斗嘴，也有些小说笔法来臧否日常人物，于是，邓氏幽默文字，一纸风行。记得，我的同事刘梦岚女士，还专门约他加盟个专栏，谈天说地，抢着侃的。只是后来，这边原因没有坚持下来。他从小说而散文随笔，从生活而文学再生活的，有段时间，他得心应手，文思泉涌，有了不少的非散文非小品非随笔的东西。忽然，有一日，我收到他的邮件，是他的一本新书。可能是在这本小说家散文百题出版后，他从样书的前言，那是我们以编者身份写的序言，提及了散文随笔于小说家的意义，或者，是在某个场合看到了我论及小说家散文随笔热的文章（好像是在沈阳《当代作家评论》杂志上发的），他视为同好，竟然有了一信，说得兴奋，喜形于言：

必胜先生：由于常出门，联系断断续续，望原谅。近来出一本书，正是你说的随笔热，很好看，特别是中学生踊跃，在大学、中学校签名售书，竟出手一万册。大喜！在一家刊物发了个消息，邮购平均一天十本，可见书写得有意思有意味，还是大有读者。

现送几家小书摊上准备与庸俗书一战！

祝夏安！

邓刚　94，6，18

好一段见情见性的文字，一如他的说话风格。他为自己的一本书有销量有反响而大喜，以此为例，认为"有意思有意味的书，还是大有读者的"。他的书，具体名字我记不准了，抱歉的是，因搬迁一时也找不到了，当时在快餐化、娱乐化的流行文化影响下，文学图书萎靡，他的一本书有此利好，无疑是个可与朋友分享的大喜之事。且还有他那誓与庸俗书一战的行动，好一个东方唐·吉诃德同志形象。

赤膊而战的邓刚兄，没有什么太多曲里拐弯、皮里阳秋的，这是个率性的硬汉子，不能不让人喜爱。去年秋天，人民文学杂志组织大家在河南汤阴采风。多年后的见面，看他那身紧绷的仔裤夹克衫，一句老兄还好，好像是断了的线又接上了头，颇为高兴。可能是他人高马大、鹤立鸡群的，有意脱离会儿大家，独自参观什么的，言语虽少却一旦与雷抒雁、徐坤等人说闹一下，也是很好玩的。这一路两三天，他一身夹克仔裤，不管紧瘦与否，却也衬出了人高马大威武状。兴许是沾了岳将军灵气之故吧。在岳王庙里，武穆精忠持守，其书法词章也精到，文武之功，日月同辉，世人敬仰。邓刚也是一个人独赏，但当见到岳飞庙门楣上写有"乃文乃武"匾额，写有"人生自古谁无死，第一功名不爱钱"的对联时，似乎有点感觉，就让我以此为背景给他照相。这也罢了，我当时也给他看了数码照片的效果，没承想，我们9月5日分手，回去也就两天，他就来了邮件，急要他的相片，有点故意套我的意思："必胜小兄如面：分手后才知相见的时光是多么的难得，但愿以后还有见面的机会，多说些话。还有一事，别忘了给我发照片呀，切切！祝秋爽！邓刚9，7。"四天后，他又发伊妹儿催我："必胜小兄：至今没见到有照片发过来，看起来国家级报刊实在是太忙了，但我还是希望你在百忙中能将照片发过来，能有你亲自拍摄的照片，我会珍视的。切切！9·11。"几番来去，他叫我大兄小兄的，还找话激将，实在是可爱之极。我想，也就短短两三天，他这样子在意，不全是因为我的拍照。那岳将军乃文乃武之美誉，让他感佩，生怕这张沾光的照片而不得。当然，还有他看似一介武夫，粗粗拉拉的，却是很细心的人。率真而细心，好像朋友们也有这样的评价。

这种率直，也在关于散文的感言中：

散文比小说的年龄大，比一切其他式样的文学资格老。它所以受到那样多的敬重和冷落。几起几伏，散文从不景气，升腾到众人垂青的高峰，我认为这是散文的表现手法变革所致。

……

由于人们的生活节奏加快，由于科学技术越来越高超，电视摄像等手段已使人们视野开阔，几乎整个世界的景物历历在目。所以现代读者决不耐烦看过去那些静止描写景物的文字。坦率地说，一代代一本本教科书上始终牢牢地印着朱自清的荷塘月色，使我感到惊讶。那古董一样古气沉沉的文章，在当代鲜活的生命面前奉为范本，我个人不太以为然，当然，我决不敢否定朱自清的艺术价值。可是一个时代有一个时代的艺术特色和审美要求。一个时代的艺术巅峰与另一个朝代的艺术巅峰不可相论优劣，过多地借鉴并不是件科学的事。

散文涌起了新势头是散文小说化所致。散文融进人物意识，故事意识和更多情绪意识，符合当代读者的口味。小说家散文是散文形式变革的无意之中的功臣，我这样认为。

这寥寥数语，是从散文的形式变革与读者口味的吻合，来看散文热的。文章合为时而著，他以为当下散文需要三大意识："人物、故事、情绪"，也是一家之说，最直接的是，他对《荷塘月色》一类古气悠然的文字，长期占据教科书不以为然。生猛的海味，是邓刚生活的营养，而在行文、交友等诸多方面，这等做派，不失为一种让人记怀的滋味，于写作于人生，也会有所补益。

十五、"技工"陈建功

必胜兄：

您好！

惠书收悉，蒙兄不弃，有意收编小文入"散文选"，弟至为铭感。现寄呈《从实诚招来》一册，其中划圈者，为可选作品，兄可拨冗一读，有喜欢的，劳烦复印选入可也。兄所要之"感言"，一并寄上，请收。

匆匆颂

春安

建功谨呈　1993.4.8

陈建功的信是由电脑代笔。他以一种既定格式，打完了内容，再手写名字，以示庄重。当电脑刚兴，我收到这类信件时，新鲜之余不免有疑问，为何不全用电脑打得了，还要弄个名字手写的干吗？后来猜想可能为了庄重礼貌起见，或者以免假冒吧！不过，现如今，如若信件往来，不知还有何人这样打字署名的，不知建功兄他们这些先行者，是否还会这等坚持？

我以为，建功兄也许还会这样子的。有几次看他在会议上，即使是坐主席台主持会，也是电脑办会，发言稿从电脑调出，颇为潇洒。大概是

2002年秋，时在广东中山市古镇，我们参观了当地的一个新大建筑，同行的有邵燕祥、缪俊杰、周明等先生，看到那些电光影高科技炫彩之后，大家说到电脑说到手机电子之类，有人玩得利索，有人却颇为不屑，也有顽固的抵触者。对此，建功兄用了一个很古典也很暧昧的词："奇巧淫技"，还很痛快地一笑说，当年慈禧就这样子的冬烘顽固。作为一个技术的迷恋者，建功在作家中是最早驾驶汽车的，依他那时年龄，有这样的心态技术，玩技巧，是很酷的。据说当年他曾做过矿工下过井，我猜想，他不会是干纯粹的力气活，搬弄个技术，修理什么，他会在行的。

再看他这信，如印刷品一样规正，抬头和过行都规范地印在一张单位的便笺上。我奇怪的是，他把字打印在这小的信笺，如此格式规范，行距间距整齐，没两下子是不能的。

我曾想，依建功的性子和能力，是属于会玩爱玩一类，别看他平时斯文谦和，其实，隐藏有暴发的力量，是学什么会什么，干什么就能什么的。比如，吃喝玩乐的，都会有个样的。他是有情趣的人，一个有"奇巧"却不"淫技"的人。

他的信写得随意，不失夫子气，文雅，文气，也是一种风格。当年的文人们谦谦之风，尚有存乎，这是一种心境，一种续承，更要有一定的学养。

他签名"建功"二字，写得稍嫌散淡，看不出他字的味道和师承。他属于在书写方面，不太讲究的人。或者电脑高科技之后，他就省于书写，像众多的名家一样，写得流畅自如，保持自己的风格。

建功送我的书名为《从实招来》，是一本小开本的丛书之一本，收入了他的一些散文。我按他所画，挑选了《涮庐闲话》、《老饕絮语》两篇。他以幽默的语调，描绘了一个美食家的感受，在北方的涮菜习俗中，在宴席中大快朵颐之后，既有物质的满足，也有精神的快意，享受过程十分美丽。建功用一种自我调侃和文白夹杂的语句，把散文的一种情趣性做足了，也写吃饭点菜的细节，主要是北方的涮锅文化，见情见性。那一时期，他的散文口语化，日常生活景象，与时下的现代化生活驳杂万象相交融，令人称道。他曾在《北京晚报》开有专栏，写平凡人物、平民百姓、都市万象、家长里短。迹近开创报纸精短散文之先河。他散文不求宏大，不考究主题，不高头讲章状，也不拿腔作势，却有烟火气，市井味，读来活色生香。所以，他对散文也是用语直率：

  写散文要比写小说舒坦得多。写小说你得找出张三李四王二麻子，让他们出来替你重新铸造一个世界。写散文你不必劳这份神，提起笔，你就撒了欢儿地写吧。你怎么活的就怎么写。你怎么想的就怎么写。你就是一个世界。

  正因为这，写散文也难。

  你能保证你的世界就那么招人？于是，不知哪位发明了一种叫风格的说法，熬得散文家个个开始跟他们的文章较劲儿。也是，不较这劲儿，你就平庸，谁甘于平庸，谁？

  于是，个个把那千把两千个汉字掂量来掂量去，僧推月下门僧敲月下门，个个把那谋篇布局琢磨来琢磨去，起承转合此呼彼应删繁就简领异标新。

  就不怕较劲较大了，反倒矫情？矫情多了，不坐下了毛病。

  谁也不说你坐下了毛病。谁都说这是你的风格。

  你的名气越大，就越不是毛病，而是风格。

  于是，风格就成了许多人的"皇帝的新衣"。

  为了不闹笑话，我想，我最好还是离这害人精远点儿。好好地，只想着痛痛快快地把自己那一嗓子吼出来就成了。

  真的，甭惦记她。她不是该着咱惦记的。（1993，4，6）

建功似乎真是被风格这种虚套的东西弄得有点不快："你怎么活的就怎么写，撒欢了去写……痛痛快快地把自己那一嗓子吼出来就成了。"建功的一番感受，或许是夫子自况，或许小说家言，这个有点激烈的评说，对散文这个人言言殊的文体，自是一种诠释。也是过来人的彻悟。

十六、"变法"的李存葆

必胜兄：

　　近好。遵嘱将稿子寄上，请审。

　　我写画家这两篇东西，文白相杂，专业术语颇多，时常出错，《十月》刊《琐记》时，印错了七八个字，有时一字之错，很惹人见笑。三校样时，望兄能仔细给把一下关，看一遍，拜托了。

　　匆匆，不赘。

　　即颂

编安

李存葆　1993.5.8

　　收到存葆兄的大札，当时是何感想，记不得了，如今再读，颇有意外。他真是认真的人。或者，他被那些不细致的事弄得有点紧张、警惕了。为写此文，我重读了收入的李存葆散文，好像也还有错植的，真是不好意思，当时的文稿交去后，也没有再回校，我们也同作者一样看的是成书，大概出版社以为这是一本综合集子，作者们不能一一再校，也许他们过于自信了。这引起的错失，只能是迟到致歉，包括向入选的各位作家朋友。

　　李存葆的文名，起于中篇小说《高山下的花环》，同名电影出来后影响广大，他享受着铺天盖地的美誉。他后来也有多篇散文问世。而收入的两篇，开始了他日后写这类书画家，写艺术人物的创作。大概是六七年前，他出版了散文集《大河遗梦》，我当时写有一篇文章，论述他是"从历史的视角和文化层面，探究人自身发展进程中的重大问题。诸如环境保护与生存发展，爱的迷失与情感危机等"。我说道："李存葆的情感取向是古典浪漫式的，在一些作品中，体现了他对远逝的古典人文精神的一种缅怀，一种追寻。他的几篇文章的题目，直接用'殇'、'遗梦'、'绝唱'等命名，体现了他对逝去的追思和缅怀。"

存葆兄当时在济南军区专业创作。后来到北京解放军艺术学院任职。与他交往最头疼的是他一口山东话，因为他的话，我错把山东方言当作全国之最，没有什么方言比这还不好懂的。他这话，如果一点也听不明白，索性也罢了，就像外语，问题是还有那么一些也可猜测的。有时候，真不知他说的是什么，就好奇他讲哪里方言，后来明白了他是山东五莲人，也因他这口方言，我等才知有这个县名。有意思的是，我的一位前同事也是此地人氏，却一口普通话，很流畅，真不知这李老兄，还走南闯北，有部队里的语言熏陶，这等顽冥的如何是了。

虽然与他还算有些接触，他后来进京后又当上作协副主席，见他的时候多看他在台上。但是，同属烟民有嗜共焉，有时候，同好之下有较多轻松的机会——抽烟。他的烟瘾大，但还能克制的，有时难耐之际，叼着烟也过过干瘾，一副小顽皮的模样。这时就看出李大将军的可爱之点。烟卷，他好像对自己的家乡产品如坚守方言似的顽固，早先是"将军牌"的，近年是"八喜牌"的，这可能有口味适宜之故，但何尝不是一种执拗？他大概从九〇年后就少有小说问世，在八十年代辉煌的小说家群体中，他可能是少数没有新作的。可是，他执著于长篇散文，一时称之为文化类散文，也有骄人的实绩。我有时惊异于他，这种长而大的散文有些式微了，可他却逆势而上，并不为时风所左右，是如今为数不多的写这类文字的大员。当然，他的长篇散文，虽也关乎宏大题旨，关乎历史人文，有事件有背景，但往往广收活化史料，注重史迹的寻考，读来不枯燥，不冗赘。我在那篇文章中说："他更多的是从自己的亲历考索中，运用一些田野考察笔记来求证他的发现，他的论题。他对一些历史的兴趣，无异于史学家和考古专业的缜密和严整。只不过，他让故事和史实活起来，这就有别于其他类的文化大散文，读来更为亲切，更体现出特有的人文特色来。"像《祖槐》数万字考察了华夏文化祖始自山西一脉衍生绵延的历史；像《沂蒙匪事》这样的题材，这样的采访等，见出其选题的重大。当然，其史实和文献的意义不可忽视。

从虚构的小说到纪实的散文，史料文献的收集活化，存葆兄在担当一项艰难的事。八十年代后期，报告文学热潮兴起，他曾写过《沂蒙九章》，开始了他在散文纪实方面的尝试，日后重点是散文，前面所说的大散文。当然，写这类散文，文化味、史实性，以及文献性，还有书卷气，都是一个艰难的挑战，而他，却在我们的些许疑虑和期待中，完成得有效也合格。或者说，他的这类考据，辨析，质证，综合，有创意也用心良苦，这些对作家的知识储备和观察力等，是一个有风险的考验，而行伍出身，写小说出道的他，却给了我们较多的惊喜。有时，觉得他的散文笔力强劲，尤其是对中国传统人文精神的承继上，他表现了相当的自觉。有些语言的表现力，是他过去小说的一种新变。所以，有人说李存葆的散文，展示了一个勤奋者所能达到的高度，也改变了他的叙述语言平面单向的不足。

对散文，李存葆以"散文的随意与法度"为题说：

  感谢充满灵性的祖宗创造了散文这种文体，让代代骚人墨客有了一方任思绪恣意飞驰的空间。但是，不要认为喜了怒了恨了惆怅了都可以在散文中宣泄而不用担心被散文拒之门外。我从未感到散文是在灯下放一支轻曲，煮一杯咖啡之后，就可随意去做的事。

  ……

  散文的随意不是信笔涂鸦，大匠运斤、大巧若拙的随意只有那些天赋很高、艺术功力很厚的散文大家才能获得，这种随意无技巧之技巧，是一种朴素到极处也美到了极处的境界。

散文姓散是指它题材的广阔性和表现手法的多样性。愈是散，愈有奥妙无穷的法度。有了法度才会有艺术个性的自由……

散文是含情量很高、易写难工的文体，因此，许多大家在熬白了双鬓后又去专做散文了。

不能随意而为之，不是在灯下的一支轻曲，散中有法度，如此这般，是在千帆看尽、曾经沧海后的一种彻悟，这样，才有荐葆对文化艺术的大家们的书写，才有他对历史的探究和考察，才有那洋洋大观的文字。

十七、性情梁晓声

必胜兄：遵嘱寄上散文三则，请任选一篇，或皆录之也请便。

另，我和李国文共荐中国海洋石油总公司副总经理陈秉鹜同志一二篇，也请考虑一下，陈是五十年代大学生，近在各报刊发散文颇多，我读过，还评过，实在是挺好的……

另，身任副部级干部，工作之余仍能习文，且文章华好，可谓不易矣。应予推崇之也……

晓声匆匆4，6忙草

必胜兄：遵嘱寄上散文断想。

我在忙着改电视剧，不多叙。

祝好。

晓声　4，14

梁晓声先后两封信，信中顺便推荐了他和国文老共同的朋友的散文，看出他的热心，也看出他没有搞清我们约稿信的内容。这也难怪，他是个忙人，或许他沉浸在朋友文字的美好阅读中。在我收到的信中，少有他这样子不管不顾的。

我后来去信，一定又报告了我们编书的范围，他会理解的。他随和、细腻且有情份，是处事简单没多客套的人。

那是在1996年5月上海之行吧，时间我之所以肯定，是因为我们在机场见面时，他仅穿着一件衬衫，拎着个纸袋子，晃来晃去的，一看那里面没有什么内容，简单得不能再简单了。我们住上海西藏路附近的宾馆，参加海军作者的一个电影脚本讨论会，与他住一屋，那时这样的安排也多见，也自然。我吃惊他这点行头，就能出差，就算是夏天衣着简单，不是还有两天，还是到大上海啊？一个印有单位字样的纸袋，装书还是采买也罢，他却当作行李袋子，这样简陋而随便，恐难在文化人圈里另有他人，何况他还是一位走红的作家。晚上睡觉时，他拿出一个套圈套在脖子上，说是颈椎不好，无可救药，如此这般，可能缓解。那一夜，在有点闷热的气候下，梁兄也是这样子的一头套圈，直面于枕，看他那样真有毅力。其实，我也多年因腰椎而颈椎，弄得脚麻手麻的，也有病友介绍这法那方，都嫌麻烦，可能也没有他那样严重，就没有这大手笔式的举动。早餐上还是在会上，他老兄也是戴着的，真佩服他的认真和淡然。想想这样子一个脖套子，我等之人也总有点不习惯，也不雅吧，而名人梁晓声则不然，他回归本原回到本真，是率性为之。多年过去，不知他这个顽疾如何了。但那个纸袋子行头，那个颈椎套圈中的梁兄，可爱的印象实在难忘。

那些时，有机会与他相见，有几次是由李国文老师牵线，有外地的作家来京聚会，还有几次是一个什么小会，总见到他，还有叶楠，感觉到他们三人常在一起出现。记得，叶楠老说到有什么事，爱说去问晓声，一口鼻音很重的河南普通话，慢条斯理的却是坚决的，叫起晓声来，很亲切，在他的心中，梁晓声什么都知道的，都会想办法的。

不知晓声是否如叶楠老说的那样什么都有办法，但是在文学创作上他是多面手。他的小说自八十年代初、新时期开始，以众多知青小说而文名远播，他在电影、电视以及纪实文学创作中，也是多面出击，他的散文虽写过往生活，有亲情的如父爱母爱，以现实性和思想性见长。他的随笔杂感，直面现实触及时弊，有时对体制上的弊端，人文精神的缺失，都给以坚决针砭，而且，也为一些民生问题呐喊，为底层人的状态鼓呼。他对文人的虚假，沉湎自我自恋，有严厉而坚执的批评。为此，他的直率，也让有些人不快。他在《人生真相》《中国社会各阶层分析》和《梁晓声语录》等中，论及思想、爱情、友谊，对生活中假恶丑，以及人性的偏失，进行发言。有时不顾情面，好像一个文学愤青的激昂，而自己大快胸臆，活脱出一个坦率不做作的梁晓声。我想，他从《今夜有暴风雪》《那是一片神奇的土地》，到《泯灭》再到散文、随笔，他的文学轨迹由青春的祭奠，到现实的呼唤，再对于民生的关注，时有呼啸奋进。他是一个激情的理想主义者，一个激昂不失赤诚、本真的人。

不知是否因为他多在沉思和思考之故，晓声是一个不太爱说笑的人，有时，不苟言笑，矜持得有点木讷，这或可为保持着对社会人世一种有利的观察方式吧。

让我惊异的是，他二三年前，还不用手机，也不用电脑。在现代化技术汹汹之势下，他有老僧如定的淡然，保有原始状态的写作和交往，在文人中，特别是中青年小说家中不多见。可是，他却开了博客，我不知他是如何把文字传上博客的。即使我等用电脑多年，也不习惯这博客方式。以这样一个现代信息的平台，与社会交往，这不是作家们都能做到的，无疑，可看到了他的另一面。

他的手书，是较为规范的那种。新时期以来出道的小说家们，虽也有书写较为劲道有样的，但不客气地说，多半是没有太多手书练习而急速成名后，在写字方面先天不足，尤其是年轻一点的。当然，时间也许会助他们成功。梁晓声不是这样，他的字是有格有体的，硬朗而流丽也练达，自成体格，一张那个时期商店常见的信纸上，他写来是好看有样的。十多年前，文人们雅集，还不太时兴会前会后写字画画，可是，那么多的作家朋友，书法上也算精进有为，像梁兄这样子的，直接可以在书法上独当一面的，我想，经过这多少年的研习，其书艺会更为可观。

关于散文，梁晓声认为：

> 文如其人——于小说未必，于散文定然。散文是最近性情的一种文体。散文最是一面镜子，最能映出为文者的形状……于狭义言之，散文常能代表文学的一种"质"，于广义而言，散文常能代表文化的一种"魂"——一个时期刊发着怎样的散文，印证一个时代的糜朴之痕……
>
> 我个人喜魂清质朴的散文……可惜这样的散文如今不多……散文尤其需要为文者有文人的性情、心智和灵魂——目前，中国之文人普遍缺的是这个。结果我们在散文的海中却难觅散文了……

性情、心智和灵魂，这是个高标格的要求，梁兄言简意赅，直点穴位。

十八、"三刘"再说

"三刘"，是三位刘姓小说家，即刘恒、刘震云、刘庆邦是也。

"三刘"之说，是16年前我在一篇文章《"三刘"小说》（发表于《作家》1993年）中，对当时正走红的他们以此名之。"小说"者，稍稍说说之谓，或理解为说三人的小说。他们三位同在北京，在写实一路，小说风格有些相近，其出道时间也大致相同，我就此打包捆绑，好像还得到了认可。

其实，散文方面，"三刘"好像不着意经营，或者说不太突出。"三刘"

的散文，一如他们的小说，在文气文风上，各不相同。刘恒的锐利，震云的俏皮，庆邦的温润。收入本书中的分别是，刘恒的《立誓做个严父》《火炕》；刘震云的《轮船》《童年读书》；刘庆邦的《儿子是什么》。

他们散文有相同的题旨，描写的是亲情和家事，也有过往的经历和记忆。这是散文的传统路子。不同的是，刘恒的语言实沉而锐利，有板有眼的，不乏小幽默；刘震云的简洁叙述，刘庆邦的温婉表达。他们不约而同地展示了亲情，尤其是儿子的描述。有意思的是，刘恒的散文《火炕》开篇，说到约他作文的就是刘震云，他在任职的《农民日报》开了专栏，约请各个名家写稿。

我在当年的《"三刘"小说》中，已谈及了与他们的交往。几乎也是差不多的时间，也是在他们即将走红的当儿，与三人渐渐熟识起来。遗憾的是，当年"三刘"为编散文选给我的信，仅存刘震云的一封。

为了统一，我从刘恒和刘庆邦其他的信件中，找出两信，展示三位小说家的字迹书法，也说及他们的文学或文学的往事。

刘恒的信是在九一年二月写的，早于这批作家的书信，这是一封控诉而愤怒的文字，起因是副刊转载某报一篇文章，不点名批判他的电影《菊豆》，获得国际提名奖，说"那里面有通奸，有谋害，有少年儿童的精神分裂，有中国形形色色的愚昧与落后，有放在任何年代都可以存在的时空……床上动作，谋夫通奸，把诸如女人小脚之类视为家珍，奉献到国际上任人玩味与品评，是对中华民族的丑化与污蔑"……虽未指明，也可看出是说刘恒由小说《伏羲》改编、张艺谋导演的《菊豆》。大帽子，上纲上线，这架势，刘恒兄如何承当得了。他当时就住在报社大院宿舍，常到我那儿，不由分说，刘兄激愤难平，写有三大张纸，连同剪报，趁我不在，留我办公室："请向有关人士口头表达《伏》作者之不满，并同时表达他作为一个顺民的无奈"，刘恒说。当然，毕竟那是文艺高压期，阴云如磐，毕竟我也无能为力，"我也不想与该作者论短长，因我有更有意义的事需要做。"他也自嘲，"你我就当此事是个玩笑吧"。还在信尾"摘录影片俗语"——一句外国电影尽人皆知的口号，说是"与君同乐"，气愤之余也相当无奈。

实话说，多次看他这封信，我犹豫再三，这里还是隐其内容，不是为他讳，如今这位文坛大腕，贵为中国作协副主席的名家，这信的内容，极有保存意义，那就留着以后再找合适方式披露吧！

具有讽刺意味的是，那些"狗血淋头"（刘恒信中的语句）的批判，随着政治清明，已成为荒唐的过往，而如今的他，成为好多主流电影，如《张思德》《云水谣》《集结号》《铁人》等，还有话剧歌剧的原创者改编者，好评如潮，在主流评奖中屡有斩获。如果说，那个批判风波，对于他有什么影响的话，只是，激励了他，也有如司马太史的隐忍韧性，十年生聚，终有所获，是他自谓的"更有意义的事"的成就。

后来，我们见面也偶有提及，但却没有影响他的创作。两年后，他应我之约自荐了两文，于5月29日专写有一千五百余字的《难见辣笔》一文，感叹散文的境遇，也是对文学现状的思考，这里摘录如下，可窥其刘氏风味之一斑：

> ……
>
> 不出老例，一样东西万一时髦，便勾得众人纷纷凑过去。几年来的文坛，先是虚构的文字发虚，让看客们读着备感虚妄，索性弃之不顾。随后是纪实的文字不实，无论甜言蜜语，更无论慷慨陈词，都散发着可疑的铜臭气……曾经浩浩荡荡的文坛，遭了时代和大众的白眼，几乎溃不成军，横竖是打不起精神来了，文学的冬天除了冷，还是冷，却独独热了散文……
>
> 米饭上来先不吃，先要数米粒，研究它是怎么来的，哪儿来的，不弄得大家饿着肚子吵起来，决不罢休！所谓散文，是摆定

了的东西，因而也是熟透了的东西，吃就是了。一个人坐下来写散文且自我感觉不错的人，没有读过散文，我不信。既然知道自己在干什么，喋喋不休地说些"形散神不散"之类的话，有什么用！真能救命的，只有笔，只有笔力，还有便是天数了——这是一切文章和一切文人永难逃脱的宿命。

散文热起来，是因为真切，能测出一星半点深藏腹底的念头，昏话和淡话听多了也说多了，谁都乏味……此外，这文体适合锻炼文字，使文人们易于彼此较量……

散文少见辣笔，常想是为什么？想不出。有人恨不见屈原，恨不见鲁迅以此归咎于当代文人无骨。殊不知，他们并非无骨，他们终究太好面子……

有意思的是，五六年前吧，他的《张思德》影片走红，我们单位的政工部门力邀主创人员来大院为职工放映，开映前请他上台讲了话，陪他去会场的我，看他那镇定的目光，却不免心里琢磨：回到了这个熟悉的地方，他不会不记起那十多年的一件刻骨铭心的往事，听他讲话看他电影的人中，有几人会知道眼前的这位作家，曾经被当作"罪人"遭到讨伐？世事如棋，今是昨非。我欣然，也惑然。

再看他的书写。刘恒是我见过的作家中，坚持以最原始的工具写作的，一是他当年用的是人们不太用的蘸水笔，写一下，再点一下墨，这恐怕已绝迹的东西，是他当年的最爱；二是在一个普通的大32开的日记本上，简陋的书写工具，他驰骋纵横，笔走龙蛇，成为一代小说或影视的高手。多年后，他还是不用电脑。用这类墨水笔，他的字粗大圆实，多是没有笔锋断尾的笔，这不经意间也形成了风格。

现存的刘震云来信，是1993年5月4日的，他写道：

必胜兄：遵嘱将三篇散文和一篇谈散文的文字寄上，不知合您的要求否，如不符，请扔掉就是。即祝安好。

震云　5，4

与刘恒不同，刘震云的字写得较大众化，当然还算是流畅俊逸的。他早就以电脑写作，电脑用得十分熟练，算是"维新派"。他是较早有车的作家，汽车档次与时俱进，先吉普又轿车。那时，他好像还是开富康车，我们同去开一个会还是有个什么活动，他说顺路来接我，自愿当回司机。在我附近一个商店对面，他以惯用的客气来迎接你，真像是一个司机似的让你不知自己是何身分。这就是刘震云，会调动气氛，让谦恭变成客气。你反而觉得就这样子也好。他也是个"复古派"，爱好看起来像是唐装又不像是唐装的衣服，在我少见的几次见面中，他这身打扮也有点俏皮的。最近一次是2006年，全国作家代表大会在人民大会堂开幕，快开始前，大厅里见到铁凝和他先后走来，我抓拍了几张他们的合影，与刚当主席的铁凝优雅而鲜亮的衣着不同，他的一身黑衣，而且是老年对襟式的，活像一个五四青年装束，配上一头长发，稍土点却也很酷。这是我们最近的一次会面。想起来，他已经少有散文随笔的文字问世，在影视方面，他不时地会调动影视迷们的情绪，而文学的事，好像倒成了他的副业。所以，他多年前的这篇关于散文的感言《我对散文有点发怵》，就很珍贵了。他说：

我不会写散文。我对散文有些发怵。因为相对其他文字来讲，散文与人最直接，人与散文最坦白，最真诚，要心甘情愿地给它献上一束红玫瑰。而这对于东方人，恰恰是最困难的。我也见过许多束玫瑰，这些玫瑰的枝叶大部分枯萎变形、养分不足，且下边一般不带泥土和滋养它的粪便。玫瑰与捧着玫瑰的人，都像影子，而不是实实在在可以触摸的东西。别人是这样，我想当我面对粪便和玫瑰时，我肯定不会比别人好到哪里去。所以，我对它敬而远之。

"三刘"中的刘庆邦，年岁稍长些，而字迹却秀气，清丽，年轻人的笔体。倒也是因了字如其人之说。他的温和派的书写，有如他的为人，不急火，不张狂。与他交往，包括读他小说的感受，我在那篇《三刘小说》一文中写过。这多年，与他还时有见面，一个深刻的印象是，刘庆邦温和中有坚毅，委婉中有执拗、坚持。每见他，无论是什么会上，即便庄重的大会堂里，还是出差到外地，发达的南方东莞，老工业地带的沈阳，他从来就是一个军用挎包走天下，随身跟，在大会上有人可能是电脑一摆，而他却多是绿军包上肩，很见个性的。大概从我认识二十多年始，这习惯依然，真不知他老兄这个坚持，是什么理由。有时我想，真是难为他啊。且不说，这个包现在还从哪里能找到，也不说这也装不了多少东西，还有长年如此，洗涤什么，多不容易。即是有好多条理由说它好用好带什么，但按常理常情，似乎不可思议。如此的不弃不离，像对待恋人，也就是他刘庆邦。有时看他这一细节，真想约他写一篇文章，那将是很有意思的。

他的性格是柔软的坚硬，比如，玩扑克，有两次会议后他召集大家，我不太爱这些，天性愚钝，被拉上架，可后来愚钝竟能小赢，他却很当真，虽不是输不起，也不是要面子，是他的执著，和对一件事的认真。这样子的性格，是没有什么可以让他改变自己的。

有了这韧性，他的创作日益精进成熟，九十年代以来，成为短篇小说的高手，似有共识。当年，我们约他的散文时，他说没有像样的，出于友情，出于他对文学的态度，专门赶写了两篇。这在书的后记中我有提及。对散文，他认为，是作者交出的心灵，所以，他说《逃不过的散文》：

作者写小说，可以写得云山雾罩，扑朔迷离。人们看完一篇小说，可能连作者的影子也抓不到。散文就不同了，作者交出一篇散文，同时把作者心灵的缰绳也交了出去。人们看罢一篇散文，等于顺便把作者也牵出来遛了一遭。换个比方，作者是一只兔子，各种文体是一道道网，兔子逃过了小说，逃过了报告文学，逃过了……可一到散文这道网前，就逃不脱了。

……

我不大写散文，是因为对散文这种文体太看重。不得不写一篇，也写得诚惶诚恐，生怕对这种重大的文体有半点不恭。

十九、周到的铁凝

写下这小题，有点拿不准，现在，已任职近四年的中国作协主席铁凝，我这样定义她的信函，合适吗？如不妥也算聊备一说吧！

周到，是周全而到位。从铁凝给我的信中，看出她的这种礼数。她在收到我的约稿信后，也算较早，大约半个多月就回信了，一笔流利而见棱见角的字，排列的齐整，尤其是她的签名，有点艺术讲究的。她写道：

王必胜同志：

春天好！几封来信均收到。前些时赵立山从北京回来，他转达了你的问候和约稿之事。

遵嘱，寄上两篇散文，"我的散文观"我选用了散文集的一篇自序，因为这自序实际谈的也就是我的散文观。三篇东西一并寄你，请收。

欢迎有机会来石家庄作客。

祝愉快

铁凝　93，3，26

其实，我的这篇记忆文字，以时间为序，按当年来信早晚排列。而铁凝是个例外，我这里拿铁主席殿后，纯粹是一个写作技巧。

说她的周到，从信的抬头就可以看出，称我全名并同志，这称谓在这批写信的年轻人中，再无他人。像何士光先生也是不太熟没交往过的，他也以常见的先生称之。而铁凝有一两次的见面，为礼数起见，以此称谓，表示了必要的客气和尊重，甚至有点严肃。在文坛圈内，作家们即使是贤士淑女，也多性情中人，这样客气和讲究，多是在不太熟悉的朋友间。而铁凝的注重礼数周全严谨，约略可见。

她在信中，提到的赵立山也是小说家，当时在河北文学当编辑，他们同事也较熟，常来北京公干。立山是个热情张扬的人，每到北京，抽空就来我这里，为了这本书，我请他几次带口信给铁凝，约稿问候。

铁凝自荐了散文《你在大雾里得意忘形》《沉淀的艺术和我的沉淀》。前一篇散文中，她描绘了一个人置身于大雾的感受。触景生情，灵感突发，放松心情，展示本我："只有在大雾之中你才能够在看不见一切的同时，清晰无比地看见你的本身。"雾里人生感受，自是一番滋味，最为难得。这是文章的支点，也见出构思的奇妙，她的语言委婉清丽，一如她小说的文风。

铁凝的散文最早结集的是《草戒指》《女人的白夜》。她以温婉的笔触，写世事人生，尤以女人的人生片断，最见光彩。代表作有《河之女》，一个关于河中的石头的故事，写得曲尽其妙，也以出人意表的感悟，诗化了大自然中的情怀。河水，石头，人物，风习民俗交织相映，景象物象与情思相得益彰。所以，她在散文的感言中，以"心灵的牧场"来表述：

世上的各种文体，同植物和动物之间、陆生动物和水生动物之间一样，都存在着交叉状态，但这种交叉的状态并不意味着彼此可以相互替代。比如小说和诗，是可以使人的心灵不安的，是可以使人的精神亢奋的，是可以使人大哭大笑或啼笑皆非的，是可以使人要死或者要活的。散文则不然，散文实在是对人类情感一种安然的滋润。

散文是心灵的一片牧场，心灵就是这牧场上的牛羊。当牛羊走上牧场的时候，才可能出现因辽阔、丰沃和芳香而生的自在。

散文需要自在……

安然自在，心灵牧场，散文的精神性为其主要，这是文学的归宿。以此为旨归的文学，是具有滋润人心的力量。

我说她的周到，还因为另一件事，在她一年后给我的信中，她写道：

王必胜：

你好！

寄来的新闻出版报收到，多谢你对无雨之城的褒奖。

遵嘱，给长江文艺出版社写了几个字，不知会用否，请转交。

有事随时联系。

祝

夏天好。　　　　　　　　　　　　　　铁凝　94，7，4

信中所说的新闻出版报的文章，是我评论她的长篇小说《无雨之城》的小文。我是从通俗化和严肃性的角度来论及的。那段时间，受《大连日报》的读书版之邀，为他们开有"京华书影"的专栏，每半月荐一书。我写了这部小说的评介，后也给新闻出版报的朋友发表了，这就是她信中说的，对《无雨之城》的褒奖的事。我以严肃与通俗的话题说到，小说有通俗文学的故事框架，严肃文学的内涵。"它是在二重人格的精神层面上，描绘当代人的政治仕途与情感隐私的尴尬和两难之状,直逼人生最为隐秘的情感之角,也在反思在物欲、媚俗的时弊中,健全的人格之于现代人的重要。"这部小说在铁凝作品中有着不同的意义,让我们看到一个纯情的严肃作家通俗化的路子,或者加入了那一时期小说寻找新质文化的反思中。以后她写的另一部长篇《大浴女》,也可视为同一路数。

信中,她说的写字一事,是为武汉长江文艺出版社的题字。当年,我的学长秦文仲是一个编辑室的头儿,他多次托我,说社里好像有个什么纪念日,要请铁凝写个祝词或者随便一句话。我曾建议他们在北京找个书法家倒也省事,可铁凝在外地,怕不太方便,私心想还不如书法家写个字得了。可是他们坚持,非要铁凝的不可,至今,我也没有弄明白是何因。记得还很少有找作家,尤其是青年作家题词什么的,可见他们对铁凝的重视。我已忘记了是当面还是信件请托铁凝了。不料,她很快就写了,让我十分感动。抱歉的是已忘记了她所写的内容。也忘了收到后如何转交长江社的,有否给她回音。事过多年,这题词什么的也不知何在,真有点不敢想像。也没有多大的奢望。因为具体办事的秦兄,是个好人,他在单位里还有很多的关口,出版社的几经变化,书后来再版也没有与我们打个招呼,可见一斑。再说,十多年过去,物是人非,世事茫茫,觉得对不起写字的主人。但,铁凝的周全,让我在出版社那边,有了交代,在当时是很愉快的。

与铁凝的熟悉,是她的另一部长篇小说《玫瑰门》研讨会。那是在1989年2月,那次会议我写了一个较长的报道,以评述的方式说会议谈作品。当是较早的关于这部小说的新闻述评文字,后来又约发了有关的评论文章。记得铁凝为此还来过电话说及,想是她办事很周到。

后来,间或是在北京还是石家庄的会上,偶有见面,几年前她的新作《棉花垛》出版后也在北京开过研讨会。那是她上任主席前的最后研讨。位置更高了,时间更紧张了,只有更为勤勉而严谨了。听到较多的是,艺术上她勤奋精进,摇曳多彩,变法创新,而为人上她是通达周到的。这也是一个作家而主席的必要修炼吧。

二十、结语

　　写了这些，遗憾二字油然而生。是的，我没把收入书中的 55 位作家悉数写到，不是因为篇幅，是现存的信件中不少作家阙如，有几位老人，像冰心、巴金、孙犁老们，年事高不便直接打扰，还有的信件是寄往我的合作者潘凯雄那儿，也还有因保管不善没有找到，种种原因，就只留下一个遗憾了。那些没有写到的作家，如王蒙、王安忆、王中才、李国文、从维熙、史铁生、叶兆言、冯骥才、刘心武、贾平凹、莫言、苏童、余华、陆文夫、张贤亮、张承志、张炜、张抗抗、高晓声、格非、迟子建、陈世旭、苗长水、金河、赵玫、阿成等，或许以后有了机会再续下去。

　　之所以把他们关于散文的文字，基本抄录，觉得这些文字有相当的分量，也给研究者们留下一些资料。这长不过六百，短仅二三百的文字，就是一篇篇精短小文，集中了小说家们对散文的领悟。谈文体，说语言，论意境等等，或零星感受，或细微梳理，各不相同，甚或矛盾，却出自内心发于肺腑。随意为之，皆成文章。洋洋数十家，倾情于一种文体，甘苦寸心，见性见情，纵观文坛，历览散文花园，实为难得，恐也绝无仅有。

　　因而，读他们，兴味盎然；写他们，言不尽意。"此情可待成追忆"。惟感佩而感谢。感谢散文，感谢小说家们的书信。

2010 年 4 月

读·看·想

——关于报纸和电视

一

有朋友问，你们办报的人现在还看报吗，这话问得蹊跷，细琢磨，这话也问得有水平，办报的人不看报，这才是新闻。报人不看别的报，也许对自己的报相当自信了，天下新闻一大抄，报纸还是自家的好。报人不看自己的报，只缘身在此山中。就像是市场上有些商贩不享用自己的商品一样，也许这个比喻是不准确的。这可能只是一个个别，但无论哪种，都反映出，面对铺天盖地的泛滥成灾的报业大战，谁会有耐心去看那些对你没有多大用处，或者说，根本没有什么用处的报纸嘛！

老实说，一张报纸让人眼光注驻十分钟，就不错了。眼珠子停留二十分钟，就是优秀。我不知他人如何看，现在的报纸，尤其是那些号称大报集团报的东西，你如果以我这个标准去衡量，十有八九是没有人捧场。这就是我要说的，现在的一些报纸患了"新闻贫乏症"，报纸报纸，新闻纸，在一个新闻资讯十分发达的时代，少新闻，忽视新闻的报纸，是很难在竞争中占上风的。通常看到的是，新闻被挤压到配角的位置，或者，以一些貌似新闻的东西充斥，让新闻纸变成了工作性的总结文件集纳，也并不鲜见。问题是，还有不少的报纸编辑老总们，听不得或者根本缺少读者观点，自我陶醉在这种杂志化，搞宏大的选题，把新闻也做成耳提面命、高头讲章似的东西上，一张鲜活的新闻纸，一份本该散发着生活气息的日报，却让人没有一点亲和力，实在是少了在热闹的报业大战中的竞争力。还有一类现象是，报纸的专版猖狂，一份达四五十个版的报纸，各类专版占去十分之八九，一些广告类的专版，堂而皇之的成为报纸的主打版面，新闻只是可怜的少数派。

足球世界杯期间，一张地方性发行量不低的报纸，每天早上出了个早报很抢手，价格便宜，更主要的是十几个四开小版，读到了想要看到的新闻，随手扔掉也不可惜。这就是很有读者眼光的新闻运作。那几日，特别是双休日，我赶早用二毛零钱去买这份早报的时候，我想，何必把报办得那么宏大，那么臃肿。世界杯偃旗息鼓，这份报纸不知是否停办，我以为，它当时的红火，会给我们提供一些改革的思考。也许有人会说，我这是小家子意识，报纸现在发展是扩版，而我还是唱前朝曲，不合时宜。我只是说，办报也要因地制宜，也有个朴素为美的问题。要不，走着瞧。

是的，现在的新闻、信息、资讯发达，电视电台互联网等等如火如荼，让新闻这块大蛋糕再分配的时候，快捷和实在就显得尤其重要了。

二

新闻是什么，报纸以什么为主，这是个常识，可就是对这些常识的忽视，让一些报纸缺少了人气。你看，一张报纸上，公文性的长篇大论，占去了一大版或者几大版，新闻的东西挤在小小的地方，有时候，本来是一个很容易出新闻的东西,却变成了一个经验总结式的报道。有人说,现在要提防伪新闻,一些缺少基本要素的消息,也占据着报纸的版面,这种东西可以说就是一种伪新闻。

比如,有地方出灾祸,甚至是很大的惨剧,而新闻记者倒也很快地予以报道,这一点比起以前的故意不报或者晚报,造成的议论纷纷更是不好的影响,要好多了。但读这些新闻的时候,也只有灾情惨祸的简单介绍,哪怕是百十来字的文字,也少不了当地的官员,什么什么人的名字,这不止一次是这样的了。当地的父母官,应当在这人命关天的时候,冲在前面,哪怕是去献出生命,可是,这个时候,对他们的名字的提及,并不是为了这条新闻的权威性,本来救命于水火,解民之倒悬,是党性良心对官们的道德要求,是普通百姓在关键时刻对为官者们的一丝要求,也是领导者们施政为民的题中应有之义,而把他们的头衔在这时候提及,把他们的大名在这时候提及,并没有什么好的效果,读者关心的是遇难和遇险者的名字,而不是那些到场的官员谁谁,本来发生在所辖地的灾难祸害,你不去前线,第一线,现场,说得过去吗?这种灾难新闻,最好是提到受难者的名字才好,像航空事故现在都争取在第一时间里提遇难者的姓名了,是个大的改革。这些好像曾有上面领导批评过,而我们经常看到的是,无视这样的新闻应当给予读者所想要看到东西,比如事故灾害的程度,处理的情况,当事人的生命如何,而不是领导者们的姓甚名谁,经过数十年跟党走忠于党的平民百姓们,自然会相信这危急关头有地方领导者的身影,不会怀疑领导者的与百姓心连心,只是我们的新闻报道囿于旧的思维,往往生怕不提及地方领导者的行动,就会造成负面的影响。以领导者的官职大小来排列新闻的主次,这种现象很常见。从人道的角度来看,人命遭逢不测,如果提到这些人的名字的话,是一个起码的同情心。可是如上所说,真不知是有意安排这新闻的写法,还是记者们的习惯思维:新闻的老套套,唯官是先。

三

说到报纸的杂志化，这是一大通病，唯恐报纸在理论色彩上，在重大的论题上，不讲政治，不讲理论，不讲方向。于是，报纸动辄是公文式的文字，有时候，本来有意义的选题，也变成公文式的处理。不是说公文不好，公文与新闻不是一回事。比如，有不少报纸，在阐述重大的方针政策时，常常以专版\专刊形式，组织和刊发一些座谈会、笔谈式的，以及署名文章，非要注明其头衔身份，注明单位，这就有些画蛇添足了。人们读报是看你对某一事件的态度和看法，不是你作为什么人在发言、你的来头，当然，那些统领大政方针的文章除外。现在有的版面拿一些人物，其实是拿一些单位来装门面，这样做适得其反。职务并不是对一件事评判的标准，把那些单位名头标上，把那些头衔署上的文章，常常是让人望而生畏，第一感觉说，这是做官样文章。更何况有些人也是因为其单位的名头大而跟着著了名。一位经常被拉去装门面的朋友在同学聚会时诉苦说，还不因为是看中了我们的单位，否则，我们什么也不是。这有点清醒的自白，足以让我们导演这些场面的人们深思。也还是这位朋友说，其实，老百姓读报，就不管你张三李四王五，就看你说了点什么，你写出了点什么，拉大旗做虎皮的，还是一种形式主义的东西，是一种懒惰习性，更是一种官本位的思维作祟。

还有动不动就署上知名、著名，让读者被动地接受你编辑的给定。如果，这样的著名货真价实，倒也罢了，往往多是注水肉似的著名者，不光是别人一无所知，连本行本业也不知哪山哪庙的神仙。就说著名者也有个著了什么名的判定。有歌星著名，有球星著名，有科学家著名，有官员的著名。刘德华与杨振宁，邓稼先与麦当娜，布什与泰森等等，不一而足，要说著名也是事实，但不同的人群有不同的价值判断，社会的公共价值判断却是客观的存在，当你在版面上和报道中插上著名与否的标识的时候，你就把一种自己的价值判断限定了。你就应当在一个更大范围内去认定。而这，往往是我们不少的媒介所容易忽略的。

四

电视对公众的新闻导向起到举足轻重的作用，电视的泛文化化，可以让新闻进入到文化的层面，进入到理性的层面，但如果走样了也可能进入到肤浅的低俗的层面，这已不是什么危言耸听的事。

一些娱乐性的电视节目，往往打着文化的旗号，其实最难寻文化。一些益智、开心的节目，据说是很受大众的欢迎，好像除了一些低能的知识外，没有什么让人觉得有文化的。当然，看到主持人风光无限地呼风唤雨的，我们不应当泼冷水。但总觉得用一些带有投机性的题目来赚取观众的收视率，让一些小儿科的知识题来赢得观众和市场，让过多的商业行为来包装所谓知识性的娱乐性的节目，真担心有人打着文化的内容，而走向反面。

还是回到新闻上吧。

电视的派头在新闻媒介中是最大的了，经常看新闻的人，如果仔细听新闻，稍加注意可以看到一个新闻联播中的经常性称谓，一条新闻完后就播出出处，有某某台的或是中央台的说法，我就不明白，也许是我的孤陋寡闻，也许是我的吹毛求疵，这个播法总有些自视其大的意思，本来人们就是看你中央台的节目，你还说什么中央台的，弄得好像收看的不是中央台似的。其实，你就简单地说是本报消息或本台记者采写的不就得了，非要重复或者是强调中央台的不可，从语法上说，这在指代关系上，是逻辑不明白。你现在是代表中央台在播新闻，可你自己又说什么节目是中央台消息什么的，把自己游离于所播主体之外，总觉得有些别扭，或者是故意的。这样，在称谓上总以为中央台的这种说法是与地方或者某某台相对应而言的，潜意中就有一点感觉良好，当然，也许我这是小人之心，但愿是以己度人。不过，中央媒介也不是就此一家，在其他中央级的媒体上，再也没有如此一说。没有看到什么其他媒介上，把发表或刊载自己编辑记者以外的人所撰写的文稿再注明，比如说人民日报的文章，其记者编辑的文章也只有署本报记者而已，也不是特别地标明人民日报记者等等，其他的报纸也基本上是如此，这种称谓，虽是出于习惯，总觉得有些老大的意识。是的，你是中央的，别人是地方的，你有这个荣幸，但你也不必事事都这样有意的强调，没有必要的。只是别人听来，有些多余，但愿仅仅是多余的一解。

还有，新闻媒介往往有很大的便利，自己对自己的所作所为，利用方便优势，进行评价和总结。这就有了另一个问题，比如，正确的运用可以扩大其影响，让新闻的作用发挥得更大，而相反，则只能留下笑柄。这一点也时有见闻。

比如说，一个节目，一篇好文章，一个好头条，在媒体来说，也是理所应当的，工作应当追求高标准嘛。这早就是雷锋和王杰时代的标准，是时代的精神，可是，有了一个好的节目，有了一个好的版面，有的媒体就不惜代价赤膊上阵，找一些人，再做一个节目，吹嘘一番，好像没有经过学雷锋同志似的。我证我，自己证明自己正确高明；表扬与自我表扬，有意识地进行自我吹捧，习见于一些媒体中，特别是一些电视媒介最为严重，这种不正之风蔓延生长之势，不可低估。做节目，为获取好名，这固然没有什么不是，只是，听不得别人的批评，也不容许别人的批评，这是不正常的。新闻的监督，对别人是件易事，对自己，却难于行得通。如果新闻媒介都没有了批评，不知这个社会如何开通这批评的渠道。

2003年3月

品位和风骨

——关于当下散文创作

不管作何解释，散文受到关注，是时下文学不争的事实。也可以说，当下的散文创作，可谓泱泱大势，花开四季。凡二十多年，在所谓文学风光不再、边缘化的情势下，散文却保有方兴未艾、高歌猛进的势头。仅从它的巨大的产量，还有它的规模宏大的作者队伍以及众多文学刊物上的栏目，包括一些专门性的散文刊物，林林总总，其数量是可观的。而且，从文学的年选、选本、选刊看，散文也占有很大的市场，有很大的销售量和读者群。

据统计，散文的量，仅出书一项，每年都可与长篇小说比肩，达三千部（集）之多。当然，这里是指具有相当的文学性的散文作品。然而，散文最容易成为一种四不像的文体，成为各种文学垃圾的袋子。所以，在这样的，既有无限的量的虚高扩张，又有来自评论界对其提出的散文创作纯粹化的要求之下，不能不提出，散文创作的品位和风骨，这也是一个支撑散文创作可持续发展的问题。

品位，是指精神气质，品性和德行之类，而风骨，则是灵魂，是气质之上的一种骨气。如同人，少了就会得软骨病，没有了或缺失，如行尸走肉。故刘勰在《文心雕龙》中有专篇论及。在刘勰看来，文章风骨者，"故辞之待骨，如体之树骸，情之含风，犹形之包气。结言端直，则文骨成焉，意气骏爽，则文风清焉。"

散文的定义，众说纷纭。与其进行定义，不如在与其他文学门类相比较中认定。散文是文学园林中一株奇花异树。如果把小说比做牡丹，雍容华贵；杂文比做玫瑰，瑰丽冷艳；诗歌如同月季，妖娆灵动；而散文就可视为桂花，不事张扬，香气袭人。或者，多是暗香浮动，其气清雅，其味浓郁，其形高洁。而这，盖源于其风骨与灵魂。

读一篇好散文，我们不满足于其知识的丰富，文献的广博，不止步于其语言的华丽彩饰，不流连于情感的充塞。我们更为看重的是，她的思想的分量，她的题旨的深挚。我们从盎然诗意中看到人文精神，我们从鲜活的纪实场景中看到文化源流的磅礴气象，我们从人物故事中看到了生命精神的传承蕴含，我们从游走行旅中，看到了自然与人生的牵连融会，或者，我们在文本中，得到的是精神指向上的感悟。我们喜欢这类散文，是因为作者超越语言和故事之上，深刻的精神生发和意义表达。我们从中得到了关于自然、人生、文化、情感以至生命诸多方面的形而上的精神滋润。这就是文字的力量，这就是文章的精神气度和思想的分量。

散文创作是没有题材限制的。所谓花鸟虫鱼，世上万物，无所不包。而在散文的题材面，亲情、历史、生态以及游历、读书之类，成为散文题旨的几大方面。时下的散文创作中，亲情散文，历史的回思，思想者精神世界的描绘，以及关注日常生活与现代化发展，诸多现实问题，成为散文创作当下性的重要内容。当然，散文的创作风格和写作形式上，也有不少作者进行着多方的试验，也有试图在理论上言说。比方，有新散文写作、大散文的试验，以及在场主义等的归纳和试验。我以为如此这般，与散文创作风火强势相比，没有得到更多的呼应，也因为没有文本上的变化和出新，一切都是自说自话、自生自灭的现状。

所以，我们检视散文近年的创作，我以为，散文恒定的几大类题旨，延续了散文创作的基本状态。我们可以为许多书写亲情和逝去的人生、过往的历史的回忆之作，击节赞叹，我们可以追寻散文家们游历天下名胜，倾情于抒写者的见闻才情以及独到的感发，为那些华美飞扬的文字而倾倒。我们也可以触摸一些读书思考者们，阔论天下，纵横时事，一颗真诚火热的文心，为那些勇于进取，敢于担当的人文良知和人文情怀的描绘，而兴奋。所以，散文的高下，作品的分量，首先是在思想内涵上，在品位和风骨上，见出特色和斤两，也因此，成就了当下散文的标格和气象。

当下的散文，我们看重的是作品的精神内涵，是其风骨刚健的品相，是对社会生活中人文精神的生发和提炼。过去的一年，历史前行遇合了这样一个时间节点，这就是中国共产党成立九十周年、辛亥革命百年。"文章合为时而著"。在两个纪念时间中，作家们应时而作，却有自己的独特感发，有着个人化的主体精神的张扬。从过往的历史中，凝视和回望，有了党史人物和红色历史的重新描摹，有了对延安精神的深度阐释，有了对辛亥百年，那逝去的人和事的一种当下认知。无论是写人，还是记事，无论是群体形象的描绘，还是某个史实、某一人物精神的重新开掘和表达，在表述革命历史和红色风云时，散文的人文精神和历史情怀，凸显而高扬。这一绕不过的年代叙事，是历史节点中文学书写的重点，也让一些散文或者说红色散文，有了风骨，见了分量。特别是有着少共情结的几位老作家的文字，情感深挚，在期盼与寻找中，完成红色人物、历史情怀与时代精神的对接。像梁衡的《一个尘封垢埋却愈见光辉的灵魂》、王巨才的《回望延安》、项小米的《曾经有过这样一群人》可作如是观。唯有这样的一些作品，所谓九十周年、百年纪念，才显示出意义。梁文着重于一代伟人张闻天在庐山旧居的寻找，感叹于一个孤傲灵魂的晚景，也感叹于"历史是一个公正的判官：历史的风雨会一层一层地剥蚀掉那座华丽的宫殿，败者也会凭借自己思想和人格的力量，重新站起身来，一点一点地剥去胜者的外衣"。怅然千秋，一腔情怀，如泣如诉；王文则是从当年延安时期，领袖们的民主精神、亲民作风、法制思想以及个人的精神情操一一再现。作为共产党人的精神源头的回望和凝视，是深重的人文情怀的呼唤，是对于民主和公平的珍视。另有熊育群的《辛亥年的血》、黄刚的《山高谁为峰》等，一代年轻作家们对于革命历史的精神眺望，写得情义充盈，寓意高迈，尤其是对于过往的历史和人物，如何承续其精神，如何在精神的方位上进行对接，是这类宏大主题中的人文因子。当然，不独是这类红色风云和革命叙事，散文的题材广泛，题旨丰饶，通过时下驳杂纷呈的生活风景的多侧面展示，通过心灵情感诸多层面的开掘，散文的当下性和烟火味等等，油然而出，丰富了散文的总体面貌。写凡人生活、市井人物，甚至青春记忆、童年往事等等，从散文的整体面貌和精神向度上，有了驳杂而丰厚的灵魂，见出峻朗的风骨。

作为时下文学多产户，散文的铺天盖地，业界对散文的宽容，读者对散文的渴求，九九归一，散文在这个风云际会的时代，一切皆有可能。一个一切都在变异与发展的时代，散文是幸运的。所以，我们警惕散文过度地泛化，过度散漫而随意的轻唱浅吟，或小题大做，无病呻吟，造成了散文创作的误区和读者的冷漠。同时，我们也不必为抒写风云而硬性地高蹈升华，以宏大叙事为能事，从另一面隔膜读者也是散文的悲哀。而正是在这一点上，我们看好时下散文纪实、纪事的真切直观，直面和赤诚。这种非虚构类的作品，受人关注，也许正是散文精神和风骨高扬的一个佐证。

说到直面和真诚，我以为，从散文的纪实性增强可以看出其端倪。在众多的文化散文中，我们看到，无论考察地域，抒写故乡，描绘记忆，还是关于亲情母爱，关于家国人生，这类纪事写实的文字，几近是一种风潮。但，我以为，只有注入了人文精神的元素，注重人的精神世界的揭示，或者，对于所写的内容，不虚夸，不矫情，不炫耀的，才是最有品位和风骨的。比如，在贾平凹的《定西笔记》这个较长的文本中，广袤而开阔的地域方位，广大而粗犷的精神视野，结合真实而流动的生活场景，我们看到的是一个既边远辽阔，又沉静而滞迟的生活，其间，有黄土地上的人们坚韧中的固执，有底层生活中的放荡而正直的秉性，有自由生命状态下的无奈与渴求，也有原生态文化的粗鄙、结实与淳朴。重要的是，描写一方有着特殊文化意义的山地风貌、人文景象，而作家潇洒纯朴的笔调，迹近田野笔记式的写实文字，成为时下散文的一大景观。也许多年前这类散文被当作大文化散文行销多年，也见惯不怪，了无新意，而老贾这种不惮其重复的再续此道，表明作家的自信。但他遮蔽了许多主观情绪的表达，而以细致的描摹，证实了他心中的定西——这块文化、生命、自然的大地上，活跃着无限可亲可爱的自由精神因子，也为我们现代化发展提供一个较为特殊的乡土文化标本。这可能是散文最需要与大地、与人生、与自由生命对接共生的东西。另外，老作家袁鹰的《发热年代的发热文章》，从另一方面，直面上世纪五十年代热昏者们的精神狂热行为，反省作为参与者的精神救赎，文章发在《上海文学》上，没有引起多大的注意，但一代过来人的自觉与自省，当年种种热昏的作为，读来令人扼腕。历史的进步和精神自强者的自省，成为散文家思想层面的可贵的表达，使这类纪实回忆的文字平添了分量。还有，刘亮程的《树倒了》、冯唐的一组写日常生活的散文，都在对生活真实的描绘上显示其性情，虽细琐但不低靡，虽日常小事，却也有微言真谛，有着别样的精神内涵。

  散文，这个文学品种，业已有了既定的写作路数，即对于生活和人事的真诚描绘和书写，却难以在写作上有多么的新变化。所以，当我们试图在总体上找寻一个年度、一个时段的此类文学特色时，即便是有些微的发现，我们也会欣喜，也会着重地举荐。若当如是，这散文的风骨，就是我们对过去一年散文精神品质的认定吧。

2011 年 11 月

地域、自然与文学

——为"明月山笔会"而作

美国作家福克纳致力于家乡一个邮票大小的地方，于是文学有了"约克纳帕塔法世系"。一方小小邮票的地方，成为一代名家的文学摇篮。马尔克斯的马孔多镇，作家精心构筑的一个文学世界，也成就了传世名作《百年孤独》。当年，法国的"百科全书派"的同气相求，巴黎"左岸艺术"同道者们的切磋和砥砺，产生了一大批艺术巨匠。鲁迅笔下的鲁镇，作为小说人物的主要活动地，演绎了人生众多的悲喜剧。这种或地域或人文的关联，是文学艺术的母本，成就了众多的文学天才和故事。

地域或者方位者，实际上是文学精神的聚集地、凝固剂。文学乃人的灵感激发，文学产生于创作者个体的精神劳动。但文学无论是巨篇还是短制，是宏大建筑还是抒情小章，无不打上地域的印痕，刻上大地的烙印，文学的地域性，文学的本土意识，文学的风习化，既是文学的根基，也是文学与生俱来的气味和印记。

中国文学是艺术流派和地域性较为强大的一支。楚地阔无边，细草微风岸，人口稠密，气象奇诡，神秘浪漫的楚辞应运而生；当伟岸的大山和峻急的河流横亘于世，在大漠落日、马鸣萧萧的气象下，西部文学的豪放油然而出。诚如有论者所说，南方北方，南人北人，其性情不一，其风习与心性有别。鲁迅所谓的饱食终日，无所用心，群居终日，言不及义，一定程度上表示不同地方的人的性情差异。地域成为文学永远不可回避的话题。山水诗在江南一隅，形成高潮，本有传承；七贤才子的精神取向在建安风骨中得到流布。即使是中国文学的现代性的流变之后，文学的地域与文学的乡土气味，仍然是其重要和主要的标识。华北平原上的荷花淀派、京东运河派的风情，山西山药蛋的意味，还有岭南文化、湖湘文化，即使是一个小小的岭南，也有客家文化、西关文化、东江文化、潮汕文化等等，其文学的流派和风格，都是在地域的怀抱中孕育生成。因此，文学的地域和方位，成为特色和独到文学一枚徽章与印记。

当然，地域对文学的影响，就其内涵而言，是客体与主体的相谐相属。其中包括，一是客观的自然，一是主体的人文。这自然与人文，相辅相成，相得益彰，成就和标示了文学的风味与品位。从文学发展史看，其影响与生俱来，越千年而不衰，成就了文学的风格万千气象，也将继续影响着文学的未来。

如今，这地域文化一隅，一方面继续延伸着越是地域性越可能是世界的评价；另一面，当今的地域更多的是从文化史迹、文献史实、人文印记中，去对应地找寻甚至挖掘其文学的意义。不过，这多年的提倡或者标榜，已经在圈内有些审美疲劳，当我们看到众多的贴着地域标签的东西出现时，总不免有所警惕甚至于不屑。也许，多年甚至经年的强调与解读，成了祥林嫂似的述说。往往，特色的重视或许成为一个负累，或者，重复为一个老大不掉而习焉不察的话题。

那么，在这种文学状态下，地域文学如何发展呢？其实，地域也好，自然也罢，我们所关注的是人与世界的关系，也是人本身在某种生活状态下的精神层面的东西。比如，自由的精神，现代意识下的生活态度，生命状态的自然与放松，或者个人命运与人本精神的关联。远的不说，近期茅盾文学奖的获奖作品《一句顶一万句》，中原大地上的数个农民兄弟，家庭几代人，因生活所迫，流浪漂泊，渴求的是与人的交往，在流荡与回归，在隔膜与交往中，琐细，负重，漂泊，等等，最为底层的生活样式，却有着较为自由而激昂的生活渴望，没有因为地域的阻隔，却显示出了一种远阔的生活场景与人生命运的多重性。有时候，地域只是表达文学内涵的一种方式，比如，历史、人文、自然，应成为一个精神的集合体。由此，文学与地域，文学的地域化，就变得复杂，变得混沌，文学就有了更为鲜活的品相。

地域成就了文学的广度和深度，但地域的标志，或许也会阻隔了文学的现代性的精进。因而，当我们坐在一个十分优美的客观场景中，我们品尝着文学的地域风情的汁液，我们认知着地域在文学的色彩和滋味的时候，也许，更为重要的是，剥开这被包裹的种种彩衣，让文学的地域成为更大的精神气象，或许是一个与时下人的生活关联更有内涵的事情。

2011 年 10 月

关于"茅奖"

——答《作家通讯》问

2011年秋,中国作协第八届茅盾文学奖举办。作协会刊《作家通讯》孟英杰诸位邀请几位评委各写感受,并发来手机信息,提示四个方面,即整体感受、获奖作品之特色、长篇创作趋势及如何改进云云。于是按题作答:

一、茅奖作品的整体感受二点。其一,名人还是名人,名社还是名社。参评作品170多部,虽已筛选,还是有参差,还可分档次,还是不均衡。突出的印象是,名人不愧名人,名社不负其社名。这次的参评作品,名人,主要是八十年代就闻名文坛的,有不少。大雅之作,还多出于他们手笔。长篇小说之所以为众人关注,不独是因为评奖,不独因为她作者多,高手众,主要是她可以展示广阔的生活和塑造典型的人物,场面和内涵都是叙事文学中博大而深重的。因此,评奖的动作一开始就受到关注。就其内涵和场面而言,好多参评作品相形见绌。其二,故事题材和叙事艺术上雷同的多。比如,农村的、家族的、民族的、奋斗励志的,相似性,或者疑似的，多一些，而城市的、都市的，知识精英们的现代生活的，或者直面当下的，相对单薄和鲜见。还有，一些作品在叙事风格和语言表达上，多是浮泛和乖张，写来随心所欲，章法和气韵不讲究，也没有沉静而凝练的艺术节奏。这一点是大作品与小作品的区别之所在。

二、五部获奖作品感受。欣喜的是本人在前二十名到十名的都投中了，最后五部也合我意。这五部代表着当下长篇的水准。《你在高原》以其厚实展示了时代生活的深长精神意蕴，是文学对于时代和人类精神的全方位思索。关于大地，关于人性，关于自然，也关于心灵。小说有如一曲精神长调，激昂而回环。《天行者》充满着温暖和担当，作为乡村知识分子的精神写照，她对于世道人心的精神褒奖是最可看重的。《推拿》在徐缓的调子下，把人在特定生活状态下的精神世界，描摹得十分真切和深入，揭示了一个社会物质与精神的发展和成型，相得益彰，共生共荣。《一句顶一万句》是关于民间世相的基本生活铺陈，也是对于民间人士心灵世界的机趣的关注。出走，还是回归？这两代人的同一行为，与民间社会的基本诉求，诸如说话、交友，以及寻亲、交际等等，有着怎样的关联和依存。小说的主人公一致在寻找中。对现代民间人士精神世界的关注，是小说的优长。同样，《蛙》是关于一个乡村底层人生的命运解剖，由此，开始对于生命，关于人性，以及冷酷的现实，温暖的人情，在那特殊年月里，这些有如童话和寓言的故事细节，对今天有着十分深挚的启示。不独是小说的题目，蛙，是由主人公的名字，蝌蚪长成之后而蜕变为蛙，人生蝉蜕，生活的重负，小说书写了民间精神负担者的状态，而书信体、戏剧文本的引入，使小说形式的追求上显得突出。其实，在进入二十的队列中，都可有实力争前五。比如《农民帝国》《麦河》《水在时间之下》《遍地月光》等等。他们的共同点是，小说的文本完整，在完全意义上的长篇小说叙事与艺术的饱满性结构，而且，在思想题旨上，都是厚实而剀切，对于所表达的生活，有着陌生化的精神阐述。比如《农民帝国》对于乡村生活，《水在时间之下》对于一代艺人的成长历史，比如《麦河》对于土地的变化等等的揭示。

三、与其说小说的大趋势，还不如说存在的问题或者共同的不足。我以为，有几点可说。一是，长篇小说的艺术风格上，文本追求缺少大家之气，大雅之象。多是急火火，乖张之气、乖戾之气的多，写得心急而意躁，没有沉静而闲静的调子。再是，缺少陌生化的艺术处理，多是学他人，学洋式。比如，多见人物的神神道道，智力残障，或者，特异独禀，穿插其间，等等。有的开头的句式，或是马尔克斯式的，或者塞林格式的，或者福克纳博尔赫斯的，总之，都能找到所本之源，照葫芦画瓢的多。这类小说的开头句式，或者语句方式，要不老套，或者洋化，少有新鲜感。再是，格局小，多是些小中篇的架构，比如，家族史的，地域文化的，多是表象，缺少新的角度来表现，其成色就有了折扣。

四、如何改进评奖？好像没有新见。老办法，多年如此，新办法一次，也没有出大的问题。好像正面的评价还多些。作为政府的奖，任何办法，任何改进，都会引来物议的。如果改进，建议增加一个读者大众奖。可以由作协来负责。不会有什么麻烦的。大众读者奖，完全由公众评出。可能就会少了些人情的因素。再就是，能不能在出版社这一环上，有所节制或者说有点严要求。现在，产供销几近成为一条产业链，成为长篇小说的一个利益共同体，而更多的时候，不考虑文学的文化的因素，把产品商业化，质量的要求不高。编辑出版社这一关至关重要，而好环优劣，真正做到编辑这最后的流程上，要求严格，检验到位，就可能会改变时下花开的多而有成色的果实少，造成对于一种文学样式的期待与名称不相符的局面。

2011 年 9 月

生态美文之魂

生态文学已成为一道别样风景。尽管其确切定义有多解，比如，它始自何时，其内涵如何，是言言人殊的。生态与文学的关联何在？生态文学的基本要素是什么？这些都是有志于此的人们所关心的。

时下，生态文学是一个闪光点。当一个社会自觉地以自然为友，自然生态的发展变化直接影响社会的进程，特别是，资源缺失、环境污染、生存危机等等，成为人们关注点的时候，生态自然的好坏，环境条件的优劣，诸如污染严重，气候变坏，灾祸危及人生，人们面临的是如何提高生活质量，幸福指数如何与GDP同步发展，这种新的期待与新的诉求，困扰着人们奔向现代化进程，于是，文学自然而然地把生态发展水平纳入自己的视野。文学为生态建设，为环境保护，为自然可持续发展，张开了想象的翅膀。纵观全球，生态文学渐进受到重视，已成为一个新的文学关注点。

生态文学，其实是大自然文学，是书写人们在生态建设和自然环境中的生活状态、心情感受。她包括两个内容：一是生态环境成为书写的对象，山水田园，风花雪月，自然生灵，皆成文章，铸成大雅。"江南好，风景旧曾谙，日出江花红胜火，春来江水绿如蓝，能不忆江南？"是自然的吟唱，是生活的感怀，是风光的唯美颂歌。二是忧思于自然世界的恶化对人类生存的影响，所谓寻找"诗意地栖居"，所谓环境优化型的社会既要金山银山又要绿水青山，如何成为现实的一道难道。讴歌自然生灵，书写人们乐山乐水，忧思于大自然生态发展利用中，在诸多人为的因素下，风光不再，风华黯然。于是，在不少文人笔下，生态自然成为一时的主角，书写高山大漠，森林河流的治理保护也为一时之盛。社会呼唤文学的多样化，而生态文学的出现，更让文学的多样成为可能，有了一道亮丽风景。

正因为她的界定莫衷一是，她的历史状态和文本样式，也相应的难以归类，难定一尊。但是，对于优美的自然，倾情地讴歌，从中提炼出醇厚的诗味，纯美的文意，是一切类似的文学经典化的表达。如果宽泛地理解的话，生态文学可以说是"古已有之"。东晋谢灵运的山水诗，其清新的韵致，其闲适的意境，其婉约的意象，给人一种心闲气自华，一种牧歌般的轻快情味，从中你能感受到大自然的恬淡，感受到人与自然的和谐与亲近，"池塘生春草，园柳变鸣禽"，成为千古绝句。大约同一时期的陶潜老先生，以采菊东篱的闲情逸致，唱出了自然与人生的高致情味，其意象与境界，是自然生态的优美写照。他们或许是中国古典生态文学的集大成者。而美国的梭罗，瓦尔登湖旁的轻唱微吟，远离尘嚣，以自然为伴，以沉静自修的禅心，把文学的功利与社会的负累置之脑后，人生的旷达与疏放，成为作品透射出来的精神光点。还有，俄罗斯的普列什文，是一个大自然的歌者。他的《林中水滴》、《大自然的日历》、《大自然的眼睛》，以观察的细腻描写了大自然世界中生命的平凡与灵动、坚韧与高洁。高尔基评价说："他的心灵与土地、森林、河流，结合得如此完美，在任何一个俄国作家的作品中，我从未见过。"帕乌斯托夫斯基评价道："普列什文仿佛就是俄罗斯大自然的一种器官。"大到一片森林，小到一颗水滴，他都有熟悉而生动的书写。

所谓生态文学，其实是一种大自然的生动而沉静的书写，是一种自在自为的精神舒缓的抒发，是一种充满了善待自然、敬畏生物的思想和情感的提纯。因此，作为生态文学的倡行者和实践者，我以为，主要是，用一种亲和的态度，描绘出他心中的自然，以人性情怀书写他心中的自然风物。所谓"我看青山多妩媚，青山看我应如是"；所谓"相看两不厌，只有敬亭山"。人文化的自然，是生态文学之魂。如同陶氏的"采菊东篱下"，悠然自得的优雅，如同梭罗的心闲神定的自在，如同普列什文的笔下，那些自然生灵，有如亲人似的悠游于你的身边，牵手于你的衣袖，或者，你以"亲人般的关注"，将自然"艺术化的方式，打动人心"。当然，还有，真正的生态文学作家，也要像普列什文一样做生态和环保主义的捍卫者，贯穿在身体力行中。

生态文学不仅是一种纯美的文学，她的厚重在于，既书写这个自然世界的优美和谐，丰姿神韵，也抒发人类对于大自然保护的一种责任，可见风物，也见人文，表达对于消失的风物和失落的生态文明的忧虑。也许，后者是当年陶潜、普列什文、梭罗们所没有想到或做到的，而凸显人文精神，为我们所处的自然生态环境进行文学的书写，是生态文学行之高远的灵魂与精髓。

2013 年 1 月 6 日

散文和我们

——关于三十年来的散文

论及新时期以来散文创作三十年，大致可以说，她是一种长寿的文体。几经发展，几次变化，但是，其走势平稳。时下她的发展走势与时代同行，与生活同道，与文学同步。

以时间为序，近三十年散文发展，经历了几个阶段：

一　井喷期的真诚

散文的井喷期，即新时期之初的上世纪八十年代初中期。

这一时期，恰值改革开放之初，思想解放，文化开禁，人们对于历史和社会有着前所未有的关注，有着热情的参与意识、强烈的诉求和评析的欲望。这一时期，文艺家情绪高扬，论者蜂起，言者驳杂。精神的诉说，情感的表达，一吐为快，激昂而高亢。在小说，重新焕发生机，所谓"重放的鲜花"；在诗歌，有"小草"言志，悲时代人民之痛；而杂文，高擎思想之火炬，天马行空，我手写我心；散文，也与小说、诗歌等一道，承担文化之责，担当时代人文精神重任。

一时间，散文名篇目不暇接。这一时期，可以巴金先生的名作《随想录》和《真话集》名之。其特点是：深入的历史回忆、真切的说理论辩和浓郁的政治心结融合，有着强烈的精神、情感和心理的诉求。有如一首诗之题所示，这时期的散文之作，多为"归来者的歌"。其谓之歌，有悲慨，激愤，歌哭，也有庆幸。多为作者自十年"文革"禁锢、万马齐喑后的合唱，情感和精神空前地高昂。代表作如《一封未发出的信》、《十月长安街》等等。"五四"以来的老作家们以强劲的声响复出，如冰心、巴金等人，黄钟大吕，掷地有声。

到八十年代中后期，思想解放大旗高扬，人们目光敏锐，思维开阔。西方现代主义文化的大量介绍，散文的思辨性加强，现代的视角、寻根意识、展望与回视并存。于是，在两个方面散文尤其突出：回顾中华文明传统，译介域外的大家之作。思想随笔、生活哲理性的作品多起来。市面上的翻译作品如蒙田、培根、卡尔维诺等人的作品，外国古典主义的、现代派的，都成为中国散文的营养基。

随着生活急遽变化、改革的日益深入，敏感的文艺家们，以多种笔墨抒发感受。散文吸引了众多文化名人，成就了众多的散文高手，造就了散文的兴盛。诗人和小说家最为活跃，蔚为大观。小说家在散文中的影响，与其小说的声誉同步。数代同堂，竞相登场。可以举出许多，比如汪曾祺、李国文、王蒙、蒋子龙、张洁、从维熙等等。上世纪五十年代出道的老作家，几乎在这时都有佳作问世。年轻一点的，有贾平凹、梁晓声、韩少功、史铁生、张承志、朱苏进、张抗抗、铁凝、池莉等等。名单仅是挂一漏万。他们散文创作势头旺盛，几乎在八十年代完成了他们小说家的名分的同时，也都在散文创作中风光文坛。本来文学诸多门类是不分家的，现代文学家们大多都是多面手，小说戏剧散文以及诗歌无不在行。而当代，文学家们以这种样式完成了对现代文学大家们的承接。

诗人也不甘示弱。其代表北有周涛，以对西部地域文化的深入开掘，特别是西部游牧民族历史生活的抒写，拓展了散文题材的领域，打造了西部散文的雄奇。南有舒婷对现代生活的细致书写，让诗人的散文别具韵致。能写一手好散文的诗人为数众多，像后来的于坚、叶延滨、雷抒雁、熊召政等人。还有书画家们，如吴冠中、黄永玉、范曾等，以及学人如金克木、张中行、季羡林等。

这时期，港台的散文大家强力北上。计有余光中、柏杨、林清玄、龙应台以及多位港台女性作家的散文面世。文化背景相同，加之对现实极富生活化而又真切的描写，港台风一经吹来，便受到青睐。特别是林清玄在八十年代与九十年代之交的散文，成为一时之盛。他的多本清新而雅致的散文集，对禅宗佛性的描绘，从生活出发，让高头教化式的禅宗思想与教义文化，以全新视角展示，别开生面。

这一时期，散文英姿勃发，文体风格多种多样。有几点不可忽视：第一，散文的思想力量，如火喷涌；散文的情感张力，如秋天的果实饱满。这一时期的散文作家，多是兼具多种创作路数的业余散文家，如学者、小说家、诗人类。第二，少有专题性的散文。第三，题材多集中在记叙事件、思考和回忆，以及读书感受，而行走类的游记散文的兴盛，是这之后的事。第四，在散文理论上，对过去几大模式进行梳理。既有对所谓歌颂式的好人好事类的模式的摒弃，也有对虚构情感类的辨析、小说笔法类的假情式的纠偏。

八十年代中后期到九十年代初期的散文，主要的成就表现在：传统的散文得以发展，逐渐成为文学家族中的重要一支；散文家的身份并不恒定，除一些在"文革"前就颇有成就的作家如秦牧、刘白羽、碧野等人外，好像没有太多的专事散文的作家；另，作家群体更趋多元，最重要的是，小说家在散文中的地位和影响，与其小说的成就几是同步，共为光彩，形成了新的散文家群；对于散文模式化的反思，影响了散文今后的创作之路。

二　草长莺飞的繁茂

　　进入九十年代，散文虽有过行进中的踟躇、寻觅中的期待；但总体上，散文多元发展，渐成大势。九十年代社会发展中，城市化的进程、都市文化的日益强势，以及人们在年代之交的思想追寻、精神求索，在散文创作也都有冷静的表现。市场化、商品化的经济大势中，文化的多样选择和多样的文化气氛，成就了多种的散文态势，形成了曾风靡一时的小女人散文、哲理小散文以及大文化散文。

　　商品经济大手无远弗届，对文学的影响，首先来自读者口味的变化。城市化的进程加快，都市文化发展，都市报纸兴起，散文成为都市文化的先行者。由于报纸专栏化的推动，一些女性专栏集体亮相在都市报、晚报上。这类作者敏锐地书写日益重要的城市生活，尤其是都市人的情感变化。以小见大，亲身经历。身边琐细，女性视角，就有了"小女人散文"。何时开始这一称呼？有说是广东作家的一本名为《夕阳下的小女人》之后被叫响的。所谓的"小女人散文"，是从细微的角度描摹都市人的情感，见出现代化物质进程的端倪。关注心灵情感，阐发生活哲理，有小品文式的精粹；情感缱绻，叙述绵密，语言软细，给人以清新之气、烟火之味。生活场景多是细密片断的，也多是报刊专栏的形式。

　　再有，一些思想杂谈、生活札记类的文字，丰富了散文的创作，有如警句式语录体式的感悟文字，多是文化人的轻吟浅唱，清新自然，不无哲理之思，主要集中在一些文摘类的刊物上。这些适应了城市人的情感需求，构成了九十年代中后期散文的半壁河山。

　　因了商品文化的浸染，文学在九十年代曾苦苦支撑，有所谓的边缘化的说法。这个时期，人文精神的讨论打开了作家们的思路，提升了文学的气韵。人文精神烛照，就有了散文的文化内涵和文明因子。在九十年代中后期，散文成为读者热心的文体。散文作家们从传统文明中，认知现实的精神脉象，或者，游历于山川形胜中，反思现代人生的生存状态。一些文化大家们涉足其间，行走类的田野考察式散文，翩然问世。这时，也有了文化散文的旗号，有了大散文概念的提出。

文化散文的说法，不尽统一，也不尽确实。但，无论如何，文化散文何以界定，它是那一时期重要的文学事件。其代表是余秋雨，他的《文化苦旅》《山居笔记》《千年一叹》均为此类。一时间，文化散文大旗下，聚集了多位散文家。如王充闾、李存葆等人。这类作品也有明晰的专题性、主题性的。比如，王中才的《黑色旅程——人和自然的谜语》写骑车考察黑龙江大地的文化风情，也有周涛、李延国、陶泰忠等几位军旅作家考察抒写长城历史的，以及马丽华写西藏生活的，都是专题性的考察文字。从形式上看，这类作品多是追问式、思辨性的，有文献的引证，也有理性的阐发。篇幅也长，洋洋数千言甚至逾万，有人说这类散文体现出散文学术化的趋向。

同时，九十年代有"大散文"概念提出，相对于小情调的散文，是一个反动。传统久了，成为负担，也是新变的动力。在西安创办的《美文》杂志问世，提出了散文"美文"的"大散文"的概念。大散文也好，文化散文或者美文也罢，其实，仅是一种形式表述，或许是对一些篇幅长、论述宏博的散文的概括，或者有感于对地域文化、历史描述的散文文字的一种表述。无论准确与否，无论业内认识是否一致，但它无疑是对热闹的都市散文、"小女人散文"的补充。也可以看出，在九十年代的市场经济发展迅猛之时，在经过都市文化的热闹之后，散文家们从社会文化的大背景下，开掘人文内涵，着意于历史精神的思考，就有了这既流行也诟病的散文风景。

这期间，游记文字渐为兴盛。日益提高的大众生活质量，让人们走出家门走出国门，古人读万卷书行万里路的生活方式成为现代人的现实，于是，也成全了这类文字。当然，这些纪游式的散文，也不同于一般意义上的游记，作者的主体意识、思辨精神，以及文化调查与考据的学理性，都使其有了新生面。

三　绚烂之后归于平淡

进入新世纪，返观内心和思索社会发展的人文环境，渐次成为作家们的自觉求索。

到了上世纪晚期，散文新变渐次发生。大散文一路走来，有人响应，有人不买账。不论如何，大散文也好，文化散文也罢，此时，如果不是式微也稍嫌冷清。但散文也有新变。这就是世纪末的知性散文兴盛，和一些直面现实的散文问世。散文总体质量没有下滑，其中，一是往外走的亲历亲见派，一是向内看的内心体验派。

这时期的散文新变表现在：一、原生态的散文兴盛。所谓百姓生活，直面严峻，即便琐细，也不刻意修饰或夸饰，展示生活的密度和情感的零度，描绘的多是乡村、土地、小人物、琐事。其中多为西部风，写边疆大漠、民族习俗。再就是出现打工者文学，虽生活艰难困扰，对理想情感矢志追寻。这类作品，感念土地人生、不屈的抗争，成为一抹亮色。二、正视内心的思想性散文，即所谓的新感觉派。这类作品，不同于小资情绪，尽管也是城市生活，但着眼于现代人或者现代化的焦虑感、城市文明病相的揭示，或者把孤独的精神求索与现代化的文明症状在更广大层面上展示。一些精神性的感觉型的篇章，兴起于各类刊物。变化在于，打破或是改变了这类散文惯有的精英化，不作旁征博引，没有倚老卖老，更不是夕阳西下的无奈人生小感觉。在世纪之交的时光里，这类散文的出现，曾得到关注。三、回望历史人事。这类作品多是在良好的文化环境中，反思过往的历史。描写亲历者的回顾,也有作为研究者客观的发现和阐述。史学意义和文献价值上,散文功莫大焉。四、理性的光彩突显。社会进步,越发有诸多矛盾呈现。敏感的作家们勤于思考和寻觅,从人本生存环境中,反思人与人、人与自然的和谐,包括人与动物的相处等等。探讨当代人生面临的和谐生存问题,人文与自然,人本精神与自然法则等等。于是,动物情怀、悲悯意识、新自然观,以至旅游文化,都成为一时散文家们的人文行为和精神感受。一个显明的事实是,时下旅游文字空前活跃。人们享受着科技时代、信息时代、电子时代的诸多便利,人们的交往在今天变得更为时尚与便捷,理论家们言必说多样性、全球化、地球村、世界公民,感叹世界之大又世界之小,这些为丰富散文内涵提供了可能。

四　我们的期待

有人说,散文是一个时代的文体。好像不全面。她不是纪实性强烈的报告特写,散文如果与时代人生的合拍,是因为她对于世道人心,对于时代文化的精神的紧密联系,如果,散文的人文情怀与时代生活有了脱节,有了疏离,则散文的生气就受到影响。时下的散文,如果有所弱化,也是在这个精神节点上,至关重要。

散文一路前行,到了九十年代后期,面临新世纪、新年代、新的历史期待、现代化的进程、文化的全球性,思想探索渐进自由而深入,人们的思考和社会的期待,站在一个新的历史阶段,促进了思考性散文的兴旺。散文于今,可以说,在文体意识上,诸多笔墨竞技,不分短长;也可以说,抒情寄怀的轻巧也好,文化散文的沉重也好,思辨性篇什的宏大也好,作为一个复合型文体,各样手法,齐头共进。

今天,有人说是一个无以名之的时代,任何的概括都有其难度,这是一个进步、深沉、驳杂多元、众声喧闹、无序而有章的时代。人类反观自己，在文学上寻找一种精神力量支撑，寻找文学的人文担当，以及对社会道义的阐发。散文，最可能成为这样的文体。

我始终认为，散文是轻快文体，是抒写性灵的文字，是可亲近的文字；同时，也是担道义、有坚守的文字，是既能跳动时代脉息，又见作者心性的文字。我还以为，散文能及时地描绘生活变化，记录社会变革的脉向，调动公众情结，连结文化精神，也可以认知一个时期的人文精神等。因其文体的轻快、叙述的自由、精神层面的人文关怀，受到读者厚爱。所以，在都市文化的大潮中、媒体发达的时代，散文还如此风生水起，经年不衰，甚至趔趔雄壮，其重要的人文内涵，是不可忽视的。

也有观点认为，时下的散文是单篇好而专集不足，从个案看，有好的作家好的作品，但从整体看，还不尽如人意。所谓个体灿烂，而整体平淡。我并不太赞同。当其他文学迷失于喧哗，迷离于低俗，咀嚼于细碎，甚至沉湎于虚幻时，散文的筋骨是较为强劲而实在的。而支撑这些的，恰是当今许多文字所缺少的人文情怀、社会良心。

如今散文之病相，也多有人谈及，常有人开药方。我以为，主要在于散文要纯粹化，要纯洁散文，让其在与杂文、随笔、特写之类相同与不同中，葆有自己纯粹的面貌。换言之，当前散文要防伪，打假，减负。

所谓防伪，是指现在散文似乎是各路诸侯一试身手的平台，五行八作、工农商学兵等等动辄都有散文问世，特别是所谓的公务官场的散文，时有出现。这类作品往往有职务之便，写来也如报告公文，了无意趣和情感，也缺少思想张力。众多的此类不讲究艺术和意蕴的文字，只能作伪散文看。再是减负，即瘦身。放下包袱，在思想题旨上，期图写出大情感、大主题，追求史诗意识，背负宏大的思想重负，这类作品令人望而生畏。过分的大题旨，过度的长篇引证，高头讲章式的不加节制的叙述，在一些作者中还比较多见。还有，此类作品爱掉书袋，抱故纸青卷，矜持不够。再者是打假。作为抒写情感文字，最忌讳的是虚情假意。时下，泛滥的虚假情感，往前走就成了虚伪思想，甚至虚构的情节。比如，众多写故乡的散文，总以一种现代人的成就感去写怀乡之情，写童年往事。游子还乡，历数故乡之名人名胜，"天下故乡数敝乡"，然而，真正抛却实利斩断名缰，而回归到故土家园，又有几人能再做这轻快之吟唱？所以故作优越之状，故作炫耀状，故乡的母题，在有些文字中多是一个现代城市人优越感的反衬。有人说，时下散文回忆往事多是倚老卖老，写回忆录，谈奋斗史的文字充斥于市，这里多有一些死无对证、孤证的东西，一些伪史实与不真实的情感夹杂其间，影响了读者的信任度。

如果从大处说，时下，文学包括散文，最重要的是人文情怀的缺失。一些纪实性的文字，最大的问题是，只见现场，或者只见史料堆砌，缺失思想灵魂的展示，缺少让人震撼的思想力量，造成了文学的软骨病。文字描述生活的过程固然重要，但过程背后的文化关系、人文联系、思想源头，不可缺失，精神的张力是文化也是散文走向大众、走向社会、走向更远的一个重要的因素。

我们期待着。

2008 年 12 月

文艺评论的姿态

姿态就是现状，是一种参与，也体现了一种境界，一种精神。如人之状态，站立如松，优雅如仪，可臻上品。

如今的文艺评论，让人难以把握。现状、走向、对策、趋势，以至误区、症结、病灶，等等，都有明白之人进行梳理、剖析。文坛的医生开过多味药方，也不乏真知灼见。只是，文艺评论式微和弱化，是不争事实。文艺评论在当今文坛的位置，好像不尴不尬。

君不见，全国作协会员中，评论者又有几何？皇皇众文艺刊物者，评论的刊物坚持着难矣。虽然，北有《当代作家评论》、《文艺争鸣》，南有《南方文坛》、《当代文坛》，加上新近创办的《扬子江评论》，然当年评论界的勇士们，英气勃发之势，多成为往昔的回忆。因而有人就发出谆谆之声：呼唤评论重振。

举步维艰，最难将息。

当然，也不是秋风悲歌。文艺评论也不乏热闹者，比如，某新作品甫一问世，评论者立马跟势。也有集束式的评论，这有点作秀式的热闹，尽管令人生疑。或者，一些定单式的评论，把自主风格消蚀殆尽。但作为评论的一种样式，也将就着支撑。现如今，文艺评论走入了大众视野，多有媒体的推举之功。都市报刊、网络在线，或者可视的影像，热衷于文艺的趣闻轶事，间或有些对文艺状态的报道、评述。这样，过去被认为高雅小众的文艺评论，与受众有了较多的关联。一些受众也许就认可了这种快餐式的点击式的文艺评论。所以，时下，现象类的评说，热点式的扫描，问题式归类不时充斥于这些板块之中。所以，遂有了我们今天可以谈及的文艺媒体与文艺评论的如何开展，云云。

　　难说是好是坏，难说是进步了还是相反。至少，当前的文艺评论与大众的联结，更多的是这些媒体的功用。当然，这类点击式的，报道式的文艺评论，及时地对一些现象进行追踪，但文艺评论是一个专业性的系统工程，这是远远不够的。所以，从文艺评论的本身出发，寻找与现实的结合，寻找新的行进姿态，可说是题中应有之义。

　　如果再进行一些梳理，目前的文艺评论，在大众面前，那些专业性的深入探究，退让于那些即时的快餐性的报道，或者说，学理性的让位于感觉型的。感觉型的，快餐式的，容易是蜻蜓点水，细雨闲花式，在零碎而散漫中，化作轻浅的颂歌。文艺的评论成了一种时尚招牌。

　　文艺评论在时下的文化背景下，在相应的文化受众的口味面前，变化为软性的甜点，人情似的送礼，功利束缚了手脚。不能苛求这些都是媒体的评论招致，但这些有着强势状态的媒体评论，很可能成为轻阅读，重介绍，轻思索而重灌输的受众们，观察文艺的一个视点。尽管，媒体的文艺评论打短平快的突击战，把人们对文艺的期待和预期，提出了新的要求。

　　古人爱说文学风骨、文学的精神内质，那么，文艺评论和文艺批评呢？我以为，循此而问，时下的评论所欠缺的是现实性的精神，是学理性的姿态，是独立性的风骨。或者不一定是众多的什么什么，但无论如何，是一种让受众从大众文化的轻慢狂歌中，变成一个时代意识高扬的精神文本。

面对文化的纷纭之象，众声喧哗，良莠不齐。保持住姿态，以强烈的现实之精神，进行一种独立的思考。矜持的优雅，是文艺的高标格，是评论的状态。不能为赋新词强说愁，但也不能为贤者和亲者讳。丧失了应有的状态和放弃了应有的姿态，是没有生命力的自戕。

批评之成立，要有独立性品格，而评论之所以能传世、得道，当是自成标格。面对文坛，背对生活，这或许是创作和评论的共同的姿态。就其品性来说，无论是大众媒体评论，还是学院的专业研究，不迷失自我，也就可以大气有为，活色生香。

2007 年 8 月

散文这个精灵

  时序秋冬，一日清朗无霾，难得晨练时光，就沿街头一不大不小的人工湖疾走。石子小路时有缤纷落英，倒影斑驳，菊花清雅，修竹萧萧，更有弦乐悠悠，白首红颜，舞姿拳路，一招一式，兀自陶然，好一派闹市尘嚣中的闲静。因刚编完散文随笔年选，翻读诸多佳作，遂使人有了散文之心结，如此良晨美景，油然与这散文作些勾连和穿越。那湖光树影，秋风摇曳，想到的是"北京的秋"或"故都的秋"同题的诸多名篇，是梁实秋《雅舍小品》中的文字。那闲静虽逼仄的水面与树丛交映，小鸟啾啁，柳树牵衣，是梭罗，是普列什文，也是周作人、老舍们笔下的景；还有，那些亮眼的花草姿态与秋阳曦露，想到的是东山魁夷的画，是列维坦的色彩。那份秋的雅致和古意，让人联想到陶潜的诗文和谢氏山水诗的韵味。一湖秋光，满眼生动，睹之，品之，不禁回想记忆中那生气淋漓的文字和艺术。触景而论文，这散文之道，也如观自然之景，见情见性，说白了，优美诗章或者散文篇什，就是你眼中的风景再现，是你心中的情感表达，也是你主观的情怀和心绪的抒发。爱你所爱，才写你所写。

不是吗，证之我们眼前的诸多散文，无论是写事写人写景写心，无不是钟情于你所要表达的对象，是你的心灵直感和思想的文字外化。其实，散文是文学中的不可言说或者不可捉摸的一个物件，如果要非去解读和定位，我以为她是一个精灵，让你折服于她，留恋于她，倾心于她，或者受制于她的折磨。前些时，我为一套散文的丛书写序，就用了这样的一个题目，在此套用其名，也顺便抄录文章的几句：

尽管散文是一个没有确切定义的文体，尽管散文的历史是一个没有定论的悬案，尽管散文也曾不被某些作者所认可——有所谓雕虫小技、壮夫不为之说。然而，散文的生命是强盛而博大的，她是文坛一葳蕤的大树，是文学的一个精灵，无远弗届，无所不在，从古至今，林林总总，留下了众多精品，制造了许多经典。对于文化的传承，对于文学的发展，对于人生的精神引领，散文之功，善莫大焉。设若没有散文，中华典籍会留下多少空白和遗憾。自现当代文学实际看，散文成就了许多大家，也是各类高手们一试天地的园地。所以，散文这个文学精灵，游荡于文学的天空中，也裨益于社会人生，成为许多读者心中的所爱。

为什么，一个并没有明确的文本定义、杂糅了诸多文学样式之长的文体，一个亦古亦新的文本样式，在如今文学分工越来明确、细化之时，仍葆有相当的人气，在创作和阅读两个端点上仍然相得益彰，为当下其他文学形式所鲜见？因为她有轻巧的文本样式，灵动的文学情志，雅致的文化情怀，摇曳的文体风格。

散文的题材是开阔而多彩的，散文的写作手法是开放而不拘泥的，散文的语言是多彩而个性独特的。我们可以从中体味散文文本别样情致，领悟不同的人生和社会内容。我们也可以从中读到，在文学王国里，那些亲情、友爱、恋情，这事关人生普通情感的诸多题旨，其丰厚的内涵和感人的情怀；也可从中体会到大千世界、浮世人生，所持守的人类基本情怀；我们还可以看到，这些人情世情，自然人文，如何在大家们的笔下，表达的如许精微、热烈、透彻。当然，那些高情大义、普世情怀，那些相濡以沫，危难与共，或者那些相忘于江湖，君子之交等等，不同的情与义，相同的人情与友爱等话题，在众多的作品中，有充分的展现和精彩的描绘，让读者产生共鸣。当然，作为时下丰富而轻捷地展示社会人生，书写时代精神与个人情怀的散文，在更广阔的视野上关注现实，展示民生，描写情怀。这些是散文这个精灵为人所喜爱的缘由。

以上是就散文的经典性要求而言的，是多年来散文的艺术要求。可是，如今信息发达，又有多媒体、自媒体时代之谓，让你从经典的殿堂里对文学有了更为广大和大众的认定，你会对散文的众多变化有认同而期待。比如，微博、微信的出现，更是把散文的味道和功能，发挥得迅疾而广远。如今，这微字怎可了得，其实不只是小而微，也是快与众的别名，成为当下人们沟通和表达时最便当最亲和的文字方式，于是，有微小说、微散文的说法。其实，这类文体很难归类，前几年的手机小说和时下的微小说基本是一样的东西，有故事人物也有情味，可以当做散文看待，而微信，无多画面和人物的面影，我以为就是一篇小小的微散文。积十年的既定习惯，我们的选本还是注重了文章的厚重，也许体量上的负重，影响了她的精灵般的灵动鲜活，对时下那些微信微博类的时髦文字没有顾及。但是，它们或他们，蔚然成气候，以微信为代表的这类新文体，其实就是一种新散文，许多是有味道，也见才气和性情的，表达的感悟有时也微言大义，见微知著。如若有出版家专事一本这些微字号的文学，说不准会大有市场。所以说，这个文学的精灵，其实已暗香浮动，潜隐于市，人们在微世界里找到了种种乐趣，得到了心理的倾诉，也让文学中有了新的身影。这里，仅就目光所及，顺手摘上武汉"清扬"的微信二则，见出这类微字号散文的新生面："遇见一座城，像遇见一个人一样，等时，造势，得天地成全，春风马蹄之下，满城怒放，江湖夜雨之时，相对无言。谈论一座城，就像谈论一个人一样，黯然，谨慎，三缄其口。那么，亲爱的再见，知音零落，故人白头，萧郎陌路，世间再无黄金城。""这座城市依旧妖气万丈，那些独睡的人，抢眼的人，幸福的人，恸哭的人，一齐冲着夜晚拔出瓶塞，举起酒杯，妖怪们于是纷纷逃逸而出，在城市上空集结成云，如同蜃吐出气息，它们开始吐出梦境。那么眼下只有一个问题，到底是睡着的我们梦见了城市，还是睡着的城市梦见了我们？"这是出自于一个对城市的某些瞬间或某些人情方面有特别感悟的青年之手，语句自出机杼，虽还可严整，但随意轻快的文学表达，见出一个现代人的某种心境和感受。城市与人，是宏大的主题，也是当代人的情绪触点，从个人的认知角度，写来幽幽情致，一咏三叹，小资中见大端，会有很多的跟帖者。微散文，其文字要言不烦，信手拈来，以小见大，也有原生态的实感，加上即时性的传播，玩文学于掌中，这种新文体的辐射力和召唤力未可限量。或许在下一次当是我们关注的。至少，这些是散文这个精灵的又一表现形式吧。

2013 年 11 月

散文的几个关键词

——《2012年最佳散文》序

散文的收成如今仍可视为丰年，她仍然是各门文学样式中的大户。当然，散文不如小说、纪实文学那样某部作品可叫响一时，或常有研讨造势，但其成绩也是可观的。或者说，在每年盘点时，不能不看到她承继了以往的能量，在读者中仍葆有极大的热情。

好像有人说时下是个命名的时代，人们热衷于命名，在文学中也如是，概念上去分解，定义上去说道，文体进行划分，但总是界线模糊、阵线不明、语焉不详的。时下，文体的分类越来越困难。有的只是划出个大概，欲知其所以然只能靠个人的体悟了，或者在莫衷一是的比较中去测度。比如，纪实文学与报告文学的关系、杂文与随笔的关系等等，就没有人能说得清。散文的特色或者说散文的定义呢，同样，在文学的诸文体中，也是不太好界定的。有说，她是博采众文体之长的"多面人"，长袖善舞，或许就是其所长。

我们不说定义，那是个弯弯绕的线团，我们也不太好说今年的散文特色主要有哪些，因为，散文的年度总结，我以为每在这个收获的秋季，岁岁年年去说，有些困难，即使在一些选本中得以展示的，未必就是代表了年度的最高水平，就是了不得的作品，更遑论一个人或几个人的视野也是极为有限的，还有众多人为因素。所以，每看到在这个时候，有文章搞所谓的年度盘点，挂一漏万地提及某个作品，归纳某些特色，总是有点担心的，也是老套的令人生烦的事，虽然自己不得已也做过，这种期望对鲜活的现实进行理论匡定，其说法与做法也像一个瞎子摸象似的吃力不讨好。所以，这里选年度作品，也是有些忐忑的。只是，我们秉持往常对于散文的大致的概念，这是：一，人文情怀和精神向度，就是说，作品不是纯个人性的故事和书写，而是有着大众情感的关联，让读者有共鸣；再，她表达方式的有意味，就是说，令人咀嚼，有吸引力，或者文字上老到精致，或者气势上的整体效果突出。虽然这样说也是一个虚质，可是，你的作品引人入胜了，让人读后有嚼头，就算是好的作品。

对散文年度的面貌，与其归纳什么，或列举出哪类作品的优长，不如换一种思路，用关键词来表述，对一些问题作些梳理。

一　思想

散文不直接以叙述和提炼思想见长。思想即主题，她不是直接地展示主题。或者说，散文的主题不好以简单的归纳法来要求。固然，思想是一切文章的灵魂。但思想是内在的融合，是肉，不是皮，是风骨，不是外表，是质地，不是形状；她不耳提面命，不是高头讲章，不是热闹地紧跟社会时尚或政治情势，不是主义与问题的随从。

散文的思想是潜在的、隐性的，是和风与细雨、润物无声的状态。隐藏、内敛、细微、机巧，在文章的内涵上，给人以张力和激荡。

散文可以从所呈现的人情事理中，渗透书写者的精神情怀，让阅读成为巨大的精神享受，得到共鸣与应和。其主题或思想，不因为她隐匿地表达，或者轻盈地渗透而缺失。不因为她的精巧细致，不因为她的风花雪月和个人情感的表达，而减少其主题的厚实与深度。

现在的问题是，有多少散文在思想主旨上让人感动，撞人心扉，启人心志，令人感同身受而共鸣呢！

没有思想的文字是六神无主的躯壳，没有力量，没有深度。而时下，散文的思想有如稀薄的空气，难以捕捉。不少纪念性的文字，不少赶时髦的歌颂体的文字，不少纪游式的报道文字，其内涵苍白，内蕴寡淡，难以卒读。这类文字，有，等于没有。

当前的散文，不缺少机巧的表达，缺少思想的呈现；不缺少场景和客观景象的描写，而少有人的精神世界的开掘，人的灵魂深处的触摸。散文可以散，可以信笔而书，可以笼天地于形内，挫万物于笔端，然而，其风骨和灵魂是首要的。

二　情怀

为人者多情怀，为文者亦然。无情无义，其人不可交，其文味同嚼蜡。

文字的鲜活与沉寂，有味与乏味，关涉到情怀。情怀是大爱，是善，是真，是文章的内蕴品质，经典远播传扬的关键。缘情而文，作文之法则。文章者，境界之不同，亦是情怀的高下之别。情怀高致，其面貌可爱；高情大义，其风华自雅。

关怀弱者，敬畏自然，尊敬长者，感念生命，尊重历史，敬仰人文等，情怀使然。书写生活，记录思想，追慕前贤，期待来日，形诸文字方能显现出高下优劣，其区分也在于是否以情感人，以义达人。

散文在时下数量庞大，势头不减。君不见，各类纸质媒体仍为大户，各路作者老与少，名与无名，多有染指，网络博客微博，壮其阵势。但，如若仔细分辨，鱼龙混杂，或可以滥且乱而名之。如没有节制任意而为，或以枯燥沉闷的东西占据版面，有些作者耽于自恋自炫，倚老卖老，矫情自负，不可爱、失诚信，令读者敬而远之，或生烦厌。信马由缰，无所节制，小题大做，无病呻吟，成为疏离读者的主因。

情怀是平实的风度，是高扬的精神气象，也是一种人情世态秉持的尺度。她不轻浮，不急躁，不自恋，不乖戾，不虚伪。

借用一句时髦的用语，作文要接地气。散文写历史、文化、民生，书写情感，励志抒怀。散文的情怀，实际上是对大地的书写，对民生的关注。作文要有温度，温度是情怀体现。与大地和大众精神相通，气息相求。观照平民人生，书写生活艰难的脉动，展示大众的精神追求和人生的期望，文章就能为读者大众青睐。

三 自由

写作者精神是自由的。古今中外大家如是说。散文更是一种放松的心态下的文字表达。

我想故我写，我手写我心，畅快直接的表达，本真求实的还原。散文中有人，写人是主体，写别人或自己，可折射人生历程，可开掘精神情操。散文写人，真实朴实，不事渲染；不是炫耀，不是人物形象的标准画像。

散文是自由的文体。或者说是最自由的文体。散文的包容，散文的自由，成就了她的气象万千，不拘法度，她的写人、写史，记事、言情，写当代写过往，不一而足，只有让文字自由地表达，放飞心态，高扬自由精神，直面生活，亲近大众，散文才有大雅之作，才会体现出美文的品格，为大众所喜爱。

散文可以近距离地捕捉当下文化精神，显示出书写者对社会人生的敏锐感悟，可以荦荦大端地对于一个时代的万千气象进行文学描绘，可以对社会热点进行文学透视，也可以从一个新的视角对历史中的人与事进行打捞和挖掘；或可以精细地对某一社会现象进行切片似的描绘。它可以有宏大叙事的丰富，有宽大视野的开阔，有精致细腻的切入，有纵横捭阖的豪放，有小桥流水的委婉曲折，有情感激烈的辨识与争执，有情怀柔美的迂回与矜持。长河大波和小桥流水，都可视为散文的表达方式。

散文不拘成法，无有规范。记，可以写史，秉笔直言；赋，可以赞人，也可弹人；长，可以洋洋洒洒，或以专题写类型；而短，可以是一个事件一剖面。长而有度，短而精微。主题广泛，写法多样。求真，探寻，辨析，释疑等，人生万象，花鸟虫鱼，喜怒哀乐，皆成文章。

自由，是随心，是放松轻快，是宽怀畅达，是不惧不忧。文字的自由，终究是心灵的自在、精神的自由、情感的自足。

只是自由放飞了散文的精神，开启了她的远行能力，但，如何让散文的自由转化为优质的文字，是当下散文不可忽视的问题。

常见的是，不少文字端着官员腔、公文腔的架势，主题先行，或赞颂辞式的，自恋自负，暮气沉沉，掉书袋式的酸腐气、八股调，令人生厌。或者，套话式的写乡情乡愁者，了无新意，这诸多散文的病灶，也破坏着散文形象。

散文自由地表达，切忌八股式、官腔式的贩卖，不居高临下地俯视，也不是拘谨地再现生活，失掉其生气和鲜活。自由是内在的，是心灵的，没有写作者内在的心灵感受，其文字是枯燥乏味的。

四　语言

文学是语言的世界，作家是语言的魔术师；散文不是文学样式中语言的极致者，却也为大家高手们致力追求的文体。

为文有高下种种，但可从语言的精到或粗放，隽永或芜杂，文野雅俗来区分。语言不专是一个表达技巧，而渗透着作者的情感成分、才学天赋，语言的优劣精芜，是写家与大家的分水岭。

散文语言首先要精炼，流水账单式的枝蔓令人生畏。语言要有以一当十的效果。其次是精致有味。常见有些散文语言枯涩，叙事拉杂枝蔓，结构板结，写人平淡苍白如履历表，说理像论文式的干巴，记事如新闻式的浅近，其原因是缺少语言的灵动和张力。当年鲁迅、梁实秋、周作人、林语堂等大家的文章中，我们看到的不只是对于人生的特殊感悟，而雅致的语言和精致的情怀，令人回味无穷。有时候，一个形象的语言表示，就可以成为文章的一个文眼，比如，董桥关于中年是下午茶语言意象，足可以成为一篇文章的经典表达。语言是作品的面貌和气质。风华无限，意象峻拔，而情怀悠悠，可以吸引读者，可以成为经典。一篇作品，如果说情怀是其内修的话，而语言却是一个显见的外形，这也是散文大家们所看重的。

眼下，不只是散文创作，在文学界或多或少不太注重语言的修为，除了其写作者本身的能力外，也有在创作中忽视语言而随意作文的心态作怪。语言是一切创作的关键，而散文对语言要求更为严谨，对此，多年来却不太为人所警醒，一些散文家在语言上乏善可陈。重视和讲究语言，这本来不成问题的问题，竟成为散文以至时下诸多文学提高水平的急务，说来，多少有些滑稽。

2012 年冬

纸上性情堪可欢

　　徐虹是明慧的，她的这本非随笔、非评论的书，冠之名《废墟之欢》(作家出版社出版)，题目就能吸人眼球。在废墟上获取欢乐、欢快，不知是一个什么样的意象，但阴冷之中也有一丝暖色，于是，这多少有点两极并有不同情感色彩的词，穿越一起，让人有了一睹为快的欲望。

　　其实，所谓废墟，我理解，是文坛旧事，是过往的故纸堆里没有多大兴奋点的种种，细细品来，这废墟，就是在时间的冲刷下一些不被看重和提及的一堆零碎。然而，从另一角度看，也可以说是作者的自谦，写来随意为之，或是性情文字，不一定是为了上得台盘。

　　但是，恰如书中一个专辑所示，是纸上的人情，性情写作。也如书名副题标示的"我的读书笔记"，集中展示了过往的一些书与人的故事。所以，这是一本写人——一些知识者、文化人与书的关系。所写之人名头有大有小，历史有新有旧，职业各有不同，然而，他们是书界之人，是文学圈的人，人与书，书人书事，即使是陈年往事，鸡毛蒜皮，却成为作者笔下诸多生动的捕捉。作者写他们,或背影或片断,或借书说事,或写作者与其交往印象,或是他们某一方面的作为。一些名头响亮的人,其成绩与收获也是点到为止。就此看来,或许有点亮色的东西,就成为阴冷背景下的欢娱、欢快和光点。作者用这种两极的对比,来展示时间之流对于文化精神的冲刷,展示出一个作家的主观评价和对逝去文化景象的挽留。

这就是徐虹,她善于对习见的文化现象进行新检索,或者某些文化人的某一特色的东西,进行主观点评与开掘,注重精神性的东西。比如,明明已很大众化或者很热门的一个现象,她另找路径;比如,一个曾经有某种定评的人物,一本有意义却已远离大众视野的书,她重新解剖,进行自己的评品。这样就有了独特性,或者有了新意,也有了文学本来所主张的"这一个"价值。

作为名作家的杨沫,上世纪五十年代的一本《青春之歌》红极一时,影响了几代人,徐虹在写她的印象感受时,以"一生突围"的意象来描述。其名家的成名作,名家的一生经历,这些都不是徐虹所关心的,她只是把她性格中的最具特色的,人生命运中最为真实的东西,聚光灯似的点染出来,成为一个人物人生基本面貌。这样做,有侧面的,或可能是剖面,但却是一个有深意的概括。她说杨沫的一生,基本上是"一个人的战争",她没有主动伤害过别人,她本质上是偏于善、野性、偏执,冲动也轻信的温情主义者,其人生的过程是不断地突围和变化。她甚至对于作家生命中的几个男人,也作了点评,描绘出作家性情人生的种种。徐虹写香港作家董桥,说他是"慢慢变老",作为"董迷",从二十年前一定要读,到二十年不一定要读,再到时下的一定不要读,这种变化,虽是坊间的一个说法,却是一代散文名家或者说这一路散文大家们,在时下阅读审美趋向发生变异后的实际状态。

一个时代有一个时代的阅读者,即便经典性和精英化的东西,也会受到历史的洗磨与审美变化的挑战,渐渐变老,不仅是一个作家面临的读者选择，也是一个时期文化阅读的现实境况。试想，文化的经典化固然是长期追求的，但随时流变的阅读口味，或多或少地将所有既往和已成，变成老派而过往的东西，而期待有一个新的选择，新的认知，这就要批评家们不断地进行有意义的诠释和解读。这本笔记，也可视为徐虹在这方面的实绩。她实际上是做熟悉的陌生化的工作。对于既有的文本，面对不断更新、各领风骚的文化现实和文化受众，徐虹以最为精简的方式进行诠释，选取了这若许人物，虽参差不一，有过气的有平淡的，当然也有先锋有精英的，这些人，活跃在文化雪原上，飞鸿留泥痕，通过对他们的评价，描绘出丰富的文化景象，也在人们泱泱海量的阅读中，有着补拾裨益之功，何况还有一些大家如外国的伍尔芙、老前辈吴宓等。由单个人文化面貌到众生相的呈现，特别是注重了当下性，这本读书笔记有了整体感，又有了鲜活的内容。

也许与这样一个写作姿态的相谐，是作者写作时轻松的笔致和放松的心态，还有跳跃式的思维。恰如"笔记"一说，这些文字，多为千八百字篇幅，不事长篇大论之规模，不以规正完全之组合，却有文字上的摇曳多彩、情感上的真切投入，以及语句上的删繁就简，举一反三，当然，主要的是，性情写作，写人物性情人生，写出了她笔下书与人的可爱、可亲、甚至可乐的一面。读之，足可令人欣欢而愉悦的。

2012 年 11 月

思考者的背影

眼前这本散文集《思行录》(人民文学出版社)，出自一位国有大型企业领导的手笔。因为所从事的职业的缘故，这可能就是所谓的业余写作一路，或者算是一种官员的写作。在眼前急功近利、鱼龙混杂的文化背景下，这种身份认定想来会引起物议甚至诟病。每天在各种会议、指标、文件、等因奉此、公事公办的氛围里，何以能清逸而出，本真地书写，并且写出你的个性与性情？还有，一个人的经历和能量总是有限的，你以为这文学那文坛是可以随便出入、谁都可以分得一杯羹吗？如此等等。不得不承认，批评者所持有的疑虑，也为不少的事实所证实。这为我们评述此类创作增加了难度。

梁君的这本集子，我不敢说篇篇是佳品，但我敢说，作者是以一个文学虔诚者的姿态，以一颗敬畏之心写下这些文字的。所以，我对于他的文字怀有真诚的感动。他的散文，以真诚的思考和文化自觉的心态，描绘了他所感知的社会人生。论题广泛，情感真挚，用心真切，表达细腻，如果说这是官员写作或者业余玩票，那可是值得提倡或者可以推而广之的。

一篇《在煌煌的人类面前》，让我们领略到一个散文作家的情怀。由古及今，由中而外，不长的篇幅中，评说的是人类精神文化史上，为民族、为历史立下伟业功勋的人和事。重要的是，他从这些人类先贤者身上，看取作为芸芸众生者我等，如何仰不愧于天、俯不怍于地，踏实认真地做人之准则。他认为，面对沧桑人世，人是伟大而有作为的，比如，"欧洲两个大胡子老人的几本书，足以让世界翻覆！连荷兰那个割掉了自己耳朵的精神病患者的几幅颇具张力的草图，也足以填实人们的心。"所以，认识到人的作为，从我做起，从小事做起，在煌煌人类面前，"每个人都应走好自己的一生，留下闪光的足迹，为人类文明的大厦填一沙一石，使人生有更多的慰藉、满足和自豪，而没有抱愧和遗恨。人是伟大的，随着时间的延续，人类智慧的巨烛，必将愈燃愈亮，辉映更遥远的星河。"

注重精神性的励志功用，以一个现代人的身份，对茫茫人世、短暂人生做理性的思考，充分展现那些博大精湛的人文精神，是梁君散文最为闪光之处。他从白求恩想到理想主义；他思考鲁迅，是为了思考担当和责任；他有专文评说大禹、柳宗元、文天祥、陆游、凡高、秋瑾，他们的思想穿越了历史时空，而基准则是一种朴素的善与美的道德支撑。他考察其中至关重要的精神闪光点，比如，柳宗元的民本情怀，文天祥的气节，秋瑾的侠气等等，这不能不说，是一个为文者深沉的精神方式。最为扎实的是他对于理想主义的执著评述。也许作为一个历经世事的人，作为一个曾经的军人，理想主义的精神伴着梁君人生年华一路走来，因而，他特别地看重。他甚至于做相当深入的考究，从西方哲学的思想库中，马克思所宗法的朴素社会主义的理想精神的思路中，看待理想与人生的关系，评议人类理想制高点上的精神花朵的美丽与高贵。这种浓郁的人文气息，是精神性的思考与阐发。这样的文字，成就了他作品的分量。当散文在众多的轻浮文化面前，显得有些轻飘之时，这种直面文化精神的表现，令人敬重，也铸就了它的成色与品相。

他把思索的触角伸向历史文化的诸多方面，又从现实的生活层面来描绘和表述，这类题旨成为作品中的骨架。这类重在思想性表现，从某些历史和社会现象生发精神意义，或者，通过众多历史人物看取一种对时下的启示，是一种知性的写作，一种有力量的写作。所以，他的散文基本色调是思考型的，其风格属于随笔杂感类。时下为文，也许这种随笔杂感文字，并不被众多读者所青睐，也因为写作的难度，为一些作者所回避。而梁君兄，不惮其繁复，执著于这种精神，对于散文写作的追求，也是一个有意义的坚持。

　　当然，从本书中，我们还见到作者的另一面：短小精粹的文字，表露心曲，描绘亲情，抒写过往生活中的记忆，其中，也浸透着作者的丰富而细腻的精神感知。这样的篇什丰富了作品的内涵，一方面与历史人文对话，论大事，说世情，另一方面与现实的世俗生活牵手，不拘形式，轻唱低吟，有自然活泼的一面。后者中有《那片草地》、《年夜饭》、《净月潭》、《听雨》、《心境》、《二姐》等。在《夜读》中，他说读书的快意，"足不出户，目不远眺，心灵却插上了巨翅，浮云乘雾，在时间的长河里畅游，在无际的广宇中翱翔。"他还写有《夜踱》一文，一个自在休闲的漫游者形象，与思考者的背影相得益彰。我以为，无论是写十分宏大的历史景象，还是私人化的情感记录，他都是规正整饬的情感表达，体现出一个在组织队伍中磨砺多年，深受时代洗礼而成熟而进步的作者，所特有的禀赋。如此说来，这或许与他的身份、他的业余写作有关。所以，回到前面的话题，这种身份认定，或许让我们较为明确地看到了他作品的风格，也留给我们，对于一个韧性坚持的作者，更为热情的期待。

2012 年 5 月

敬畏生命　春暖花开

孙惠芬在《生死十日谈》中表达的是一种对生命的敬畏，对生与死的思考，对当下文学关注精神层面和世道人心的一种颇具行动意义上的担当。

这是一部跨文体的写作，说是纪实文学，也对，通过对十多个乡村自杀者的寻访，记录下他们走向绝路的心理历程。作家的采访记叙完整真切，过程实在，一波三折，然而，对于众多主人公们的故事情节，却又讲述得绘声绘色，形成了十分强烈的文学效果，有着相当的思想和内涵的冲击力。从叙述内容看，纪实是其核心，真实是其灵魂，而文学的剪裁和精心的组合，形成了富有张力的人生内容和社会内涵。

更重要的是，这个书名，《生死十日谈》并不是专门写死亡，写走向绝路的人们的精神状态，也有对生的期待，对生者的抚慰，对人生如何有尊严活着的文学表达。"十日谈"，选取了世界文学中熟悉的名字，不独是为了时间段的划分，也是因为，这个六百多年前，讲述爱与生命的故事、并有宗教意义的文学名著，对于在遥远的东方国度里的当今人生，也是一个颇有意义的借鉴。何谓生与死，如何善待生命，成为那些生活在底层的芸芸众生应当正视的。所以，生死者，关乎社会人生，精神心理疾患，成为障碍社会人生的生命源动力；生命如何发展，生活的风帆如何顺势而发，其实这些最为简单的人生课题，却被更多的人们习焉不察，也被社会所忽略。有良知的文学，有良知的作家，不应当忽视这样一大题目。

一个偶然的机会，孙惠芬接触了自杀者事件，有了这个被称为"国家项目"的调查工程，与几位研究此专题的学者、学生同行，他们以各种方式，包括动用关系，获取众多的第一手资料，以文学的名义，记录下十多位活生生的生命走向绝路，以及他们身后的周围或相关人们的反映。这些生命的自戕自虐，故事惊心，令人扼腕，像因为"一泡屎"而断送婆媳两个生命，"回乡Ａ计划"没有来得及实施开煤气自杀的大学生耿小云，等等。她们多是女性，生命灿如夏花，却走了极端，原因也多方面，有因为情，有因为穷，也因为愚昧、软弱，或因为爱，然而，作家写她们，期图这样的故事不再重演，让他们的生命即使消失，也得到应有的尊重，为那些心理患疾者也为社会，敲响警钟。

孙惠芬的理想是，对时下乡村中最为底层的弱势者们，他们对于生命的态度，我们可能有所忽略，或者，从他们的不正常的死亡中，找到了这个病象的根源，比如穷困，愚昧，比如偏执的个性，比如社会的隔膜，旧有习俗，等等。然而，她更是从社会世相中，看到了对于他们个体生命应当有的尊重和理解，从精神心理层面上讲，人们在现代化的历程中，每一个人都应当有尊严地活下去。所以，她在作品中多次写道，即便是发展了的乡村，人们认了宿命，或者，如第八日中的刘国胜信了天命，但他们作为当事人，应当有着自己的尊严，不从于世俗。像五十一岁的刘国胜，一支笛子，尽显人心的悲凉，却在无奈与无助中求洒脱。较之男人们，那些乡村中的女性，虽历经生命的摧残，却也有坚毅的人生向往。作家从这众多的生命个体中，书写她们的人生境遇、人心境况，热情地写女性们是：

"坚定，坚硬，虽偶尔从言语中流露出内心深处的苦楚，灵魂中的纠结，但你绝不要指望她们会向自己的内心低头。"为那些女性同胞们的负重、忍隐、弱势而坚强，进行呼号。

孙惠芬是有大悲情怀的作家，这部作品更是极致。作品有着复杂的人文情感，一方面，面对死亡的生命，寻访和研究自杀者的行为动机，找寻社会的人文病因；另一方面，也让逝者的生命得到应有的尊重，让这个社会对于任何一个生命的消失，都应当有着宽容与理解，同时，也厘清产生这些特殊现象的社会原因。由于作家对于这块土地（主要是写辽东乡村的故事）熟悉，以及时下社会诸多不正常的病态症状的关联，她在作品中，每有对于乡村生活的描绘多与自己的体验与感知相联系，对于当下变化的和不变的乡村内容的认知，又与个人的生活经历相关联。还有，每在面对人生的活法，生存的状态，社会的办事效率，职业者的特权意识等诸多社会肌体中的不良现象，作品常常在一些纪实的情节书写中，作精致而理性的点评与阐述，从这个意义上说，作为纪实的非虚构，有着担当与真实、直截的品格，也是其文体之长。在我们今天，许多的精神疾患者需要医治，重视他们，尊重他们，或许，文学的治疗可以让他们的生命得到慰藉，得到绽放，春暖花开，人生美好，这也许作为《生死十日谈》的意义。

2013年10月

丰富厚重的"大同读本"

一座古都，凡两千年，有数个王朝建都于此，所谓帝王之都；一座古城，历经千年沧桑，留下丰富的文化遗存，许多冠绝世界；一个当地作家，出于对古代文化的敬仰与热爱，以土著情怀，激情昂扬又不惮繁复，书写了这座城市的历史和现在，展示了期望的未来，让一部书写古城的专著有了特别的意义。

这就是皇皇上下部、由中华书局出版的《中国，有一座古都叫大同》。

人们对历史文化的敬畏与否，决定一个古都的发展前景。如何开掘古都文化，发现其更广泛的价值，是发扬优秀中华文化的一个关键，也成为时下不少城市管理者和文化学者所关注的事。

所以，城市与人，城市的历史与现代文明，以及古都的现代化趋向，林林总总，成为许多类似写作的内容，借以阐发一个曾经辉煌的历史，对于当下文化的意义。所不同的是，本书在其体量、内涵及风格上，都有了新的变化，注入了作者主观强烈的书写，力图通过交叉类比通联等等不同方式，找到相对合拍的切入点。我们从中看到了一个立体的古都，一个融入了现代华夏文化洪流中的古都,一个静态的城市灵魂与活动着的文化,如何在当下社会发展中的文学书写。

我们不能不被其充沛的激情所感染、所感动。这个建都于北魏时期的古城,作为一个闪亮的文化符号,一个被誉为"石头上雕塑的城市",她固态的历史和活动的文化,其绚丽耀眼,其灿烂惊世。在作者聂还贵的笔下,我们听他一唱三叹、几近是歌吟的书写。比如,他以极广阔的背景,书写这座城市的历史源流,记述岁月沧桑留下了许多文化经典;他以高昂的激情,文采斐然,写下对于古城的赞美,提炼出大同这一地名的精神意象。在作品的最后写道:"天空蓝千寻高阔,大也;地球绿一色春光,同也,是谓大同。天生云霓霞彩,百象有序;地产花木鸟兽,万物尊规。故大而类异,同则和美。"

大而同,和而美,这个美好的意象,也是祈愿,成为这部长篇的一个生发点,而这座城市上的许多历史闪光点,成为作品的主要内容。由此,作品以十一大章节,从历史、文化、民俗,以及英雄精神、宗教习俗、民间风习等,把一个人们熟悉的而又陌生的城市,不同的局部串联起来,成为一个丰富生动的整体。

对于她的来龙去脉、煌煌成就,作品进行了饶有兴趣的描述。"少数民族政权北魏王朝京都。少数民族政权辽金陪都。明清九边第一边第一府镇。"还有,"自秦汉以来,开设云中郡……至明清而建置节府……"历数这些深重的历史印记,是为了张扬古都丰富的文化蕴含,也是探索一个古老历史的兴亡之变。如作者感叹的,这是一个遮蔽在盛唐大汉文化的阴影中的古城,她有那么多的光点:"赵武灵王胡服骑射后台。中国最大一次民族融合圣地。佛教中国化世俗化发源处。胡汉文化交融中心"等等,这些概括与描述,彰显了一个古都的历史含量,也成为作者洋洋大观地展现古老大同的最初动因。古老是财富,灿烂的历史是眼下人们所看着的,然而,通过这些列举和提示,如同一个个疑问,带领我们深入这个博大的文化景观之中。于是，我们看到，一个个丰富的文化遗存，云岗、平城、雁门关、恒山、寺庙，以及儒释道文化，还有贾岛、苏三等历史人物和独特的魏碑艺术，固态的和流动的种种如何产生发展，以及在当下的现状和意义。历史是一个城市的生命形态，文化是这个形态中最为耀眼的光点。作为这一个有特色的古都，大同的历史其特别之处是拓跋氏从游牧民族，一个没有文化积淀的民族，成为一个"石头上雕塑的王朝"，她成就帝业，有很多的历史因素，而"用心做"，"革新求真"，是其最为显明的历史动因。这些是作者以一个文学家的情怀，进行的较为生动的概括和提炼。

作为一部体量广大，书写古都文化面貌的作品，从历史沿革、文化景物、人文内涵等不同部分，展示着整体的文化景观，然而，突出的是，云岗石窟这一代表大同特色的古都文化翘楚，开掘其精神内涵。古都其魅力何在？作者提示，她有"云岗大佛，华严塑像，长城古堡，永安寺画像……鲜活的化石，无言的诉说，使抽象缥缈空泛的民族史人类史有了质感，有了温度"。云冈的精神何来？不仅是我国佛教艺术中的精华，也是世界文化史的奇迹，吸取了中外佛教艺术之大成。"云岗石窟是块石头，更是一个生命，一块有感情有记忆有灵魂有血脉有灵性有呼吸会说话的石头。"由此，这百年时光雕琢的艺术奇葩，"本由人造，疑似天开。这就是致广大而尽精微的云岗精神。"

得益于作家浓烈的故土情怀，也源于作家情感的激昂，作品常以江河汪洋之势，热烈之情，较全景地写出大同文化的方方面面、古都历史的林林总总，在与世界文化中的勾联比类中，写出大同的美丽，写出华夏文明的独特，他甚至不惜有过分之好，比如从中外古今相应的故事，包括诗文典籍中，由此及彼地描绘，举一反三，表达对于本土文化的深情厚爱。这种爱，又编织成作家对某些文化现象作学理的阐发，打造一些警句式的段落，显示出学术性的意味，有些句子和段落，摇曳灿烂。当然，从其文本特色看，直观、随意、丰富，甚至繁冗，也有散漫不羁随意而为的特点，有些论述和阐述不尽简洁得当，有旁逸枝蔓之嫌。即便如此，无论如何，这是一本弘扬中华文化的书，是作家阐述地域文化的心血之作，也是期望古都繁荣与发展的一本有特色的读物，对于传统文化特别是古都文化建设，这是一本很丰富厚重的"大同读本"。

2012 年 12 月

下辑

浮生札记

生命与故乡

  出生在原籍老家，呱呱坠地之后，生命就同那块土地，那方水土血脉相连了。祖辈都是农民，种田打工之族，到了父辈才有读书的人，到了我辈才有称之为知识分子的职业者，于是同那块衣胞血脉之地既有了不少联系又有疏离与迷茫。那黄土地上的春种秋收，那飘散的炊烟，那暮归的牧歌，那块生长过我的希望和幻想的地方，那块孕育过我生命的元素和成分的地母，总在我心中有着不可释然的情怀。

  我的生命本来就属于这块土地，属于这块土地上的泥尘。

  然而，生命是躁动的，生长着希望和寻觅。稍长之后，远行的期冀，负笈求学的热望，文化的诱惑，生命的底色上在不断地涂抹着，变幻着。生命被创造出来之后，既有坚执的笃守，又有无定的漂泊，更有苦苦的追寻；一端连结着故乡那方水土，一端又同现代文明的风景接通。

  那是一个无法回避的过程。由父辈的精血凝结了我，由那方丰腴厚实的地气哺育了我，由淳美质朴的风情民俗和粗砺的文化影响了我，在我心中深深地结实了那生命的原色和清纯的情愫，又孕育出一种难以割离的感情。那是一个人的生命的原初情怀。

故乡在我的生命中，永远是一个矛盾的存在，一个浮游着的精神泊地。

由父辈们执著地撑起的那方天空，由父辈们创造和光大了的那份故土精神，在远行的儿辈们心中，总是一种沉甸甸的存在；故乡，在游子的心中，有一份真诚的神圣。

从母亲的脐带分蘖出来之后，在故乡的摇篮中，浓浓的乡音与母亲的童谣混唱着，睁开眼睛的世界是弯弯的小河，是炊烟，是柴草垛，是觅食的鸡雏，是祖母手中的线团；生命发芽的日子里，人生之初，故乡的亲情融入了母亲的乳汁，从此，在你生命的扉页画上一笔厚厚的底色，那是最初的文化包装，奠基了你的生命之根。

当我们从故乡走向远行的时候，我们渴望着新天地的召唤，我们是那样的毅然决然。

我们轻装急行，我们的行囊中，虽然背负着父辈的叮咛，但我们义无反顾。显然，狭小而挤迫的故乡天地，文化的差异，使我们懂得了故乡的贫乏和单调。我们不能说她的浅薄，但不能不说她的单调；我们不能说她的幼稚，但不能不说她的陈旧和凝固。因而，我们在回望她的时候，我们怀着一种多么复杂的情感啊！我们寻觅精神的家园，我们皈依灵魂的故乡，这并不仅仅是回归过去的出生地。是的，在我们放声啼哭的第一声中，就融进了不同于父辈们的期冀和找寻。我们的身驱从故乡走来，我们生命的源头在故乡，可是，我们的精神在与故乡的依恋与逃离中，在难以割舍与大胆寻找中，寻觅着，期望着新的洗礼。

这的确是一个无法回避的存在。我们与生命的故乡有着血肉亲情般的联系，我们曾经有亲人埋在那方土地上，我们在各种社会场合中无不流露出对故乡或老家的炫耀，流露出"天下故乡数敝乡"的自豪，然而，究竟我们的灵魂同故乡有多大的联系呢，有多少的精神契合呢？仅仅是因为那块赐我以生命，养我以膏腴，就以我是故乡之子来要求故乡接纳，虔诚地成为故乡的捍卫者吗？在这种炫耀中有多少伪善的成分，有多少矫情和虚妄。每当有人提到这个话题的时候，我多是持有怀疑的目光。因为，在我们对故乡的怀念和炫耀中，我们的故乡情结，有多少真诚和真情在？如果我们的眼光仅仅盯着故乡那名胜和风光，那名人和物产，这并不是故乡所需要的。

宽大为怀，厚德载物，故乡的情怀也不容亵玩。

对于故乡，我属于不肖子孙。我不愿意在人前伪善地炫耀自己故乡的可爱，尽管那里曾是楚文化的发祥地，有过三国征战的遗迹；也不是因为在故乡那里没有了我的至亲，还有我的一生有过多处的流浪；也不是故乡在我童年时代并没有壮实我的身子，我至今记得那孩提时的艰辛与饥饿。我固执地认为，故乡情结应该是自己心中的私人化的一片风景，是一种精神的勾连，如同一支悠长绵邈回旋曲，一个人静静地享受和回味的。当你在都市的文化风景中，在充分的物质化的场景下，你难得有静心与故乡情感沟通，用你的文化自负、精神优越的偏执，去说故乡的往事，说故乡的风景，这不啻对自己神圣情感的一种亵渎。在大都市置身每天喧嚣的日子里，我们向往故乡的那村头的柳阴，我们怀念故乡池塘的荷花清香，可是，我们的这种情感又不能不让人起疑，是不是生活的点缀和情感的浮躁后，寻找的一种平衡？

故乡是无法诠释的辞目。

其实，用现代的解读法，故乡既是一个特定的地理方位，又是一个抽象的精神的无定所。在我们所谓的家园的寻找中，我们从当代文化的种种精神现象中，剥离了故乡和家园的真实存在，追求向往的是一个虚拟物，一个文化的生存空间。这是因为，我们生活在需要安抚和慰藉的时代。我们的生命在热闹和躁动中，寻找寄托之处。我们的文化现状造就和培植了寻找的主题和漂泊的精神。我们面对着今天，令人兴奋又不尽如人意的竞争和创造，我们怀想往昔，追念亲情，回望真诚；我们视这一切是生命的必然，也把这一切都当成故乡的给予和馈赠。

我们的故乡情感实际上是现代人的一种生命过程，或者可以看作一种精神的源头的对接。

这文明时代欲说还休的故乡情怀！

1994 年 7 月

电脑苦乐

如今的电脑像一个幽灵，弄得现代人好生不安。不知从何时起，它好像成了大众情人，宣传媒体上的广告，朋友们间的聊天，电脑几乎是中心话题。舞文弄墨的，家有小孩的，单位公司的，没有不在添置或准备添置那玩意儿的。那个高科技的东西，放在那里是一堆死物件，一旦同它暧昧上，真是个可人的小精灵，酸甜苦辣，叫你回味无穷。

几年前，赶了个时髦，买回一台电脑。我本不才，对带电的玩意儿本能地谨慎，平生安个灯泡什么的还凑合。所以当这并不是急需的"贵族"请回来时，生怕有个三长两短，听人说错按一个键，搞不好会吃掉里面指挥中枢系统，更是未敢造次。咨询了先行者，听了些鼓励的话，又想到，既然附庸风雅，不能纯粹当个摆设吧！不能总如此笨下去吧。

无知者勇。买回的当天就按说明书一番捣鼓联线，那家伙还算通人性，七弄八弄的，就出来一排排清爽的汉字，比用手写的漂亮多了，码得整齐有序的。心想那玩儿不过如此，有何难哉，难何其哉？捧着刚买的什么《电脑入门》、《电脑普及》、《电脑初学者》等等，按图索骥，这样那样的几本电脑书，当成必修课，边学边干，边干边学，于是就开始了老生的"电脑写作的新时期"。

真正是入门易，深造难，我这还没有入门，就有点犯难。第一篇文章千来字，我敲打了十数个小时。因先入为主，听朋友说，五笔字型最好，错码率少，速度也快，就接受建议打五笔，没想到找字拆字的费劲，真不是人干的活。你要对笔顺清楚，平时里用笔写字，横撇竖捺，可以自行其是，缺胳膊少腿的，随心所欲无所谓，可是电脑是讲科学的，动不动纠正你的笔误，还经常罢工。幸亏没有人知道，要不有了那么多的"倒笔"，令人无地自容。最要命的是，你要拆字，先偏旁部首，前后顺序，再去找键盘上的键，找来找去的，记住了键的位置，又忘了你要找的是什么字了；字找到了，又忘了你下一句要写什么；再找，一切又重新开始。"多情反被无情恼"，事倍功半，翻来覆去的，那些个字像很有情绪似的不配合，心想，这家伙实在难伺候，信心也受损。曾想用见效快的汉拼来解救，试了试，只因南方人拼音也蹩脚，声韵母大都不准，只好再坚定不移地五笔下去。苦中也有乐。一篇小文章，虽用去两个整天的时间，打印出来，甚是好看，拆了近千字，好像找到了点感觉，辛苦中有了回报，更添了兴趣。及至，再打下去，柳暗花明，情有独钟，再也不想倒回去用笔写东西了。

自忖这才是进入了深造阶段。于是，当务之急是解决盲打的问题，因为要想快而准，就得盲打，脱开"一指禅"和老是盯着键盘的毛病。一次翻电脑教材，有指法练习的内容，自己拿来试试，用了近一周的晚上时间，不厌其烦地反反复复，很有效果，先是把手指练到位，再按先后顺序，把各个指头的功能一一吃准。最不好伺候的是两个小拇指，僵硬的像冰冻了似的，一下子不愿配合，后来慢慢地调教，除了数字键有点不灵便外，基本上没有问题。能够像录入小姐们一样的，走键如飞，那个感觉真应了一个时髦的词，好爽。终于可以盲打了，那时候，再回头看自己的手，好像不是自己的一样，这种惬意，是没有这种体会的人难以体会的。到后来，再巩固些时，自己有意测试了一下，小时内二千字是很轻松的。当别人问起的时候，我说，现在"短路"的不是手指跟不上，而是思维落后——"笔在意先"。一篇小文章，如果思路通畅，个把两小时满可完成。

有人说，五笔字型是难学易忘，此话对也不对。难学是因为没有找到规律。常用的汉字就那么些，冷僻字用得频率少，实在记不得就备个字典，或者临时改用一下汉拼，也不耽误事。而真正的有心者，坐下来打好基础，主要是练习指法，学会盲打，才可能达到得心应手的境地。其实，如果量化一下，我以为打五笔的字数达五六万字以后，你就可以不用发愁，常用的字明白了，盲打也会了，就达到了手到擒拿之地步，多么美的事。所以，每每与同道们说到电脑，我总是宣传五笔的好处，大家都知道的不重码、速度快等等，还有对你的记忆力也是个考验和挑战。对我们写作的人，五笔字型足可以让你得心应手。也许，刚开始叫你心烦意乱的，只要有六七万字的纪录，你就可以完全进入自由状态。不过，一定要练练盲打，益处受用无穷。按大道理，电脑是高新尖的科技，是一门学问，其高深之处莫测之处，是我等之辈非一日之功能弄明白的。于我们写文章的人来说，其实就是个打字机。解放了抄稿留稿之苦，又掩饰了字迹丑陋之弊，还可以解除写字的手累臂酸的痛苦，善莫大焉，乐莫大焉。但是，我们放着个万把元的东西，如果不会开发它的功能，不会编程序，不会搞设计，不会做家庭秘书，不会……连内存、PC、打包等电脑名词，都是一知半解的，想来又十分的遗憾。当然，另一块心病是，花掉的钱并没有回本，投入与产出不等值，又不免"小人常戚戚"。

好在，我们能从中证明一下自己，那些高科技的东西，并非就高不可攀的，我们不也玩弄于股掌吗，不是也让它乖乖地服务于自己吗？我们不是也有了现代化的武装吗，此这般，现代化与我们还远吗？

1997 年 5 月

学　车

　　谚曰：人过三十不学艺。不晓得哪根筋出了毛病，一把年纪，被几位同事一撺掇，也去报了个驾校学习班。刚开始，还能对付，后来就腰痛背酸的，想想真不该赶这个时髦。如今有一说法，现代人必须掌握三种技能：一是外语，二是电脑，再是汽车驾驶。要说前两种，对年纪稍大的人，不容易（当然电脑打打字，倒没有太难的），而后一种，则属高级技工，是个熟能生巧的事，没有什么了不起。再说，前两年，学车的年龄又放宽了些，由原来的五十放宽到六十花甲之年，还可以去过过车瘾，得知这一消息，真有些喜出望外，想想这辈子早点晚点总还能圆了这开车的梦。

　　接下来就是考交规，朋友拿来一大本画上各种符号、各类图形的像杂志大小的东西，出于好奇，翻翻有些兴趣，有不少是平常见到的一些熟悉的图，可是想到要在短时间里把这些东西都记住，真不是件易事，何况还要面对考试。那几日，看书看图又问同事中早已过此关的，还真像当学生时考试一样的紧张。那几日，看马路上川流不息的车辆，看报章电视上说，北京的车辆已达饱和，持驾照者如何如何以多少多少的比例增加，在这紧张中又添困惑，我这是为了哪起，不是自讨苦吃吗？有先行者，明白人，半是安慰，半是劝说，到你这样的年纪的，学也罢，不学也罢，像你这样，有车坐就罢了，何必去吃那个苦。夫人先学一步，也故意地揶揄，你的大脑迟缓，小脑不发达，能行吗？东说西说，都有理，也自然。

仔细想来，时下做任何事，很难找到一个统一的答案。暗想，人嘛，还是听天由命而已，还是随大流而已，于是，稀里糊涂的，就考了。考交规是在一个冰天雪地的冬天。一大早，就把我们拉到东郊的一个教练场，八点钟正式开始考试，看那试卷上的百十道题，凭几天的恶补，也凭感觉，就猜与蒙，还算过了第一关。据说，那次大家多是临时抱佛脚的，也就那么回事，在众多的矮子里面拔了些个将军，我也算得到了个机会。考的什么，大多没了印象，但是那天五六十号人，坐在一个偌大的教室里，旁边有穿着威严的交警同志在巡视，好久没有经历这种场面了，那情景那阵势，真是此生此世不会忘记。

接下去就是真枪实刀的干活。那天，上了车，摸着方向盘，点着油门，煞有介事地，心存憧憬地，感觉了一个司机的神气。因是本单位的速成班，学员大都熟悉，几个人坐在一辆车内，拨拉两下后，说起了闲话，教练师傅是单位的司机，说话也就随便，不大顾及。几位学员的年龄，算来就数我大。看到那些比我小一轮的小年青，又暗忖自己干吗要吃这个苦头。第一天，熟悉档位，感觉方向，想来三十多年前，在农村劳动时，玩过几天拖拉机，开过动力机，那玩意儿虽不及汽车速度，但基本的原理八九不离十，于是自以为是地，踩油门，挂挡位，扳方向盘，弄不了多会就有了那么一点感觉。记得刚开始学的时候是"五一"前，那时候的天气还真争气，我们又是在单位的院子里学的，大树的绿阴把太阳挡住后，坐在狭小的车内，也感觉不到什么燥热。五人一车，或在里面呆着看别人练，或者轮流排着等自己到了时候再进车内也可，总之没有想到就那样顺利地开始了学车历程。

因是本单位的院子里划出一块空地,树上标杆,就算一个教练场了。倒也无妨,可以前进,可以倒车,可以做在一些正规场地上做的活。这地方也是单位车队的属地,人来人往,熟人多,问:嗳,学车呢?答:唉!有时,看到一些年轻的同事,故意地躲着,好像做了见不得人的事,什么名堂,虚荣心吧,怕那个笨样为大家所讥笑,也怕说,都什么年纪了,还赶时髦。好在几天下来,也没有谁注意,也没有谁有这个闲心。

同班的学友是男 P 和女 Y,正好说要学车,有了这个机会,我替他们一起报了名。论年龄他俩比我小,论大脑的协调功能也比我强(顺便说一句,后来正式学开车后,人说会不会开车看你的大脑的协调能力如何。可见大脑小脑这说法还有市场)。两位同学也是每天按时到位,好在我们的教学之地就在工作单位的一个院子里,按时间排,每人在车上的时间可以自定。先是在车里原地熟悉,后就到院子里划出一个场地,学揉库、倒车、起步,来来回回,多少趟没有计算,但大约得十几个课时,反正这样子的上车下车,练了一周左右,课时够了,就找到一个更大点的地方,顶着初夏的骄阳,又巩固了些要领,完成了先期的任务。后来,我们正规地上了驾校。每天早去晚归,坐驾校班车。多少年在工作单位里住家、上班,无挤车之劳,无奔波之苦,享福而不觉。而一下子每天迎着朝阳顶着烈日,打乱习惯,还有些不适应。一天练完回单位,处理点事,就口干舌燥的,累得不行。心想,这自讨苦吃的事,还不知有何意义。

驾校的气氛紧张多了。第一天报到,也是每五人一车,有了新教练,分好后把大家拉到一个沙石滩上,那里是驾校的一个练习场,在这里重新熟悉车性。上来教练就来个下马威。一大排人,轮个地上车,要领是在规定的场地里猛打方向盘,熟悉方向盘的感觉。这个活算得上力气活,如果说,这之前多一些原地踏步的练习的话,那现在是进入实战练习,要上路,要考试通过杆考和路考才能毕业。

为了最后的冲刺，三四十位学员，冒着酷暑，在这里统一训练，以应付第一关的考杆。好像是五月上旬的天气，气温一天天在上升，练几下，就找个阴凉地歇歇，看着几辆教练车同时以一个姿势把这些有点年纪而心有不甘的人们拖到这个简陋的场地里，来回地转圈，来回地忍受着酷暑烈日的侵袭，也不知是为众车友还是为自己感伤。

　　驾校的感觉，好像是一个工地。汽车轰鸣，人声鼎沸，热浪袭人。过去，当农民时有所谓的大兴水利和农田基本建设，一队人马划出一个地，就是歇脚处，每天的活计外就在这里吃喝拉撒睡，一日三餐，而今又回到那个苦力时代。记得当时拉架子车修堤坝，看到汽车呼啸而过，心想，何时自己也过一把瘾，不曾想当年的奢侈之想如今已变现实，无形之中，就有了勇气和气力。所以，当我们那小小的教练一副威严的样子训大家时，实在说，我的那点勇气和心气占了上风。也可能是这样的想法，一番每天起早贪黑的学练，一周过去，也有了点窍门，也有了点进步。比如，跑单边、过八字、穿立交、起步停车、超车错车等等，都有了心得。而严峻的考试就过去了。

　　我不是那种学得严谨扎实的人，也不是那种灵气而慧根聪颖的人，只是稍稍琢磨一下，开窍之后就有些自得的。记得，在教练让做倒车练习，因长时间地一个重复动作，我们都有些疲沓而随意，我就提出可否改进方式，好在教练是一个年轻的小伙，对我们这些半老头子、半拉子文人们，也没有多大的要求，只是不要在考试中拖后腿，因为他们的效益与学员的通过与否关系极大，要太邪乎了，他的脸面无光，还要减少收入。年轻教练还算开明，知道我们能把握自己，我却因为自己的提议而有些自得。同去的Y和P看我敢与教练理论，也为我担心，因他们车上的教练说一不二，还训人骂人，每天都是一脸的坏天气似的。

　　看那些盛气凌人的教练，看那些威严而死板的教练，我庆幸我们的教练好脾气。也许看我们老大不小的，也许看我们不会使他丢失那份效益的，也许他根本就没有这么多的想法，只是，我们觉得交了这份钱，买罪受，买气受，心有不甘。听人说，要送点什么才有好脸看，可是，我们的那位小教练，除了爱好照顾照顾女士、小姐外，也没有让人看出有什么特别的。如此，我们还算幸运。

很快正式考试开始了，杆考过了是路考。早早就来到考场集合，点名。一大排交警来当考官，警服警号，显出威严，教练在每个队列前面，学校领导出席，像誓师会似的，气氛一下子紧张起来。因每次都有掉队的，大家更是不敢掉以轻心。我们是中午开始的，到我当儿，考官发出指令，让作了平时练过的大众动作，稍难些的是坡起，三五百米的距离，两三个动作，就完成了。然而，并不是都那样顺利，那样简单的考试也有人折了的，同去的一位本单位的，大家都为他担心过，这次未逃劫数。听说他在百米内，紧张得没有完成考官的指令，要求在规定的路程上跑出四个档，他还急得熄火了两下，按规定，只好留级了。

半月后，我们领到了驾照，在众多的小本本中又多了一个。还不知，猴年马月才有车开。不过，现在你也算不费多大的力气，就把这个赶时髦的本本弄到手，即使束之高阁也心安，或者有了一个炫耀的资本了，至少，人前人后，我也有了本子。说不定，你在特殊的场合，还可以救驾，当英雄。

不知有没有人作过统计，你手里有多少个这样纯属摆设的本本，虽然，这个本本与其他的众多的本本相比，得来都要费点时，费点钱。现如今，做一个现代人真不容易，好多的事都受制于一个从众心理，学车，玩手机电脑，玩体育项目，还有什么的，你明明知道有些东西，离自己虽并非遥不可及，但也不是手到擒来，也不是都能适应的，至少，你受惑于众，在浮躁喧嚣的时风面前，也时尚了一把，你也就觉得自己年轻了，心里的安慰有了很大满足，这很重要，或许这是主要的。

2003 年 12 月

牌　局

  不知何故，几位围坐一圈，昏天热地的一战就是半天；也不知何来的那大魅力，一百三十六个小小方块，把四个大活人，弄得神魂颠倒，如痴如醉；也搞不明白，这一百多颗小玩意儿，竟历经数百年，乃泱泱中华人民的忠实情人。有一日，几番战罢，都腰酸背疼的，其中一人说了一句，几个大男人，做什么不好，偏偏就弄上了这玩意儿，其他三人默然不语。是呵，人生乐事上百成千，如此玩意儿，却让多少英雄竞折腰，多少老少爷们，为伊消得人憔悴。看那场面，无硝烟之腾飞，无刀光剑影之献身，一番战罢，四肢麻木，两眼昏花，头沉脑晕，面如菜色，血压升高，如此这般，一场大病如是，然，即便如此，众人聚会，闲来无事，乐此不疲。

  这东西就是众多人有兴趣的名为麻将或为麻雀或是摆长城之谓也。

  据梁实秋老先生讲，当年抗战后方，忙的忙死闲的闲死，一时间，麻将齐上阵，有所谓"一个中国人，闷得发慌。两个中国人，就好商量。三个中国人，作不成事。四个中国人，麻将一场"之说。玩牌之害，有众人讨伐过，说是荒度光阴，说是损伤身体，说是玩物丧志，更有曾与沦丧忘国之大事相连者，其危害程度，口诛笔伐，均不为过。有人称麻将为国粹，老少咸宜，有云，凡有中国人的地方就有它。这方面的掌故车载斗量。但玩这物件，毕竟是多为人诟病的，这就让不少喜欢的人都是偷偷摸摸地玩着。尽管前几年，报道说，国家体委已将其列入竞赛项目中，还说开设了大赛事宜，成立了麻将协会，但虽为大众所好，但还是不为大众所容。要不，说谁谁有此好，就会遭来另眼。据说，有一位各方都优秀者，在同侪中前进是众望所归，可就因为有这一好，当提升局级职务时，有小人作祟，告发说其常常聚众玩牌，当然不是素玩，这还了得，一个不健康的业余爱好之罪，像一记闷棍让他未能再前进一步。在一些腐败分子的罪状中，也有与这家伙不清不楚的前科，谈麻而色变，视麻将为臭豆腐。所以，玩麻者也很警觉，多是在月黑风高、夜深人静之时，鬼鬼祟祟的行动。偶有大胆者，也多是七老八十的。我们单位对面的小树林中，到了夏日早晨或黄昏，常有几桌在那里热闹热闹，多是些白发高龄者，有意思的是边上也围上一大圈观战者倒是些年轻人。有一次我偶然路过，瞥了一下，就有几双异样的眼光看我，生怕来了治安方面的人，当然，他们是在弄点小意思的，就有点警惕了。这麻将不知是因为它的出生还是它造成的声响太扰民之故，像乌鸦、老鼠一样，名声不好，也上不得台盘。可是，吃这臭豆腐者并不在意，文化人甚至大人物对此有好感的也不在少数。梁实秋先生在专文《麻将》中描绘过当年胡适、梁启超这些泰斗级的人物的麻将功夫。

　　我不是个做大事业者，也不是为此怕人指戳的人，也不必遮遮掩掩。说起来，我对这东西接触得很晚。小时候看大人们玩的是一种叫纸牌的东西，上有汉字"上大人，孔乙己"什么的，是否就是书上常说的牌九，不得而知，而同这麻将的热络，是最近的事了。大约七八年前，一日到东北参加一个部队的文学会议，去的都是平日里熟悉的弟兄，晚饭后闲来无事，主持者说去娱乐，一帮人去唱歌跳舞，一帮人去棋牌室活动，那里的活动也是兵分多路，一路就是玩麻将，如何搭配一席，又与那几位配对，如今早已忘光了，但当时开启了兴趣，是还曾记忆如昨的。回想起来，当时的诸位大多是看过而没有试过，或者有过前科劣迹者也多是新手，一局下来，竟还在讨论如何赢和，把各方掌握的半拉子知识端上来，结果为如何玩法，议而不决。这初次的启蒙，一下水，就湿了脚，回北京后，那次在东北启蒙的众弟兄，受了这怪物的诱惑，只要有会议娱乐，大家弄它一把，其意不在输赢，在于一种情趣也。因为净是熟人，知根知底，也时间匆匆，玩起来就放松，没有输赢的包袱，没有赌的狂热，也就是所谓的卫生麻将是也。

那几年，儿子还小，外地的爷爷奶奶想他，带他回老家过春节，自然，兄弟姐妹们在一起来个休闲娱乐，首选是麻将。武汉的玩法很现实，讲备用，讲混，也就是所谓替代，一个麻将，各人起牌后再最后亮出一张，按此牌的序上一张为备用物，以它作为替代，可以让赢家的机率更大一些。按武汉的规矩，玩时小赌一把，押上点零钞，算是刺激，可以提高积极性，入乡随俗，况且同家人们玩这些，更是纯娱乐似的。记得，那年除夕之夜饭后，妹妹妹夫叫板说，晚上要有活动，让我参加，母亲说我不会他们的那种大进大出的战法，也知道他们都是久经沙场的，怕不是他们的对手，为我挡驾，可又想到仅是家人们的游戏，也放心地说，只当是送他们的压岁钱了，也没有担心什么。那是我在多年离家后一次有意义的春节，倒不是我过了一把麻将瘾，可在那没有鞭炮也少有走动，多是大鱼大肉大快朵颐的春节里，我被这个像罂粟一样的讨人爱讨人嫌的东西，拉到了桌子上，同我的妹妹们玩起了那个很有天伦之乐的游戏，当然，说这些时，好像是称道这个被不少人所不齿的东西，我却红肿之处灿若桃花，有些自我解脱的意思，但的的确确，在"玩物"的背后是一种可以凝聚的亲情。我真不出老娘所料，像送压岁钱一样，送出去大几张钞票，可也心安理得，也挺自然，算是交了学费，后来，我把武汉的玩法引进到北京，略加改造，诸牌友也能接受。当然这是一帮启蒙者初级游戏时，这所谓的武汉玩法也可以糊弄一阵子。

　　玩这东西，多是在于气氛和环境，也因为它的哗啦劈里热闹，洗牌和和牌后的感觉，是其他的游戏所没有的，也许这也是它的一个迷人之处。也就有人很哲学地说，游戏的对象大于游戏本身。过程是美丽的，目的无所谓。也有人说，与其说是玩赌，不如说是玩的情调。忘了是去年还是前年了，在一次会议上，出席者多是平常十分熟悉的朋友，会开完后去旅游，十分轻松，晚上住下来后就找玩，正好住处有一个娱乐场所，里面唱、跳、扔、洗等一应俱全，我们几个被介绍到里面喝茶，看到整齐的漂亮的棋牌室，座中有热心者提议了还不如就开一局，于是，心照不宣的，主人客人就首选这麻将之战。会议上的诸位都是知根知底的熟人，自然组合就是了，有人唱歌，有人跳舞，有人洗桑拿，有人打保龄，各得其乐。不承想，四人坐下来，想躲开大家，可是总有人就找着看热闹，结果，说是四人游戏也往往最后在场的有六七人，多半是有人也一知半知，也曾在某个时候，陪过人三缺一，在这里看热闹的时候，就更为开心。牌中玄机大，座上欢娱多。一张牌一个机会，一张牌一个悬念，一张牌也可能让一个痴迷者顿首捶胸，也可能让对手领教一番。因此，在这张牌桌前，几乎把一个团队的人拉去了大半，其他的节目也没有多少人参与了，其吸引力之大，可见一斑。

　　也是那次会上，同行的有一个南方女作家，也是极熟悉的朋友，大家听说她也是个高手至少是个热衷派，拉进临时的队伍中，一时间在众多男性世界里又添了道色彩，自然，那晚上的战斗更多了机趣。果然，既有牌局上的计算，也互相斗嘴，合纵连横，特别是到女士和了时候，男士们妙语连珠，甜言蜜语的，女作家也乐得受用。一晚上，大家苦战，几圈下来，不知东方既白，因又要赶路，只好意犹未尽。那次之后去远处看另一风景，回来的路上，因本人先要走一步，几位牌友就陪着在宾馆里玩了一天，其痴迷的程度，让旁人所不理解。后来听说，此女作家曾在一家报纸上把我们那次热恋麻将的事披露了出来，一时成为谈资。在后来，这位女士到北京时，我们中一位会团结女同志的牌友，还想找机会切磋切磋，但没有下文。

不少人都说，玩牌是几个气味相投的人，在一起乐和乐和的事。可不是吗，晚饭后，三朋两友相约，找一安静之地，支起一张小桌，点上烟，沏上茶，战斗就可以开始了。可以不计输赢不计目的，可以不说什么规则，随意为之。享受的是那份惬意和闲情。

娱乐和游戏者，开心为上，同伴的选择较为重要。玩这东西，依我看，有赌徒的专业和玩家的业余区分。由几个固定的"常委"来玩，只是业余的娱乐而已。这样的业余，往往是性情之乐，玩得是情趣或情调。

一次，众兄弟有段时间没有集中了，有人就用手机发来信息：问世间牌为何物，直教人生死相许；还有一次也是这位老兄，发来信息说，我要打牌，颇有高玉宝同志的对读书的迫切。有一次，这位仁兄在外面出差，不时发来手机信息，告之回城日期，自然醉翁之意不在酒。如果这仁兄的慰问电或信息来了，十有八九是他的牌瘾发了。说玩这东西有瘾，十分确实。鸦片有瘾，抽烟者有瘾，打游戏有瘾，跳舞有瘾，而玩麻将也有瘾。记得一次，弟兄们集中在一处七天会议，这可是几位赌鬼们的幸福时光。那几日，会议安排较为松快，主持者也开明，同参加者也不是叽叽喳喳的小人，于是大家有恃无恐地玩了个痛快。一场下来，所领的报酬有人就所留无多了。

小小牌桌，见出人的性格，一副牌后，牌技高下并不主要，重要的是性情俱见：有的决断犹豫，有的瞻前顾后，有的爱吃后悔药，有的生猛果敢；有的就爱往大和上做，一副不到长城非好汉的气派，有的就爱小鱼小虾的，拣到篮子里就是菜，想赢怕输；贪小失大者而错失良机，豪气干云者而结局悲壮。牌局并不是因为你的仔细而在胜面上占优，往往那些果决者把握了好的战机，得到先手。有时候，命运之神眷顾着你，也许又增加了你的兴趣。在一段时间内，你的运气实际上是手气不好，你也许是以较劲法，希望下次的转机出现，继续拼下去，于是把自己雪藏数日，减了几分热情；也许你背时倒霉，经常的只出不进，你一记闷棍有些认命，金盘洗手，可是，过些时，你又经受不了诱惑，你想着三十年河东三十年河西的古训，寄希望于下次时来运转，你的信誓旦旦，你的小伎俩，也烟消云散。有时候，你若碰到不顺之事，会找个借口把众位牌友邀集一起，也许在这稀里哗啦中一切烦闷消散。也许你可能有点什么高兴之事，你也乘机把这个喜兴在一场恶战中去会意地满足。有所谓情场失意，赌场得意之说。还可能，你确实想一帮子兄弟们，老大不小的，平时里关照爱护又河水井水不犯的，有段时间就琢磨着见个面的，说点新闻说点轶事，骂几句文坛讨厌的事，笑几下圈里圈外的可笑之人。某某的行状做派，某某的蝇营狗苟，虽不是牌桌上的正餐，但在紧张的牌局中，调剂了情绪，宣泄了郁积，来几句国骂，编几个段子，虽小酌小餐，也不亦乐乎。

当然，这牌局也可开心益智益。因为这百十张牌的不确定性，因为这有如战场上的风云变幻，也因为机会无限，机会对大家都是相等，才有那些玄机，那些不可测性，那翻云覆雨，众人的情绪调动起来后，你从中坐观虎斗，或得渔翁之利，或暗渡陈仓，或瞒天过海，等等，所有的古代兵法，所有的商场战法都可引用。

熟人玩时，除了动手也要动口。玩牌的众兄弟们，在这时早就没有斯文，没有了伪装，粗话脏话都视为平常。在几位"常委"中，有二位平时住一院，这把年纪，都有个头衔职位的，可平时在单位里，不敢造次，可能是压抑过久，人到中年，很少有机会放浪形骸的，有了这牌局后，时而攻击不计文野，打情骂俏，时而短吁长叹，尔虞我诈，虚情假意；还不时地称爷爷做孙子的，如同街头胡同串子，不占上风不罢休的，有时又故作谦虚，又是古诗文名句，道貌岸然的，谦谦君子状。其实，过不了多会，又是骂爹斥娘的，以为这才痛快。我们牌友中，有位老兄的豪气无限，常盯着往大牌上做，有时真真假假的，有时自我先行暴露，有时候又声东击西；有一位爱以小胜集腋成裘的，一桌下来，也不少进账，或者最后成为赢家，所以大家由此创造了句言，以小骚和消灭了敌人的大和，常被不屑，讥为小农。人算有时不如天算。有时，当你苦心经营，快是大和做成之时，有人以一个十分可怜的小和，救了另几位，于是先前的以邻为壑，又陡然成为大家的救星，刚才的笑话又变成了庆幸。有时，一位得先手，其他三人群起攻之，或诋毁，或揶揄，或算计，无所不用其极，然一旦有人得势，阵营倾时瓦解，联盟重新组合，敌友常常互位，战线常常混乱。最可笑者，好争气胜的，为小小几文也斤斤计较，正人君子者流斯文荡然无存，也许就是它的魅力。

　　有意思的是，那年秋天在杭州，朋友带我去西湖十景之一——满陇桂雨参观，或许是气候原因吧，我没有见到成畦成片的桂树，也没有闻到清馨如许的桂花香，看到的是一片片用偌大的塑料布盖起来的阴凉地上，有白灰灰的电灯挂着，里面整齐的长条桌上，麻将迷们在战斗，估计有数十桌。听当地的朋友说，是一家家人来这里野游的，我好生惊奇，那首著名的词，不是有云：江南忆，最忆是杭州，山寺月中寻桂子，郡亭枕上看潮头，何日更重游，可眼下哪有如许的情调高致。也许是反古人之意绪吧。这里的风景变成了一个麻将战场的最好背景，倒不是感叹这麻将的威力，而是惊讶杭州人的创意和潇洒，他们竟然把这个不登大雅之堂的麻将，放在这个美丽的名胜风景点上，快哉，大胆。而且，那么多的人那么多的桌，齐刷刷的无视天堂美景的存在，对于麻将他们可能是最有心得了。这情景可以说是一场麻将子民们神圣的膜拜。不知现在，这杭州的景象，是否会继续，在其他的地方有没有，仅两三年前的这一幕，在我脑中就难以忘掉了。

　　呵，这老少咸宜、文野不分的国粹哟。

2004 年 2 月

球迷 W

W已年逾不惑，对新东西保持热情，也好奇，这不，不知是何时何处何事何因，就糊里糊涂地当上了足球迷，虽够不上级别，顶多算个爱好者，可毕竟入了球党，每每有够点档次像点名堂的赛事转播，这位仁兄总爱守着电视激动一番。说不上是性子使然，还是受人蛊惑？足球是世界性的体育大项目，据说，它的观众和爱好者为世界各类竞技比赛之最。有女人也曾戏言，不爱好足球的男人就不是个真男人。W暗想，这爱好之意可作多解。会踢上几脚，算；能说出绿茵名角的子丑寅卯来，算；摆乎什么越位、盘带、十二码等等行话伪行话的，也算。会踢球的和好看球的，都是爱好者一族。须眉七尺，谁人不愿多些壮士豪气？当然，W君本人并非因了这激将才故作大丈夫状的。想当初，在谈恋爱前W就有过爱好体育的前科。只是那年头没有像样的赛事，也不像现在动辄就坐在家中借方寸荧屏纵览球场风云，阅尽明星丰采，品烟煮酒论英雄，不亦快哉乐乎？W之迷足球，属无师自通者一类，说来其实也不甚够格，好在水平是会发展的，知人论世，要看到进步，要看到光明，要提高勇气，这是哲人说的，W如是想。

美利坚世界杯之战，正是流火之夏日，彼岸阳光灿烂，此地凌晨时分，然痴迷者如W，不畏睡意遮望眼，不惮昏昏复聩聩，心想，四年一遇，机不可失。于是，早早在前一日，W就买来电视转播预告的报纸，排座次，圈明星，算计输赢实力如同清点腰间钱匣，又拾掇电视天线，未雨绸缪。首场开赛，墨西哥裁判哨声一响，W觉得好像这世界从此就光明辉煌了许多。两眼紧盯方寸荧屏，生怕拉下一个镜头，其情其景，欢然喜然。反观邻里世界，一片寂然。W想这些土老冒，保不准是看些小市民趣味的肥皂剧，俗也，俗也。颇一副世人皆睡我独醒的自得。又兀自喃喃：邻居那厮空长一副身架，不会踢球连世界杯大赛也不感兴趣，不可思议！不可思议！遂直瞪瞪盯着那小小皮球。又似觉这世界最男子汉者非老生莫是也。倏忽，德国头号杀手克林斯曼带球突入禁区，其动作之迅疾，如离弦之箭。场上气氛如煮沸大锅，W跟着又壮怀激烈起来。彼岸克氏一脚破门，这边球迷W欣喜若狂，兴冲冲忙活着找支烟卷点上庆祝。这真叫世界波，精彩绝伦，W想，这场面只有吼上两嗓子方才释怀，无奈周围世界太安静，W惴惴悻悻。赛事瞬息万变，各路英豪身手不凡，W热血沸腾，窃想一人观战也太平淡，几欲叫醒稚子，那小W也因了老父的言传身教正在培养中，无奈暑期考试在即，唯恐因小失大，夫人白眼，未敢造次。复归一人观战。

几天下来，W为非洲黑马喀麦隆威猛凌厉击节过，为马纳多拉重振雄风激动过，为意大利失去王者气象而叹息过，为荷兰人无冕之王……年过不惑的W，本不该轻易激动，W想也是，为那只小皮球，值吗？可又想四年一遇，人生能有几个四年，这怕是最后的激动了，人不就是这么点业余爱好吗？于是不管不顾，兀自又坦然，激动如初。又是几天下来，十数场球事，二十四强全部亮相，W起早贪黑受苦受累却如饮甘醇。忽一日，球赛已开战，电视转播所谓主持还在废话不断，罗里八索。W大为光火，心想非要代表广大球迷上书报社电台出口气不可。尤令W不能容忍的是，本来好精彩的场面被播音员"好险啊"、"射门"等等废话、车轱辘话和不得要领的评论,煞了风景。W气急败坏,要上书国际足联,建议举行电视转播员的培训班,也不顾精彩赛事,立马抽笔展纸,从文化素质、观众意识、专业知识等方面对体育播音员提出要求。写好状纸后,向何处投递,他作了难。忽然W想起曾在一张报纸上见过国际足联的地址,将那一大堆报纸抱来,胡乱翻看着。不承想,此场球赛已告终,每天出来的那位不受人欢迎的主持又拘谨地在那里废话。W苦笑,无可奈何地"啪"关上了电视。以后几天,W故意地把电视声音拧到最低。W自嘲是看哑巴电视。如此这般,心里才平和一些。

1994年6月美国世界杯之日

感觉时间

时间是什么？好像无法求解。平凡俗子，伟人智者，男男女女，人们经常挂在口头，却是常常弄不明白说不清楚的东西。西哲的所谓一切皆流，人不能同时两次踏入同一条河流；大自然的时序更替，人的诞生与死亡，等等，形而上的和形而下的都只是一种时间的证明。

时间每天在我们的手中飘逝；我们每天与时间把盏交臂。

过了40岁，方知时间的宝贵，过去年月里总以为来日方长，时光大把大把地从指缝中流过，也在所不惜。系红领巾的年代，一撮小辫，几缕短发，喜爱人家说自己懂事，也总爱充大，时间在心里的感觉是一个储量丰富的海，任意抛洒都不会枯竭的；到了古人所谓的不惑之年，你才知往日对时间的奢侈是多么的儿童心理，甚而至于有犯罪的感觉。你恨不能有力挽时光倒流之功，此情可待成追忆，只是当时已惘然。

有人说，人生对时间的认识（掌握）是在他把岁月消耗得差不多的时候。此言诚哉。

又有人说，时间如同一个魔方，时间如同一张大网，时间又是一只妖狐。人在这般诱惑和制约之下,享受着自己的风景,不是轻而易举的事。时间在那里考验着人的意志和毅力。

现代人生活在集体的热闹中,于是有了聚会,有了联谊,有了各怀期冀的向往;人与人的交往在各个不同的时间中,构成了社会的联系,构成了各种琐琐碎碎的繁杂的无奈。于是在我们每天的生命的流程中,时间送走的最多是会议。

时间与会议是我们当今人生的一个奇妙风景。

开会之于我们公职之人,似乎是不可须臾或缺的。几个人商讨点什么,一拨人谈论点什么,单位里计划点什么,都爱用开个会的办法来解决。有时候,这些会开得也蹊跷,并不在于开了什么,内容的重要与否并不是主要的,开不开,如何开才是重点。因此,为了一个并不成熟的产品,为了一部并没有多大意思的文学作品,或者为了一个并不重要的议题,就有一个不大不小的会议产生。于是你就可能成为这个可有可无的会议的一员。你就可能在百无聊赖之中,消耗去宝贵的大半天光阴,消损掉做点什么都有收获的时间。上级单位或再上级的单位,每天不都是开些无用甚至无聊的会吗?那些充斥耳眼的,不都是些劳什子会议的声音影像吗?看看中国吃财政饭的庞大的行政部门、公务冗员甚至尸位素餐者们,他们不开会又能做什么,他们年终的总结,不就是在这些会议中获得掌声而得利的吗?所以,曾有明白者,发文减少文山会海,但却愈演愈烈,至少在我们看的周围是如此。习惯了也就自然了。

开会并不成为人们时间运动的必然,然开会多把人变成时间的俘虏,时间的乞儿,特别是在那些冗长拖沓、名实不符、装模作样的会议,纯粹有一种荒诞的游戏的感觉。面对如此,你觉得,现代的人在时间的河流中游荡,一不小心就陷入了会议的泥淖。也有不少的时候,会议又容易灰飞烟灭某些冠冕堂皇的理由和借口。在一种自愿的献身和牺牲之下,虔诚而乖顺地向时间投降。

时间的常数将人生弄得十分短促,当你还没有回味过来的时候,她已经变得所剩无几了。间或还有透支现象,成为乞儿般地靠赊账度日。有限的时间,飞驰的光阴,春花夏阴秋实冬雪,四时更替的迅疾,倏忽人生,生命苦短,你只能在豪情满怀中希冀时间的延长和富足。生年不满百,常怀千岁忧;逝者如斯夫,不舍昼夜。古往今来,人们对时间的愿望总是美好与善良并存。可是时间的存在并不顾及人们的美好愿望。时间无情而无限;时间公正而吝啬。

时间又是个变数。当人们感叹人生有涯,时不我待,去日无多之时,也许时间已经幻化成为你生命中的一个基因,成为你血脉中的一分子,时间的长度在此无法用物质的尺度来计量。时间在你的充分的把握中,无形中延长了她的价值。先哲、大师、英才们,他们生命的时间并不比常人多,然而,生命的质量在光彩的荣誉中,表现出等值的意义。他们的生命之河,充溢着创造的浪花,时间的运动在他们那里是不能用量的尺度来规范的。

时间是看不见的风,是摸不着的空气,是不可理论的物质。时间在雕刻着人生,在创造着生命和销蚀着生命。她与人生俱来,喜怒哀乐、生老病死、饮食男女、物质精神、大家小我等等,她亲和万物,公平而无私。但,她像是人生的保姆,又是恼不得惹不得的对手。

时间的钟声响了,要紧的是走好人生和最紧要的几步。先哲们如是说。

1994 年 7 月

这个夏天

——远看法国世界杯

这个夏天的夜晚，法兰西燃起的足球世界杯战火，像磁石吸引了世上痴情球迷的目光，无数热血的男儿女儿们被足球这个魔鬼纠缠得神不守舍、心绪不宁。

6月10日，当尼日尔的裁判在巴黎王子公园吹响第一声哨音，这场四年一次的绿茵拼战，成了这个夏天全世界球迷的体育大宴，成为那些钟情痴迷者为之起早贪黑的一件快事。

是的，临近夏天，我们这个十分注重信息的时代，有许许多多的"新闻"在耳际眼底流连。厄尔尼诺现象、印巴核试验、阿尔法磁谱仪、日元贬值等等，我们为生存的环境和世界的安宁，不懈地努力着；我们关注人类生存和生活的家园，为跨入新世纪做些我们力所能及的事。但是，我们享受着物质文明、创造物质文明的同时，我们又有着极大的精神需求，我们从体育的竞技中，既发现了人类身体的技能和力量，又发现了人类生命的技艺和灵感。这就是为什么有些体育比赛有那么多的爱好者甚至痴迷疯狂的缘由。

这个夏天的夜晚是溽热的，却是迷人的。夏天的火热和浪漫，夏天的喧闹和斑斓，夏天的蓬勃和热烈，或许正是举办体育盛事的上佳时节。想想，四年一度的足球世界杯大赛选择在夏天，亿万球迷的如火热情，如同这个时令的酷热一样。炎炎夏日，阳光更为灿烂，绿草更为葱茏，暴雨骤来骤去，浪漫缤纷的物候景致是这个季节的特别饰物。夏天，生命都蓄备了足够的能量和优势，天象也充满了偶然和随机。这又同足球赛事风云变幻的布阵，出奇制胜、波诡云谲的算机等等相和谐，构成了夏天和足球的浪漫风景。

法兰西之夏的迷人，是那五光十色的斑斓色彩，是给人以亮丽的光和影的吸引。三十二支球队五颜六色的队服和那些各自的铁杆球迷们头上脸上涂抹得光怪陆离的颜色，是个性的充分展示，智慧的非凡表演。每每场上有精彩之处，一排排整齐的人浪此起彼伏，在阳光丽日和芳草绿茵的映衬下，无论是飘飞的国旗，还是各呈异彩的队服，赤橙黄绿青蓝紫，划出一道道流光溢彩、璀璨夺目的风景。还有，开幕式上想象奇瑰的表演，也尽显魅力。所有这些，让法兰西之夏，成为色彩火暴、光影灿烂的海洋。

这个夏天，荟萃了人间最优美最亮丽的色和光。置身其间，你充分享受着大自然七彩的灼灼光华和人类对颜色的匠心独运，你会领略到自然和人体在色彩上的和谐一致。那蓝白相间的足球，那葳蕤葱郁的绿地，那色泽鲜亮的队旗队服，连同执著的球迷的帽子和发型，交织出一幅流泻着自然和生命的画图。大战的帷幕落下，你也许记不完全参赛者的队名，但是，那些艳丽夺目的色彩，一定会在你的心中留下永久的回味。

人们瞩目法兰西，钟情法兰西之夏，为了这只灵怪——足球。这只用二十二个生命去拥戴的足球，像一个激情的精灵，在绿茵场上滚动，来时倒海翻江，去时万马齐喑，或挟风走雷，或水波不惊；倏忽大势逆转，稍瞬满盘皆活，场上风云变幻，场下千姿百态，遥相呼应。激情催发了队员们的潜能，一场力量的竞技演化为一出艺术的舞蹈；激情如烈火，把球场燃烧成一口沸腾的锅，球迷们的狂热也随着小小的足球转动，或悲恨或喜泣，捶胸顿足，掏肺倾心。

绿茵场征战，优胜劣汰，胜负输赢，是力量和体能的较量，是谋阵布局的对垒，更是激情和智慧的角逐。"非洲雄鹰"尼日利亚过关夺隘，智利队"双萨"的神勇组合；巴西的罗纳尔多、英格兰的欧文、法国的齐达内、荷兰的博格坎普、阿根廷的奥特加等人上乘的表演，与其说是在演绎和活化了足球艺术，不如说他们是用激情的利刃在解剖足球，就是这些足球的激情大师，才有了阿根廷与英格兰、德国与克罗地亚的经典战事。尘埃落定，我们在惋惜一些强队命运不公时，又为这些激情天才的出现而宽慰，也许这就是法兰西之战的最大成功。

比赛充满悬念，充满玄机。旦夕祸福，不测风云；偶然的机遇，随意的可能，冷门和黑马，结果难料；也因此吸引了各色人等的预言家，连各参赛国的政要也不甘寂寞——首脑督阵，议会休会。体育大赛玄妙无穷，足球大战更是壶里乾坤，咫尺万里。玄机玩弄于股掌，胜负命悬一线；教练斗法，球员争勇，"裁判风波"，球迷狂闹；老牌劲旅西班牙、英格兰、意大利、德国过早地被淘汰出局……这就是足球，这就是今夏热闹的法兰西。

拥有六十四场战事的第十六届世界杯，渐近尾声。我们度过了难忘的一个月，享受足球带给我们的激情，体味人生，这岂是体育所能包括了的？没有足球大战的夏天并不都是平淡的，但有了足球的夏天，我们体味了丰富的人生。

我们为有这个浪漫的夏天而庆幸。

1998 年 6 月

霍金的分量

史蒂芬·霍金，这个残疾的英国人，在遥远的东方，成为耀眼的明星，一如那些舞台上的歌手。在聚光灯下，他的英姿，他的智者风度，他的不苟言笑却令人着迷的神态，让黄皮肤的学人智者、青年老年们一饱眼福，犹如进行了一次圣洁的学术洗礼。近日，他又三度来华。有人说，这个闷热的夏天，有了世界杯，也有霍金，就不一般。霍金，一个平淡的老者，一个身体残疾的洋佬，他对传统的时空观的解构，让我们从一个全新的角度来认识这个陌生而熟悉的世界，以及生物自然形成的历史。前些年，湖南科技出版社的一本《时间简史》风靡一时，人们争说霍金，不仅因为这位英国教授把人们自爱因斯坦以来对时间的认知，开启了全新的视野，使这个有着物理学意义的命题，人人都知晓却又不明就里的命题，有了霍金式的理解，还在于他是一个残疾人，坐在轮椅上，行动不便，却对这个深奥的理论问题，进行了开拓性的探究和论述，尤其是他把深奥的哲学命题，作了形象生动的描绘，让科学走近普通人的生活，让科学充满诗意。无怪乎，这个霍金先生，让全球的出版者十分看好，据说，他的《时间简史》,全球销量达 2500 万册,创造了当今科学类图书的奇迹。他的另一本新书《果壳中的宇宙》也有中文版。他被黄头发黑眼睛的人们拥戴。难得的是,他漂洋过海,不远万里而来,同读者见面,答问。前年,又一场大病,他还再度来华。虽然不乏主办者的商业行为,但他是为科学而来,为文化而来,也为我们在浮躁的世界仍保持着虔诚阅读的可爱的读者而来。一个已有十多年的瘫痪史,一个在轮椅上过生活的人,一个年届六十的人,完成了被称为上世纪经典的科学著作。这些对我们来说,不可思议,他却做到了。我们对他的任何评价都不过分——科学家的霍金,劳动模范式的霍金,志向和毅力都胜过我们的霍金。霍金的生平非常富有传奇性。他曾就读于剑桥和牛津,现在是剑桥大学的教授。这个职务曾为牛顿获取。他因卢伽雷病被禁锢在轮椅上达 20 年之久。病魔的折磨,并没有使他退却,而他向着科学的尖端发起了冲锋。他的中国学生、《时间简史》的中译者描述他第一次见到霍金时的情景,令我们难忘:"门打开后,忽然脑后响起一种非常微弱的电器的声音,回头一看,只见一个骨瘦如柴的人斜躺在电动轮椅上,他自己驱动着开关。我尽量保持礼貌不显出过分吃惊,但是他对首次见到他的人对其残疾程度的吃惊早已习惯。他要用很大努力才能举起头来。在失声之前,只能用非常微弱的变形语言交谈,这种语言只有在陪他工作、生活几个月后才能通晓。他不能写字,看书必须依赖于一种能翻书页的机器,读文献时必须让人将每两页摊平在一张大办公桌上,然后,他驱动轮椅如蚕吃桑叶般地逐页阅读。"就是这个失声而翻看书页都很困难的人,却用他那个残弱之体向科学的圣殿迈进。他所能做的是脱开了人类的极限,以一种超常的意志和精神,完成了人类对自身的超越。我是在电视上看到鲜花簇拥下那张安详的脸,侧向一边而不露声色,对于东方人表现出的热情和盛情,霍金已习惯。他是一个物理学的天才,一个智者中的精怪,一个学界的大腕。因为残疾所致,对人们给予的崇拜,他也许习以为常,也许一贯低调。所以,我们看到的是那双平淡的眼神,那张不苟言笑的脸。对于礼仪为先的国人也许不太习惯，鲜花和掌声，不是大师所热衷的，不是科学家的本意。对于霍金这样的科学大师级人物，我们还能要求他什么？他在助手和护理的扶助下，在舞台上聚光灯强光灯和镁光灯作用下，矜持地接受人们的欢呼和致意，但他那个总是侧向右面的头颅，近乎蜷缩在轮椅里的身子，让人透过热闹和浮华有一丝怜悯。其实，我在翻看霍金先生的译著时，也看了一些专家和文艺界同行写的文字，老实说，除了对有些图表和一些人文化的论述感兴趣外，大多如看天书。也许是太愚顽，我也没有能坚持看完，也就不甚了了。但这并不影响对他的崇敬，并不说明霍金的曲高和寡，更不能说明霍氏理论的缺失。霍金并不是在做科普，霍金价值不在于普及性，但又是通过这极大的普及性而赢得了声誉。他在我们普通人眼中，是一个残疾人在做大学问，是可以超过人类自身的极限去完成匪夷所思的事业。这就是霍金。我曾想，大家对他的尊敬、崇拜，关注他的生活起居，了解他的病情，但是，那颗智慧的大脑，那是一个什么样的头颅，有没有人去做过研究，哪怕是计量和测算呢？据说，人的大脑有个恒定的重量标准，但也有例外，物理的重量能够说明一切吗？是的，他那羸弱的残疾的身躯如何支撑了那颗硕大而沉实的头颅，是精神，是智慧，是一种超常的智力和上帝的恩赐，抑或是我们所没有发现的东西？就身体的重量而言，霍金是轻量级的；然而，他的大脑、头颅的重量，却不好用平常的方法计算，因此，我们才有了这个伟大的理论物理学家。

2003 年 6 月

感谢世界杯

——写给 2010 年足球世界杯

一个月的征战就这样结束了，64 场大戏在期待中落幕了。一个不同寻常的世界杯。一个产生了众多新奇与新鲜的世界杯。

谁能想象，最后的冠军是新科状元西班牙。又有谁能想象，一只神奇的章鱼，竟胜算八次，让多少大仙神汉们汗颜，让多少人爱恨交集。

尽管功利足球为人所诟病，也成为某些场次获利的法宝；尽管你所心仪的球队，所热爱的队员过早地被淘汰；尽管传统的强队，屡屡被新秀斩于马下；尽管皇冠易主，王位更迭，黑马不黑，列强争霸，诸神斗法，张扬者黯然，慎行者得利，这个夏天，一场令天下热情男儿血脉贲张的好戏，在非洲大陆展开。一场展示了神奇与力量、智慧与谋略的体育大戏、色彩盛宴，让人们尽享了一个月的欢乐。那个叫"普天同庆"的家伙，完美地诠释了这个人类共享美好的期望，让人们聚集在一块小小的绿茵场上，不分肤色、不计种族，竞技交手，同乐同庆。还有那个叫呜呜祖拉的玩意儿，竟来自遥远的中国小作坊，让我们以这样的方式参与到世界杯的合唱之中。

这是一个英雄的舞台，英名一世，却脱不了命运之神的拨弄。悲情的英格兰、沮丧的法兰西、骄蛮的阿根廷、老迈的意大利，还有激情的加纳、不甘的巴西等等，以及那乖张的马拉多纳，独行的C罗，沮丧的梅西，遗憾的罗本，那些远去的背影，令多少球迷伤神难舍。风流总被雨打风吹去，绿茵场上，命运之花不全为战神们开放。

细节决定深度，反常生出味道。朝鲜人郑大世的泪流满面，日本队点球时的集体跪拜，乌拉圭人的手球犯规后却死里逃生，进入四强，而英国勇士兰帕德以41次射门而无斩获，唯一的进球却被漏判之后，成为争议最大的话题。这些都是命运之神开的玩笑。可怜无数七尺男儿，枉有一腔血性与拼劲，却造就了一个有情有义有胆有识的体育的人生节日。

机会给了那些善于准备的人，机会也从那些可能的成功者身边逃走。勇者胜，而弱者也有机会，然而，王冠易主，老牌的豪强被新进取代，成规被颠覆，天律被打破，诸神重新排位。几家欢乐几家愁。

这就是世界杯，这就是足球。

当英格兰的裁判韦伯吹停了最后的比赛，在北京时间7月12日凌晨，第十九届足球世界杯在我们的兴奋与不舍中结束了。或许谁是冠军并不重要，或许新的排位也不为众多球迷首肯，重要的是，这个充满着变数新奇，而有了众多创造的世界杯，为我们溽热的夏天，带来了美好的记忆。

2010年6月

永远的廊桥

从大兴安岭的林区回来正值这个城市暑气逼人，没日没夜的酷热，叫人无法安静下来，心还在那绿色的清凉世界里逗留。每天次第把那十数天的时光和旅程温习一遍。回到你所立足的当下，那喧嚣的市声，嘈杂的人流，蝇营狗苟鸡毛蒜皮，弄得人烦闷之极。想做点什么，都索然乏味，人的心好像也中了暑。你只好用回忆来冲凉和消暑。不甘心被热气打倒，看书写点什么吗？汗水早你的思维捷足先登。看电视吗？那蹩脚的男男女女游戏，引起不了多大兴趣。于是，抱着电扇，啃着冷饮，翻翻那些消遣的书籍是这个时辰打发光阴的最好办法。

这天，晚饭后慵懒的我，随手抄起一本朋友新近送的书。这是美国作家罗伯特·詹姆斯·沃勒的新著《廊桥遗梦》。朋友是本书出版社的老总，一个热情的兄长。他几次推荐说，八万字的篇幅，又是风靡美国的畅销小说，很好看的，用它来消暑退热吧。于是，燃起那可爱的尼古丁，吞云吐雾，于暑气热浪之中，享受着大洋彼岸的人生风景。廊桥，遗梦，多么优雅而含蓄的题名。小说以一个摄影家浪漫的故事表现一段不了之情。这是一个偶然的人生过程，温馨的情怀激励着当事人在人生的旅途中充分享受着生命的意义。许多年后，这份真情被一位作家发掘并表现了出来。男女主人公四天的邂逅，云山阻隔，那段往事、那份情感全成为人生的遗梦。这里所描绘的廊桥是摄影家金凯心仪的一个名叫罗斯曼的桥，为拍摄其风采，他独自驱车，从华盛顿到依阿华，而在这带有冒险的执著中，他结识了一位名叫弗朗西丝的妇女。艺术家的浪漫和普通人的情怀酿成了一段不了之缘。当若干年后进入暮年晚境，回忆起这段情缘，过往的历史虽然仅仅是一个人生的偶然过程，但是特殊的生命情怀在不无遗憾中变得越发令人怀想和挂牵。渐进的宽容和理解，十年生死两茫茫，不思量，自难忘。世俗和天国的睽违，更掀起刻骨铭心的情感波涛。廊桥是他们情感生发的一个艺术的和生活的碑刻。读着这样的文字，你不得不感受到普通的人类情怀的共同性和共通性。你可能触动自己的情感记忆，捕捉生命历程中那份特殊的情怀和心绪。你不由得信服这什么也不能又什么也无不能的文学真正是伟大的"造情运动"。不论是什么年代什么身份的作者，只要有了一份真情的投入，那份情愫，那缕心绪像柔柔的月光飘洒在大地，融入山野，走向广远。

　　今夜月色好！读着这个美丽的故事，你的联想和通感击退了暑气热浪。虽然过了不能轻弹眼泪的年龄，面对一个真实得令人不容怀疑的故事，那份情愫能拒绝自己心绪的兴奋吗？

　　摄影家的廊桥是他特指的美国的依阿华名叫罗斯曼的桥。拍摄这座闻名的廊桥丰采是他的目的，实际上令摄影家心仪的桥是艺术化的虚拟物，与其说是一座自然的物件，不如说是人生的一个偶然过程，一个生命行为的路碑。因此，拍摄廊桥无所谓，廊桥拍摄也许更为重要。在人生旅途中，过程的美丽和辉煌不是常常由我们的经历所证实吗？美丽温馨的廊桥，它不仅是属于作家沃勒的，摄影家金凯的，它是我们情感世界里的一片美好的风景。也许人人并不都有摄影家那浪漫的故事，然而，那里生长着人生旅途中回忆的花朵。

今夜月光明媚。知了的噪鸣，市声的鼎沸，暑气的肆虐，并没能消蚀掉你沉浸在沃勒所创造的艺术氛围中的情绪，相反，因了这份美丽的温馨，廊桥的故事开启着你的心绪，翻阅着你的生命旅程的档案……

我们在人生的风景中行走，我们有过无数次关于桥的故事和经历，我们也曾将桥纳入自己的摄影机镜头，我们的情感也同样地与桥发生过联系。然而，这一切都不是重要的。沃勒或者金凯的廊桥是生命激情迸发后的艺术再创造，是艺术生发和情感维系的见证。我们试图走近摄影家金凯的廊桥。那粗俗的、纤巧的，华贵的、妩媚的，浅薄的、平庸的……曾经在我们的生命历程偶遇的一切一切，能够与沃勒笔下和金凯的镜头中的廊桥相媲美吗！

摄影家第一次也是最后一次走向罗斯曼桥，艺术的创造和生命的体验，使他既有满足也不无遗憾。他的廊桥依然雄峙在依阿华一个不知名的山坳里，他的情感留在那寻找的过程中，廊桥是永恒的，一如他所追求的艺术，然而，他的生命却在有限的时光里静静地消逝。"此情可待成追忆"。廊桥的确遗梦成为了他人生的绝唱。不过，他也应有自己的满足，毕竟他曾经有过值得追忆的美好时光。那么，面对着彼岸风景的廊桥，我们的阅读体验呢？昌明物质，张扬个性，过分物质化的挤压，充斥着声色感性，满足着感官的快慰，流行文化招摇过市等等，真情需要重新唤回，那金凯式的廊桥情怀，却令我们有着并不陌生的共鸣。无怪乎，在发达的工业社会里，回归一种金凯式的温馨情感，古典情怀，人与人之间真挚地沟通和理解，显得必要；而面对物质生产并不发达的当下，这将昭示我们什么呢！是艺术的，抑或不是艺术的？

1994 年 8 月

低碳与我们

都在说我们要低碳生活、零排放、节能减排等等。不知何时,这些有点陌生的词语,成了流行语。明白不明白的人,有意无意地在说这个词。生怕我们不低碳,而对别人不好,对自己不好;生怕不低碳,我们成了反面角色。当然,也有一些低碳的行动者,或者说,是这些环保志士们,默默地、真真切切地在那里做着有益、有效的事。

问题是,我们往往都是着眼宏大,大而化之地关注了,或者,多是说在嘴上而并没有落实。或者,多是"事不关己,高高挂起",看别人环保低碳,而自己则是一种懒散的习气、官僚作风,让本可以低碳的,变成了浪费,本来可以做得到的却不去做。

这不,即使阳春三月,外面风和日丽,而办公室里,单位走廊,空气燥热,达二十九度之高,而且,多次问及单位有关部门,能不能把暖气阀门关上,根据室内温度调节一下,让我们不至于那样燥热,都有点难受了。几度问询,一环环去找,答不行,就这样设定了。大的开关没有人说去关,小的也没有人来管。遭受高热的我们,只好一面是暖气,一面是吹空调。

如没有记错,这样的经历,就在今春四月来之前凡数天。有几次去商场也热得单衣薄衫还汗流浃背。这样的高碳耗能,这样人为的春天里的夏天温度,没有人算账,消耗了能源,排放废气什么的,与己无关,成本如何,没有人知!有时候,气恼的想,这要是他们家,绝不是这样的。

其实,这环保、低碳的事,与我们的关联,比比皆是。办公用的笔墨纸张,无数的复印纸,有用没用的复印,一大张几个字,浪费耗能的账,又有谁去算过?单位发放的成套书籍,每年都有几次,美其名曰学习,可是,领来后,又有几人问津,多是往那一扔,没开封就当废品回收。当然,也有人翻看了,不是内容多重复,小报抄大报,下级抄上级,就是多为报纸杂志上的文章汇编。这类假冠冕堂皇之名而行浪费和不环保之事,时下泛滥有加。还有,现在通行写字笔,方便是方便了,可是,那笔没有笔帽用不了多久就干巴,不出水,有时写着写着就着急上火的。我抽屉里大概有十数甚或数十支这样的笔。有的是单位领来的,有的是会议上发的,多是用不了一两次,出不了水只得换笔芯。扔了可惜,再用更浪费,干脆就搁置为废物。其实,这种用手上下按,因为没有笔帽密封,一旦干涩不出水,只能换芯才可用的笔,设计是有大问题的。可是,这样的笔还在生产,还在各单位里分发。有没有明白人,能不能改进一下,或者,这种笔不要在干燥的北方销售。小小的事,很少从节约方面考虑,从适用性方面着想。办公室的不低碳,最为严重。说到底,是不是管理体制上的弊病?

还有,在聚会中,人们时兴送名片,多年不衰,现在是名片越做越讲究,名头越来越敢写。有一次,一位朋友申明他没有名片,也不喜欢名片,说为了环保,为了节约,倡议大家不用名片。他说,用一小纸片写个电话,或者,把电话记在手机上,不也行吗!事后,有人说,这是环保人士的惯用方式。名片,浪费又不环保,这是他的话。听他一说,本来不爱用名片的我,更不大愿用名片这东西了。一次到某单位去,正好遇见他们搬办公室,看到那多的名片,散落在地,像大街上的小广告一样的遭遇,真不是个滋味。听说,那位朋友还多次写文章说,为了环保,能不能弃用名片。这个提议是有价值的。可是,好像没有多大的效果。我曾与他开玩笑说,最好有个代表或委员在全国"两会"上提个议案,效果可能就好些。不知这个说法有没有人应和?

低碳是为了节约,减少成本,为了生活得更有质量。我们得多想点法子。大的环保之举,大的低碳行为,以一己之力,可能难以为之,可是,身边的事,举手之劳,从小事做起,或者,为了我们自己的生活质量,科学发展观的落实,改变你的陋习。你认真地做了,你主动地做了,定会有益。何况,集腋成裘,聚沙成塔,为了这个资源日益枯竭的地球,人啊,当扪心自问,我们低碳了吗?

2011 年 6 月

塔中一日

> 秋天，与作家徐兄艾兄结伴行走塔里木，三天奔波，有幸到沙漠腹地塔中，虽仅一天，却感受多多。时去多日，其景情依稀，遂作塔中一日记，以志其感。
>
> ——题记

早晨起来读两本书

这是茫茫的沙漠之夜吗，这是在新疆塔克拉玛干沙漠腹地的一个普通的夜晚吗？2010年11月2日，一个平常的日子，我在这个远离尘嚣市声被认为"死亡之海"的地方，度过一个难忘的时刻。

此时，打开窗户，一股凉风进来，让人一激灵，想到了现在置身的场景，眼前的床、电视、写字台、淋浴器和澡盆等等，一应俱全，这些陈设，就像无数个星级宾馆一样的标准化，可是，我的脚下，这是在大沙漠上的一块开荒建造的场所，一个四周沙丘纵横而生命枯寂的禁区。在这个秋夜，我和同行的两位作家，两天来，奔波数千公里，从东到西，几近穿过了一个大沙漠，歇息在这个石油职工公寓，平生度过了一个不平常的日子。

这是一个叫塔中的地方，一个石油界著名而特殊的地方。确切地说，这是新疆塔里木油田的塔中作业区。从地图上寻找，它小的没有资格标明，但如果是沿着塔克拉玛干大沙漠这个地球第二大沙漠公路寻找，塔中是在约四百公里处，在一条横贯南北全长522公里的沙漠公路的南端。塔中，顾名思义，或可谓塔里木油田的中间，或可视为塔里木腹地的中心之谓。

窗外一片暗色，不远处朦胧着沙漠的剪影，秋意阑珊，虽有些许的凉意，空调发出暖暖的气流，让人有不知今宵何处之感。是的，这里稍晚于北京时间一个小时，此刻手表时针指向七时，若是在家里正是紧张忙碌的时间，秋天里的北京街头，当是一个生气盎然的时辰，车流人流，色彩丰富，然而，这里，灯光暗然而沉静，四周悄无声息。只有一阵冷风吹着窗帘，提醒我，这是在塔克拉玛干沙漠中，一个远离家人和城市的地方。我下意识地关了窗子，拿起了放在床头的主人们送来的关于这里的资料和书籍。

这是三本图书、两本宣传册页。书，一本有些陈旧，小开本，看时间是2000年5月的内部印刷品，题目是《自己的故事》。一本是新疆人民出版社2010年出版的《历史的足迹》。还有一本是来这里深入生活的几代作家们的散文作品汇编。

或许是习惯，或许有时差，已没了睡意的我，先拿起了作家们的文集，几位熟悉的作者，以生花妙笔，写下了在这个沙漠油田的感受，其中十多年前贾平凹写的《走进塔里木》和前年雷抒雁写的《彩色荒漠》，还是我经手发表在报纸上的，更觉亲切。

然而，那本有点发黄的内部印刷品《自己的故事》，更让我感兴趣。书中的作者全是这塔中油田的职工，他们以朴拙的笔调写了自己的故事，有的就是出自刚刚结识的朋友的手笔。五十多篇文章，作者们用一个个小场景小故事，写下属于自己的感觉，自己的人生经历。写同事，写自己，写部属，写亲人，轻描淡写的几句勾勒，三言两语的直抒情怀。这些小小的短章，可以串联起一个整体的印象：十年前，这里是一片茫茫黄沙，然而，这些来自四面八方的作者们，大多是二十来岁的年轻人，刚出校门，怀抱理想，面对现实，有过彷徨，有过不解，有过反复，可是，在这里扎下根，创大业，收获成长的艰辛和喜悦。这些文字仿佛一代人用青春与汗水浇铸的诗篇。虽艰辛却充满激情，虽远离家人却不舍亲情，虽孤寂清苦却不乏盎然兴味。请看这一个个有意味的题目：《沙漠风景线》（王永杰）、《追寻石油梦，血汗洒塔中》（颜文豪）、《草坪老人和狗》（王东风）、《平凡又平凡——塔中千禧春节记略》（罗晓哲）。

　　这里，我不得不抄录该书开篇之文《沙漠风景线——献给塔中青年朋友们》，作者王永杰以概括的笔触，把塔中人献身荒漠、甘愿牺牲的精神，进行了描绘——

　　　　这里没有南国的清山秀水，也没有北国的巍巍松林，只有暴虐的沙漠和着火的太阳，可大漠之花——塔中四油田依然磁石般地吸引着无数热血青年……

　　　　这里是塔克拉玛干沙漠腹地，一个号称死亡之海，连鸟儿也不飞不进去的地方。可就在在这茫茫的沙海之中挺立着一支大漠之花——塔中四油田，全国唯一年产200万吨的沙漠油田。

　　　　这里没有丰碑，可是，这里蕴满了几代石油人魂牵梦萦的希望，历史不会忘记"五下六上"的艰辛，历史更会铭记那些为此而献身大漠的石油先烈们，如今，地下原油见青天，沙漠盛开石油花，已成了现实……

　　　　这是没有绚丽多彩的都市生活，……大漠我们来了，用青春的火焰点燃你熊熊的地火，风沙向我们低头，年轻的雄姿任凭你疯狂侵袭，请不要流淌孤独的泪水，那穿梭的忙碌的红色信号服与你们共同组成一幅壮丽的大漠风景线。

……

更有意思的是，我在书中找到了作业区领导的文章。第一篇的作者王永杰，现在是塔里木油田的党群工作处领导。罗晓哲，现任塔中作业区的党委书记、经理，他的三篇文章，或以亲切口吻记下了"咱们女同事"的英姿，或写"塔中实习的日子"，或把"千禧年的春节"盛况记载得生动有趣。我不知道写作和编撰本书的初衷，领导带头，集体上阵，一人多劳，还是在十多年前那艰苦初创的日子里，是一种什么样的动力啊！无论如何，书中朴实滚烫的语言，真诚直率的描绘，他们是为自己的血汗付出和精神升华而感动，以最朴实的方式记录历史留存情感，为那逝去的岁月和不老的心情。

平生阅读万千文字的我，面对这薄薄一书，别有滋味在心头。与其说是这些故事吸引我，不如说是他们的这种举动吸引我。在这个荒漠上人们需要多大的毅力来完成物质生活的保障，然而，他们却以自己的方式，以本不是他们熟悉的方式，完成了这本"自己的故事"的写作。这本书，在我看来，是激情诗篇，是火一样的文字，将激励和感动所有读到她的人。也许因为远在那个荒漠的作业区，本书终为自生自灭，被当作来访者的阅读资料。这是十分遗憾的，所以，我以自己的拙笔，为这本淹没在众多资料中的有生命力的文字，作如上的介绍。

这样，我更没了睡意。这时，外面的广播声起，昨天晚饭时，作业区的领导说，他们早上会有集体广播操，那高亢的声音吸引我过去。数十位穿着鲜艳的红工装的男女职工，列成行排成队，在广播的节拍中，整齐地做着最新发布的广播体操。应和着我们久违了的电台播音，一片红色的手臂举起又放下，整齐划一的动作，让我看到了团队的力量，领悟到这个队伍的一种特别之处。天刚放亮，在他们的背后，是塔中作业区的办公大楼，再后就是一条与沙漠隔断的树丛。在交谈中，我们问及油田的管理方式，领导介绍说，这里是准军事化的管理，从早操可见一斑。我们在内地还刚听说新一套广播操发布，而在塔中油田就成了他们职工的一项体现集体力量的行为，坚持了下来。这样的快节奏，可能只有军事化的团队才能做到！

远远看着他们，轻盈的动作和轻松的表情，谁人能想像这里在荒漠的腹地，一次经常性的工余活动，他们那样认真而整齐。太阳还没有露面，几缕霞光把沙梁的轮廓描画了出来，更映衬红色工装下的雄姿英发，工作着是美丽的——一队队塔中石油人，以他们特别的方式，诠释着生活和工作的意义。

我从沙漠公路来

我们是昨天早上从塔里木油田的总部库尔勒驱车，经轮台，在一排长长的白杨绿树围拥的小院里，看了西气东输的起点，稍作停顿向塔中进发的。

轮南西气东输工程，名声岂可了得。它从这里出发，经四千多公里，历数省，过北京，终点是上海。主人带我们到此，也许是想让我们对这些重点工程多些接触。可是，这里就一座小院，以高科技的管道连接，"气"们都是在地下活动，也因为是高保密级单位，我们在匆匆一瞥中，与这个同我们在北京生活的人们有着"天然"联系的管道们告别，几位全服武装的保安，列队在操练，目送着我们远去。我忽然想到，西气东输工程惠及京沪两地，我们从东边来，做为受益者其心情是可想而知的，看那些保安的认真，有一种仪式感的守护，不免心生庄严敬重。心想北京上海到这沙漠旅游的人多多，又有多少人会知道就是这个地方与你的生活相关，这里可能就直通着你家的灶头厨房，一根管线，连着千家万户的饱暖啊！

车到肖塘，在塔里木河边，可见众多胡杨林，在深秋时节，绽着金黄，却也落英缤纷。同行的李佩红多次来过，也是个文友，她说这是胡杨最后的辉煌，过几天可能就没有叶子。也是的，胡杨叶子稀疏地挂在顶端，时有风起叶片坠落。树下泥土因不久前过水之后如水泥灰色，落叶在上，看去如泥塘中飘起的一层金黄浮萍。我们赶路在即，只是以极快的动作，亲近了塔里木河畔的胡杨林。胡杨树并没有形成规正的阵势，高大挺拔，互不关联，却整体是一大片，形成了塔里木河流域的特有胡杨群。我发现，它们是不太讲究群体性、组织化的，比起所谓大山高原上森林的其他树种，我最惊奇的是，没有陪衬，没有前呼后拥似的侍从，没有呼朋引类似的牵连和攀扶，纯粹是个体的表现、个性的张扬和个人生命情态的自由绽放。因靠近塔里木河不远，水分充沛，这个季节，靠沟凹处泥土湿润沾鞋，一大片松湿的地方，大树粗壮，生长繁茂，自成体系，没有任何的围绕和牵连，没有孱弱的小树小枝们在周遭装腔逢迎，唯有那高大修长的树干主枝，自顾为雄，昂扬挺立。每每可见那些树们，相距数十米或近百米却傲然而立，哪怕树叶落尽而树干焦黑，还是昂首天穹，不由得想到，他们的生命如此顽强，也如此宏阔伟岸而不羁。据说最长的树已有数千年，是地上生命力最强的活化石。所以，到了胡杨林，人们总是能想起那句"千年不死，千年不倒，千年不朽"的颂词。而我，突然想到汉代李延年的诗："北方有佳人，遗世而独立，一顾倾人城，再顾倾人国。"这不也能表达对胡杨的一番敬意？时光匆匆，我们只能同大众旅游者一样，拍个照留个影走人。好在沿路的胡杨时不时地有一些，还有那人工栽植的年青小树，在沙漠上也是一道风景。

不知不觉，我们已行走在被称为"生命禁区"、入选世界吉尼斯大全、创造了众多人类奇迹的世界最长的沙漠公路上。当写着"塔里木森林沙漠公路"的牌子横跨两旁行道树上时，因其简陋并没有引起我们的注意。它两旁写有"千古梦想沙海变油田，今朝奇迹大漠变通途"对联，说明了其意义所在。要不是主人们说在这里照张相吧，大家可能就忽略而过。后来，我们看到沙漠石油公路零公里的标识，则不一样，周围茫茫沙漠簇拥，让人新奇和兴奋。以后的三四个小时，我们在这条沙漠公路上穿行，见证了被当作绿色长廊、"护林生态工程"的奇迹，寻觅当年建设者们的足迹。

是啊，你见过这茫茫沙海无涯无际的枯黄景色吗，你有过三四百公里路途上几乎没有错车，更没有行人，除了植物外，难觅生命的踪迹的感受吗？你见过在沙漠的边沿上，黄沙与绿树共存，而且，绵延数百公里，还有那么多经过多年培植和挑选，成为防护和固沙最好的树木吗？当然，在这个沙漠油田，你深刻地感受到的是人，这多彩多调的风景，也衬托的是一代石油人的精神情操。

沙漠公路，乍一看去，路况与城市的道路没有什么不同。路是标准的泛青黑的柏油路，大概可并行四五辆车，据说有十米宽的路基。两旁划有白线为界，中间是黄色的隔离线，清晰的像是新画上去的。两旁的沙梁绵延，行道树灰色中泛青，每隔四五公里有一个小房子，有一段是大片白茫茫的雪白的盐碱地，像是一片海滩，这变化丰富的沙漠公路景象，构成了我们初来乍到的人，一幅全景画图。荒凉而艰苦，顽强而韧性，这两句恐怕是最好的表达了。

同行的油田朋友说，这条沙漠公路是在1991年开始，经四年的时间完成。北起肖塘，南到和田的民丰县与315国道相接，全长522公里。因是"死亡之海"上修建公路，防沙固沙，养路护路，比修建它还要困难。果然，技术难题经历了"在沙漠公路建设的同时，同步建立了'前阻后固'的机械防沙体系"，可是，机械防沙体系已经超过设计年限，九成以上的阻沙栅栏和八成以上的固沙草方格基本失去防沙作用，而在十年后的2000年8月，投资两个亿的沙漠公路护林生态工程，经三年的努力，终于建成。所以，这条沙漠公路是创造出了两个奇迹：其一，二十年前，投资十个亿人民币，被称为突破了生命禁区，在世界第二大沙漠上修建的最长沙漠公路；其二，十年前，投资两个亿人民币，用高科技把这条公路建成了全国沙漠护林生态工程。栽上了总体宽度72到78米，总面积达3128公顷的护林工程。林带是以抗逆性极强的柽柳、沙拐枣、梭梭等优良防风固沙灌木为主。这个工程钻打水源井 114 眼,从地下抽取高矿化度的水,提供了养护路边的林带水源。我们每走不多远就可见一个红瓦蓝墙的标准式的小房子,被当作夫妻水井房。

因为这些顺序编号的水井房不时出现,我们很有兴趣,可多是关门闭户。沿途寻找,进了第 31 号的那间。大门敞开,里面传来电视声音。听有人来,一个小青年出来迎接,问他在这里多久了,答没几天,说是帮助试验太阳能的仪器。真是难为他,看上去也就二十多岁,孤独地守在这个地方,问他生活方便吗,他说还行,我们看了有几棵土豆白菜,好像还有几只鸡在外面溜达。同行的王处长说,这个房是夫妻工房,他们应聘在四月初来,工作到十月底,一眼井负责三四公里的树林养护。他们每天都要巡视几趟,主要看护水管是不是通畅。夏天,沙漠气温高,他们克服困难的精神可想而知。我们进屋一看,房子约有十五六平方。屋后是水泵间,从这里打出水后,分别从供水干管,往支管,再毛管输送,让路边的生态林,得到充分的护养。我们仔细地看了在屋旁沙丘上的这些输水管,黑黑的是橡皮做的为主干,一些小的好像是塑料质地,铺展和悬挂在沙地上,像蚯蚓长蛇,长长细细的,在沙土上蜿蜒伸长。据说,这长达四百多公里的路旁,这些像人体血管一样的生命通道,连起来,可以达地球一周,不知这种说法有没有得到证实。但,沙漠公路两旁的树木,能够存活且守护着公路的畅通,这些管子的作用是多么重要。我们没有见到夫妻工友们,听说他们多是从外地,比如,山东四川河北等地招募过来。在这里一年长达六个多月,与沙漠为伍,与孤单相伴,守护林木,这是一种多么韧性的坚持。

置身于此,你的呼吸你的思维甚至你的心境,都会随着现场诸多景物和设施,而引起你的好奇,或者,充实你的知识,丰富你对石油人的了解。可以说,这条沙漠公路的行走,不仅为你的体验增加了内容,也为你的生命感悟和精神认同有一个新的历练。

车行左前方,看到一个临路的山坡上,黄沙上面呈现一片奇特的风景。

那里没有一棵树，只是用网状的黄色苇子，铺设了一块块方格子似的十分规则的图，像是南方农田收割后的庄稼茬，或者，像是一方偌大的沙漠良田，种上了什么树种，其面积有一个篮球场大小。令人震惊的是，上面耸立着十四个大字："只有荒凉的沙漠，没有荒凉的人生"，直逼人视觉。记得，这是塔里木油田的一句掷地有声的口号，从一些材料中曾经读到过。我不知道是何时由何人创造总结出来的，但是，当这句曾经引为油田人自豪的标志性口号，深入人心，流布广远，我们在感谢创业者们奉献的同时，不能不为这生动简洁的概括而心生敬意。王处长说，这段沙丘的保沙法是过去刚开拓沙漠公路时的技术，现在改为生态工程栽树种树，为了让人们记住创业的历史，在这块沙丘上保留了原貌，并把这十四个字书写在上面。老远看去，字体巍峨，词语震撼，我不得不佩服石油人的创意。

到下午三点多，经五个小时的行程，拐进一个标识醒目的门脸，两旁树木茂密，渐有人气了，猜想是到了目的地。自上了沙漠公路一路走来，这才有脱离了主干道的第一次拐弯，通过一个工地，就到了一个树木繁密的院落，塔中作业区，几个大字横写在一个楼门上，这就是此行的目的地。实话说，从早上出发，一直到来之前，我都不知目标何往，因为昨天认识的油田党群工作处的王处长和李女士一路作陪，客随主便，没有要求也没有打听，况且这不断变幻的自然风景，让我们无暇顾及其他。再说了，即使告诉了这个地名，纸上谈兵，我们也无法把它与现在的景象联系起来。当在这个沙漠腹地找到一个绿洲式的驻地时，当我们终于看到一个四层高的楼房时，我感觉，一路风尘仆仆，与它，有如一个情人式的约会。

正因如此，在一份介绍塔中作业区（注：也有当作塔中油田）的资料上，我认真地阅读这样的介绍：

  随着塔中4、塔中16、塔中10油田和塔中6凝析气田等一批油气田的陆续发现，1996年6月，塔中作业区成立。

位于塔克拉玛干大沙漠腹地的塔中油田,是我国首座现代化沙漠大油田。十多年来,先后有500多名大学生来此建功立业,开创了"稀井高产,少人高效"的油田建设与管理之路。累计生产原油超过2000万吨,天然气40多亿立方米,创产值400亿元以上,属全国同类油田最高水平,被中国石油评为"高效开发油田"。作业区先后获得全国五一劳动奖状、全国杰出青年文明号等多项国家级荣誉称号。

13年来,塔中作业区依靠以水平井、丛式井为代表的科技创新和以"五全管理"为代表的管理创新,走出了一条"稀井高产,少人高效"之路。使这个拥有逾200万吨原油年产能力的作业区正常生产运行人员仅需80多人,是我国东部同等规模油田用工人数的十分之一。

塔中作业区现有职工110人,平均年龄28岁,另有生产承包商员工325人。这些人就是沙漠腹地方圆9000平方公里工作区域的主人。

在塔中,有那片林木

到达塔中,才知这个地方虽小,却颇有内涵,且不说,她在塔里木沙漠油田的位置,而这特殊的环境下石油人的拼搏,也会把她的知名度传扬开去。

可不,关于塔中,除了一条史无前例的沙漠公路,把它与世界相连,让它在沙漠腹地,成为一个世人瞩目的石油作业点之外,还有,它为中国石油的贡献,是独特而永载史册的。

这就是塔中一号井和塔中水平一号井。

21年前,塔中是一片茫茫沙海,一号井经过三年物探,一年钻探,于

1989年10月19日,在茫茫沙海里奏响了"第一声春雷"。有一篇《沙海里的第一声春雷》的文章写道:

  1989年10月19日,位于塔克拉玛干沙漠腹地的塔中一井,进行中途测试,20时23分,一股强大的油气流从3582米的地层深处呼啸而出。顷刻间,油气化作火龙染红天际。

  出油了,出油了!井场上,人们狂呼着,跳跃着,呼喊声和喷油声交织在一起,许多人忘情地抓一把黑色的原油抹在脸上,他们用安全帽敲击出旋律,欢畅地放歌。那一夜的激动和泪水连同塔中一井喷油的重大喜讯,迅速传遍祖国大地。

  ……塔里木石油物探人得知塔中一井出油的消息时,当天深夜一点多,敲锣打鼓到会战指挥部报喜,他们流下了激动的泪水。1983-1986年,他们经历了无数常人难以想象的艰苦,历经三年,完成19条横穿塔克拉玛干大沙漠的地震测线,全面了解了塔里木盆地的地质构造格局,在沙漠腹地的中央隆起带发现塔中一号巨型构造,并在构造高点上定下了充满期望的塔中一号井位。

  10月31日,塔中一井再次测度喷油。

  11月2日,中共中央总书记江泽民批示:发现这样的油田,真是雪中送炭,对整个国民经济无疑是一个极大的支持。

  11月3日,人民日报在头版发表消息。

  ……

  在塔克拉玛干这个世界第一大流动性沙漠中组织沙漠石油钻井,不仅面临一系列的工程技术难题,也面临极端恶劣的生存难题……夏天,人们要在高达40多度气温和70多度地表温度环境中,还经常遭遇沙尘暴的袭击,长期在沙漠腹地工作还引发了身体倦怠和脱发等问题,可以说,投身塔中一井现场的每个人,都经受了许多艰辛和困难。经过一百六十多个日日夜夜辛勤工作，塔中一井终于安全、优质、快速地钻达目标层……它是塔里木石油勘探史上的一个里程碑，揭开了塔克拉玛干大沙漠油气开发的序幕。

我引用以上这多文字，实在不忍让这个创造了人类石油史奇迹的塔中一号井，令那些亲历者的现场描绘，少了更多的读者。在那些为之奋斗的所有石油人，包括先期的物探，后来的钻探，以及后期的管理者，这诸多的亲历者确切地说也是催生婆们心中，这"第一声春雷"是一句多么有深意的词。用其来形容它的诞生和问世，足见其心情。从作者的描述中，我感到，这个一号油井，如同石油人尤其是塔中油田人身边的一位"英雄"。读这些朴实的语句，你受到感染的同时，怎能不让它们有更多的人去分享？

可惜，我们没有能到塔中一号井现场，但还算有幸，塔中另一个标志性的"英雄"：水平一号井，我们来了。

从外观看上去，多平常多平淡啊，一块大石头二米长、一米多宽，石头上阴刻"塔中水平一井"带点魏碑风格的字，并用油漆描红，底座上也刻有几行说明，是2008年10月立的——

塔中水平1井（TA-17-H4）是塔中4油田402高点上的一口重点开发井，也是塔里木油车第一口水平井。该井于1994年4月16日开钻，同年11月8日完钻，完钻井深4298米，垂深3610.39米、水平段长507米。1995年1月1日开始试采，初期日产原油1250吨。

这眼井的历史贡献是，一，国内最深，难度最大的一口井，历时202天22小时开钻，创出了五项全国纪录。二，它是当时全国单井产量最高，日产千吨的油井。

一块平坦的地方，铺上了水泥，灰色的支架护卫着红色的阀门，纵横有十多个，而管道直通三千六百多米深的地下油气，这就是闻名于世的水平井的全貌。壮实粗矮的井架，也不高大，并没有多大气派，如若不是那块醒目的石碑昭示，这个英雄式的油井，会被周围鲜亮高大的井架，甚至那中国联通的无线转播塔等所忽略的。悠悠十六年，它像一位高龄的产婆，默默地为人类奉献。据说，好几位中央领导人都来此瞻仰过。

我不想用什么辉煌、伟大、创业、突变等等字眼，来评价油井的主人们十多年的业绩，也不想用人们提供的常规数据来说明它的不平凡成就。这也许是沙漠气候环境中摔打出来的质朴的塔中人，不太喜爱的。但是，在这个朴拙的水平一号井面前，我说，它如同君子国中的伟岸丈夫。当然，因为有了这塔里木人的那股精神，才会有这个傲然而立的水平一号井。

沙漠里的任何一种景观，都将成为人们的深刻记忆。

现在，我们来到这作业区不远处的沙漠山梁上。这里有一尊雕塑，形状如古代兵器的斧或钺。说是为了纪念当年这里辛苦创业的历史修建的。问及这个像一把巨斧拆下其柄，有如巨型斧头矴立在基座上，是何用意，油田的主人们也没有说清楚，我想只是一个象征物吧，或者，在沙漠上以斧钺之器，这些古老原始的工具，与自然争雄，又与自然合一，也算表达一种朴素的自然观，要不，它的基本色泽也像土黄沙丘一样，放在这个荒漠中，寄托人们对过往精神的一个纪念。

不过，这里可是一个绝好的观察点。从这个稍高的山梁上，往前看，塔中作业区的全貌尽收眼底。在茫茫无际的沙漠中，几处红墙青屋，几处林木掩映，几多科技试验塔和耸立的井架，也有几处圆形的反应堆式的球状金属体，还有远处的大型沙漠运输车阵，高耸的油井架，都让这个莽莽荒漠上有了生机。特别是那丛丛簇簇的树木，无疑是这死亡之海里的生命吟唱。是的，自1990年代初，这里开始物探，经过二十年，在沙原沙丘，建成了一个工作、生活、参观学习的一个场所。两排建筑分别是我们下榻的沙漠石油职工公寓，有相当标准的住宿条件，再是对面办公楼里，有员工的文体活动室，学习会议室，饭堂宿舍这里职工是免费的，我们在大楼里参观不经意地看了当天的伙食，多达十多样菜，几样主食，配有水果和汤。同行的徐兄还有点羡慕地说，比我们晚上在星级宾馆吃得不差啊。

这里要说的是，中国科学院新疆生态地理研究所塔中沙漠植物园，这样的名头不可谓不吓人，但距塔中作业区只有一箭之遥，它几乎成为作业区的一个参观点。是啊，在这个干涸的沙漠上，种养任何植物都是向极限挑战，都是向自然抗争。我们来到这个塔中人以至整个塔里木石油人都为之重视的一个地方——塔中沙漠植物园，据说这是全世界唯一一个建在沙漠腹地的植物园：

"塔中沙漠植物园建在塔中四油田联合站前器材库北侧，南北长330米、东西宽200米，占地面积99亩，引种数量在150种左右，现实际已引入163种。植物引种区包括沙漠公路防护林生态工程主要植物种类园区（包括柽柳、沙拐枣、胡杨3个专类园）、荒漠珍稀植物引种区、乡土植物引种区、荒漠经济植物引种区、荒漠观赏植物引种区、盐生植物引种区、沙生植物引种区、引种预留区等8个园区，并建立引种驯化过渡区、展示区等。植物园建成后，将成为沙漠中一道亮丽的风景线，成为一个新的旅游热点。"

我们来时，许多树种只是一个干枯的树干，色泽也变得有些差不多的灰暗沉重，难以区分。说是植物园，更像一个植物培育地，如同一个内地的大菜园似的，分畦分畴，阡陌有致，有高大的乔木，但多是小巧的灌木，而且，有许多我们闻所未闻的树种，只是到了深秋时节，因沙漠水分的流失和气温的下降，而变得枯萎。一位高姓小姑娘与一位老大姐，闻讯出来，紧跟着一条狗。小高约二十大一点年纪，研究所的研究生，来这里做实习论文的，她对我们这些树盲、特别好学好问的陌生人，表现出特别的耐心和负责。我们看到各样奇异形状的树们，以及这块沙漠上建成这样一个植物园，有好多的问题问及，她都尽可能地回答。

循着一条参观路线我们走完了这个园子，上百种的树木，好像在这个寒冬到来之前，已经有点冬眠的征兆，显得没精打采的，而这个硕士生小高，神情投入地向我们讲这些树的常识性的知识。她说还要在这里呆上一段时间。在这里来人稀少，四周全是荒漠包围，每天重复的是简单的劳动，简单的风景，而她的同伴也只是年长一些的大姐和那条热情的狗。她要忍耐多大的孤寂。

这是我所见到的另一位年轻人，除了那个水井工房里的守护者，眼前这位有文化的，对于这个环境和这块园地葆有极大期待和憧憬的年轻知识分子，让人有不一样的期待。

晚上，在会议室，我和徐兄在老艾的带领下，同十多位年轻的员工座谈，好久没有这样的经历了。坐在这些70后、80后或者90后，也是大学生员工面前，我们能够在多大的层面上与他们进行交流，或者，我们有多大的资格与年轻的一辈们进行对话和交流呢？我说不好。听这些晚辈们表达在这块荒凉的沙漠上贡献青春，寻找人生理想，诉说立志立业立家的经历，得知他们大都是从都市转辗于这个荒凉的沙漠，平凡周而复始地工作，他们经历了思想的波动，也收获了许多，有了坚定的目标，包括爱情。我们深受感动。他们或从库尔勒、乌鲁木齐过来，从重庆、西安来，学石油学工程也学经济其他专业，或者老家在富庶的江南、遥远的北国，他们用略带稚嫩的腔调，说起在塔中生活的快乐和收获，虽有不甘，但是油田的温暖，塔中的情意，让他们成为这里的坚守者、事业发展的骨干。无论是说长说短，他们脸上多挂着诚实，充满期待。我注意到，一位小女生，好像姓王，说她的家就在库尔勒油田总部，是几代石油人，她的选择也是家里的大事，她主动来到这里，离家四五百公里，她自信这种选择会对自己成长有利。

短短的个把小时,听他们简单地表达,我们只是倾听,尤其是我。其实用不着这种形式的倾听,如果在其他场合,在内地或一二线城市,我会拒绝这种召集一堆人对某些话题公式化地表达一番的做法,可是,这是在沙漠,一个切实的真诚的有点赤裸的场所,一个可以让精神和灵魂得以净化和提升的环境,一个你有可能不明白和不懂,但会有新知和新闻充实你的场所。比方,你看到那恶劣的气候和物象,那白茫茫的盐碱地和黄莽莽的沙丘,你会对这样条件下的生命给以极大的尊重,对于那些付出的努力,取得的收获,你会珍视。当你进入到这样的一个环境里,看到这一抹抹红色的工装,装点着青年男女们的昂扬激情,为了石油,为了当今十分重要的能源,为了事业,或者为了自己的一点人生设计,这样的含辛茹苦,这样的脚踏实地,你会受到感染。你会赞同,你会认同,你会重新审视和面对诸多人生问题,甚至会有思想和精神的升华。

置身沙漠,最让人敬钦敬意的是树,最让人难受的也是树,当下,在许多城市的现代化改造中,树木都已成为改造的牺牲品,生态成了金钱的附庸,大树飘零,草木毁弃,比比皆是。当我们畅行于这荒漠中,我对于这生态环保工程,也说是公路行道树的绿色工程,表示极大的敬意。那块与塔中作业区有着供求、试验栽植关系的沙漠动植物园,更让我看到了一个发展前景。因为有这方植物园的培植、试验,这方沙漠公路生态工程的壮大发展,有了愈发完备、坚实而强大的沙漠公路生态工程,塔中油田,这个塔里木油田的希望之星、巨子,也会变得前程无限。

因为有这样一片希望的园林,因为有一群有希望的年轻人。

我坚信。

2011 年 3 月

莫斯科二章

秋阳下老人

刚刚度过北京的金秋,没想到飞行六千多公里,来到这纬度更高的莫斯科,仍然是一个深秋。这秋意似乎更浓更醇,像一坛老酒,扑鼻醉人;像一幅色彩斑斓的图画,驳杂而不妖冶,浓烈而不滞涩。作这样的比喻,自然想到了这块俄罗斯大地上的两件物事,一是伏特加烈性酒,一是列维坦著名的白桦林画,色彩的浓郁和深沉,都可证之为我对于莫斯科秋天的感觉。

我们是午夜到达谢列梅捷沃二号机场的,驱车向市内,道路两旁稀稀落落的树丛,在夜色中显得杂乱零落。机场路也并无特色,没有多少车子,路旁有一些大吊车支楞着,不时听到施工的声音,像世界上其他的大都市一样,市区向郊外发展,到处大兴土木,对初来的人第一感觉就像一个大工地。然而到了市内,灯光越来越亮丽,宽敞整齐的街道和巍峨宏伟的建筑物,使你感受到另一番景象。看看表,已是凌晨时分,路断人稀,可是那些造型各异的霓虹灯，却在夜风中激情灿烂地眨着眼睛，不禁令人想起：这里的黎明静悄悄，莫斯科的夜晚宁静中透出生动。

莫斯科有些建筑称得上高大辉煌，同西欧的建筑风格多相近似，但又有别于巴黎风格或罗马派，自成一格。厚重中有轻巧，沉稳中有机敏。克里姆林宫、红场高墙等，记录着历史变迁的建筑群，在秋天长风中，有些冷寂而依然伟岸地耸立着，留恋这些宏伟的经典建筑，让人顿生敬畏之感。尤其在夜色朦胧中，愈发让人生发面对高大历史建筑群的特殊心绪。

可是，秋天的莫斯科，最为灵动的则是那大自然的秋色，那北方植物在大自然的造化中，生成的一种天工巧夺的自然底色，那色泽深沉极有分量，是一种生命成熟后的金黄。

我们住的中国驻俄使馆招待所门前有一条被称为"哲学小道"的幽静之路。这是一个宽广的街头林阴带，高大笔直的白桦树和各种杂树，在秋风中摇曳，走在这里容易触发灵感，也许当年俄国文豪们也曾留下过足迹；邻近的是莫斯科大学的生物园，数百种植物茂盛地依偎着。有天晚上，我们散步到门口，探望过去，见树木森森，罗列如仪，感觉是一个深邃的生命之渊；在它的不远处是穿城而过的莫斯科河。这林阴密匝的小路，杂树丛生的生物园，弯曲逶迤的河流，相依相伴，许是哲人思索的好处所，在林阴道的座椅上，不时看到有老者们三两结伴抵掌而谈。秋意烂漫，长天寥廓，为喧嚣的尘世增添一份情味，智者喜静，仁者乐景，自然有情，也孕育着无限的诗意。

使我们充分领略到莫斯科的盎然秋色的，是一次郊外的不期而遇。那种秋色，是一种以金黄为主调的复合色彩，是高大的北方植物在大自然的造化中抒展而出的生命的色彩，不是涂抹浸染，而是从生命中孕育而出的。在我的经验中，这种艳丽、浓烈、深沉、厚实、纯粹的黄，是平生第一次感受到。

那天，莫斯科的天气格外晴好，我们来到莫斯科的郊外，去著名的孔采沃住宅区，拜访五十年代多次到我国帮助工作的老朋友阿尔希波夫的遗孀卡佳。这是一座相当考究的住宅区，在一个二层楼的房子里，我们见到了心仪的老人。她已八十多岁，对四十三年前陪丈夫到中国的印象历历在心。在她的客厅里，我们喝着咖啡，听她讲述着当年与中国朋友的交往的记忆。她一身暗绿色的长裙，稍有富态的身子，像大多数的俄罗斯老太婆一样，而举手投足十分敏捷，目光炯炯。说起中国来，她沉浸在回忆中，说到过中国的一些地方，也偶尔夹杂几句中国话，向我们莞尔一笑，亲切而和蔼的样子，把我逗得笑出声来。老人拿出阿尔希波夫生前同我国领导人毛泽东、周恩来、陈云等人的合影，拿出薄一波老人亲自送的《七十年的奋斗与思考》等三本书，深情地回忆过去的岁月。吃着她特意准备的茶点，我们共话友谊。她说，到她家的中国朋友很多。她竖起大拇指称赞中国朋友没有忘记他的先生和他的一家。她回忆起三年前故去的丈夫同中国的交往，语气沉重。老人客厅摆放着一些中国的工艺品，墙上挂着一幅清代的仕女图。最引人注意的是那张由我国肖像画家、俄罗斯文学专家高莽先生画的阿尔希波夫画像。因与画家熟悉，我提议与老人在画像前合影，她整了下衣着，很慈祥地笑着与我合影。这张相片，回国后我特意与高莽先生提及，高老先生也说，卡佳是老朋友了，特别有风度的俄罗斯老太太。

由这幅肖像，我们油然想起当年中苏友谊鼎盛时期，是阿尔希波夫这样的一批专家到中国建立了两国人民更深厚的友谊。那时我还是小学生，从课本上知道了苏联、苏俄文学，知道了苏联专家。五十年代，中国建设的大工程武汉长江大桥，就是"敬爱的阿尔希波夫同志"和桥梁专家西林同志指导修建的。在我们这一代人中，苏联和苏联的文化，对我们的影响是至为深厚的。而作为中俄（中苏）友谊纽带的这一批老专家如今多已作古，化作了天地间的一缕金黄，不禁令人唏嘘感叹。据陪同的俄国朋友介绍，卡佳女士因丈夫多年工作在中国，默默地承担起家务，放弃了自己的工作，支撑了这个有四个孩子的家庭，是一位国际主义的"贤内助"。

从她家出来，我们惊奇地发现这个住宅小区包围在一片金黄的美丽秋景之中，我们就看到了这满眼的金黄，一大片黄叶密布的树丛，这些叫不上名字的树，高大挺拔，是黄栌红枫，还是银杏？那黄色的叶片，密布在伟岸的树干上，兀自张着圆圆的小脸，并没有在深秋中萎蔫，阵阵微风吹来，少许的黄金叶片，飞舞着、旋转着，下落到那如黄金地毯般的小道上，聚合叠集，装点着周围的秋景。原先绿色的草地，被这簇簇金黄盖上了一层金灿灿的"名贵地毯"，走在上面舒适软和，似觉奢华。倏地，一阵稍稍大点的风吹过，眼前的黄叶，有如精灵般的舞蹈，雪片似的飘落在我们的脚下。黄叶萧萧，秋风飒飒，这秋天的小精灵，妩媚地展示着金秋的斑斓。虽然同是一个城市，大使馆区的秋景远没有这般深沉，黄色的分量也没有这般执著凝重。好景流连，不舍归去。毕竟天近向晚，我只好拾取几枚金色的叶片留作纪念了。当我们的车子就要启动时，远处卡佳女士正在二楼阳台上向我们频频招手。

汽车驶出莫斯科西郊孔采沃，远远看到掩映在一片秋色中的阿尔希波夫的家，年逾八十的卡佳老人还在阳台上，向我们的车子注目。我们感受到这位慈祥的俄国老人对中国朋友的一片情意。此刻，秋风仍不断地梳理着那片丛金灿灿的树林。莫斯科的秋天，在我的印象中，是一个老人的故事。

新圣女公墓下

公墓，这个词语，好像是针对外国说的。国人有坟墓，有乱坟岗子，当然也有公墓的叫法。可是，在我们的思维习惯中，公墓更多的是一种埋葬和陈列骨灰的地方，或者，一个送别时举行仪式或排场的地方，一个奠祭和挽悼的场所，缁衣素面，冷寂肃然，悲伤离别，是人们不太情愿来的去处，不像在国外，公墓是展示文化和艺术的十分重要的场合。所以，公墓的本意究竟是哪样的才确切，真不太明白。去过巴黎的蒙马特高地拉雪兹公墓，这回到了莫斯科的新圣女公墓，而更多的是在家门口的八宝山公墓奠祭。都姓公，都是墓地，可是，东西方不一，中外有别，在同一名头下内容和内涵是相当的不一样。

说来有意思，中国的殡葬文化不知是儒家的传统所致，还是现代人的研究权益所需，曾几何时，厚葬文化成为一个常被提及的学术了。然而，并非学界们的热闹就提升了它的行业的价值。或者，它就达到了所谓文化的高度。不一定的。可是，国外的此类文化就显得更为深厚，至少，在建筑场馆方面，在艺术雕刻方面，在与民间的亲和方面，中国与外国尤其西欧注重公墓文化的国家，其差距不知凡几。不知何因，我们没有那样大片的公墓，没有那样以艺术为展示对象的殡葬文化，更没有那些为这一艺术历尽辛苦的人们。所以到了外国，也许是好奇心驱使，教堂之外就是公墓，为不少国人所旅游的保留节目。

　　莫斯科的金秋色彩，以黄为其主打色，当满眼的树丛，在秋的涂抹下，一片明黄，一片绚丽，风吹过，落叶飘飘，萧萧飒飒的情景，更是一派肃穆。在这个时光中，我们来到莫斯科"新圣女公墓"。对其名称，我查过后发现，叫法不一。但是一个大众的公墓确证无疑的。

　　没有想到，其声名远播的公墓，在市区很不起眼的街道上。那天，我们在另一地方公干后，径直来到这里。莫斯科的街道大都比较古老，但气势宏阔，接近西欧风格，罗马式的高大，哥特式的峻峭，较为壮观。有些街道路面宽敞，绿地不少，而且居民区的街道也开阔，树木森森，显示出大都市应有的人文情怀，可是，来到这公墓的街道，却与我所想象的不同，望着它那简陋的大门，我难以想象出里面安葬着许多是有身份的亡灵。先前曾经在法国参观过公墓，像蒙马特公墓，虽然埋藏的也多是一些名人大腕，一些政界、文坛的重量级人物，但其墓雕的水准大多不敢恭维，而且里面迷宫式的排列，让人一下子找不到你所要的目标，远道而来的我们，想看看巴黎公社的社员墙，几经周折，甚至出园、进园反复几趟，好在公墓是可以随意出入的，这样的周折费力，竟连精通法语的同事也连连抱怨叫苦。有意思的是，我们进园时还得到一份墓园指南，拿着它也无补于事，找几位名人的墓如大海捞针，最后好不容易找到一位当地人才如愿。那天莫斯科的天气有点阴沉，不觉与这活动的氛围相像，让大家情绪压抑，所以看到这墓园门前的些杂七竖八的电线交错其上，门前的乱糟糟的马路，我的兴趣打了折扣。可是，我们代表团领导高秋福先生曾多次到过去俄罗斯，他说，这里值得一看，还特别对我说，你们搞创作的，会有收获的。他的话一路上很实在，也权威，于是，大家在期待和期望中，安排了这项活动。

站在对面看园门，两个立柱涂成深黄有点像红场的颜色，其高度有限，没有标记，没有特色，如果不是介绍，会把它当成一个平常的园区而已。进得园内，感觉是一个安静的处所，园外嘈杂的市声，更衬托出这里的安静。没有多少参观者，没有守园人的指点，也没有巴黎那庞大的陵墓所必需有的方位指南，看眼前的一件件墓雕，用料考究，造型精美，虽然制作年代不一，但看得出在选料、加工、设计、造型等方面都有整体的讲究，给人强烈的感受是，仿佛不是一座埋藏亡灵的阴宅，而是一个琳琅满目的艺术宫殿。千姿百态，美轮美奂，精雕细刻，让每件作品都成为艺术，都富有生气和生命力，展示了俄罗斯墓园文化的品位。据说，"新圣女公墓"是莫斯科市较大的一个墓园，不分贵贱无论尊卑，都可以入葬其间，平民百姓，名流贵胄，都可有一席之地。当然，场地有限，就要经济的杠杆起作用了，在一个市场化的社会，这也是必需的手段。

陪同我们参观的俄罗斯外交部的翻译官安德烈，是个机灵的小伙子，几天来同大家混得很熟，因在北京大学留过学又曾在驻北京的使馆工作过，时不时还同我们说几句北京方言开个玩笑，在园内，他也弄不清我们找寻的一些人所在的位置，他说，这里没有按官职大小，也没有按姓氏笔画，不太像你们中国人的习惯。安德烈从进园后就很平静，他言语不多，专注地盯着我们，照顾我们这些黄皮肤"老外"，其他场合，比如在红场，在阿尔巴特街，在莫斯科的跳蚤市场，他都详细地尽自己的可能作些介绍，让我们这些"老外"也像他们到了北京天安门、故宫、王府井等地一样，至少有"到此一游"的满足。他特别地照顾我，有时用北京腔的汉语翻译，有时用手势比划，我也凭着对俄罗斯文化的一知半解，想象着这些墓地上的文化，想象着这些寂寞的主人们生前生后的故事。

没有多少干扰，倒可以静心地盘桓浏览。这里占地不算大，比起巴黎蒙马特的公墓来要小许多，但其建筑风格更显艺术一些。公墓顾名思义，是普通人公享之所，其实还是历史上有突出成就人物的荣誉之所。人生在世，或热闹不凡，或平淡无奇，或轰轰烈烈，或冷冷清清，但都要入土归葬，如果体面些，就有了墓碑什么的，让灵魂有个安息之地，或以为飘泊的生命有个归处。看眼前的诸多曾英名远播的人物，到头来绚烂归于平淡，而寂寞身后事，有了这方圣洁安宁之所，有众多的参观凭吊者，灵魂亦可安息了。

同行者中，除团长外，年龄都相差不多。我们这一代人，少时就接触苏俄文学，多年来，同前苏联，同俄罗斯有着不解的心结，终于有了机会，亲眼见闻这些曾在心中引发过遐思和联想的人物背影，这一切的一切，我当时的心情说不上是什么味道。作为一个参观者，一个与这块土地无关的来访者，我可以更为清静地面对这些曾辉煌热闹过的人物。人世有代谢，往来成古今，可以冷静地游历、参观、品味。我们从这些冷寂的石头中，从大手笔的点化和艺术的创造背后，认识俄罗斯的文化，阅读某种凝固了的历史的断面，寻觅那些曾经影响我们一代人的精神偶像。作为一个观光者，一个朝圣者，面对艺术的和历史的这片墓园，面对逝去的和方生的，心仪、崇敬、探求，心中五味杂陈。

想着这些，再看那静默的块块石雕，周遭无语。此刻，安德烈和我的同胞们也不知在何处。我俯身在一个认不出的碑文旁，轻抚着那簇簇鲜花掩映的墓碑，黯然地伫立着，端起手中的相机，走马观花似的寻找心中的"熟悉的面孔"：文学的契诃夫、屠格涅夫、奥斯特洛夫斯基、法捷耶夫、马雅科夫斯基、阿·托尔斯泰等；艺术的肖斯塔科维奇、乌兰诺娃，画家列维坦，政治家赫鲁晓夫、葛罗米柯、王明等；苏联女英雄卓娅；飞机设计师安德烈·图波列夫。一些知名和不知名的精美雕像……让这些在我心灵底片上显影过的人物再进入我的相机拷贝。

在这些个艺术的石头上（请原谅我把它们当作一个个的艺术品了）我印象最深的一是小说家契诃夫的墓碑，一是政治人物赫鲁晓夫的墓碑。契的墓如一幢小房子的建筑，或者说是一个侧面山墙的剪影，白的底色，中上部画着一个窗户，高不过一米，上面写的是契的名句：简洁是才能的姐妹。艺术家的创造，正好体现了以简寓繁，以一当十的艺术效果。另一个是政治人物赫鲁晓夫，是一个黑白对立的不规则的石头雕成。据说，当时制作这个墓碑曾遍寻艺术家，后来找到了这位艺术家，有一段流传广泛的故事，而最后，他以这个政治家的黑白两极的人生不等式，来描绘出后世对其的评价。如同这两位人物的墓碑一样，每一个雕刻家，都从墓主人的身份、经历以及从业成就等等，展示出不同的特色。巧工匠心，可谓是一个艺术的大观园。

据说，俄罗斯全国有不少墓园，像一些大文豪、大艺术家如普希金、列夫·托尔斯泰、肖洛霍夫、柴可夫斯基、列宾等，并没有安葬于此。相对博大精深的俄罗斯文化，这小小的墓园只是沧海之一粟，但我并不遗憾，在这里与那么多的俄罗斯文化巨匠们神交，足以让人得到些安慰。

我们去的时候正值俄罗斯的深秋，浓重的秋色把莫斯科的街景涂抹得绚丽斑斓。在公墓里几乎每座墓碑上都有鲜花，或是长期栽植或是临时供奉，在秋阳的映照下，艳丽而灵动。在不远处，高低不一的树上，萧萧黄叶和深绿的青叶杂相交错，使这里充满着生机。

就在我们离开的时候，看到不远处有一大簇鲜花围着，原来，是不久前离世的原苏联总统戈尔巴乔夫夫人赖莎的墓地，人们前来悼念，送了鲜花。有意思的是，几位穿着时尚的妇人在墓前闲聊着，也许，这里的艺术气氛，成为人们休闲的去处，或者，公墓的文化，原本就是这样。在这里可以说主人的故事，说见面者的闲事，也可能是指点这艺术品的成色，或者，只是家长里短，见面的寒暄而已。在鲜花丛中，在艺术的氛围中，它并不只是悲伤沉痛，也不是孤魂游鬼们的灵堂，而是活着人们纪念亲人、表达心愿或者聚会的地方。这就是公墓与公墓的不同，也是文化背景的不同。

2003 年 8 月

婺源看村

  人说，这里是中国最美的乡村，最古老的文化生态村，也说，到婺源要看村，此言不虚。

  婺源的村落是上饶的名片。出县城不远，即见幢幢民居，绿树掩映。村头曲水环绕，水车、老樟树、石桥、洗衣女，一派幽静恬然的田园风光。有诗为证："古树高低屋，斜阳远近山。林梢烟似带，村外水如环。"车窗外一个个村子，远远望去仿佛是飘游在绿色大海中的一叶叶白帆，也如一幅幅泼墨山水。

  婺源的村落建筑多属徽派风格。这里原为安徽所辖，1952年划归上饶。徽派建筑特点是依山傍水，白粉墙黛青瓦，檐斗高翘状如马头。市委常委、宣传部长熊良华是个婺源通，他说，婺源民居主要看"三件宝"，即"石雕、木雕、砖雕"。他也是个业余摄影家，颇有艺术感觉，带我们去了就近而特别的村子。我们到江湾看民居，进晓起看树，寻访思溪、延村，做客思口，尽赏婺源村庄的不同内涵。

  江湾有200多户人家，在婺源是一个大村。进得村头，牌楼拱立气势逼人，商铺林立，感觉不像一个村，而是一个镇。可深入民宅，走进青石路的小巷，房屋回环往复，小径通幽，方知老屋旧宅气息森然。看到几家祖上为商人的大户人家，房子高古雅致，二层二进。后屋多有天井，并置一大水缸，据说缸与房屋同寿，水经年不换，寓示家道绵长香火不断。有一家缸沿上绿苔依依，水也清亮，轻轻抚摩，颇觉神奇。江湾村多为访客必到之地。此地多江姓，历史上出了多个名人，有经学家、音韵学家、教育家、佛学家等。小小的村庄，竟建于初唐年代。这里的几个村子都如此年长。晓起村，规模小些，但历史也从唐乾符年间算起。据说这村名有来由，传说当年村上的应考者闻鸡起舞，破晓即起，谓之"晓起"。还有延村，稍晚于江湾、晓起，也是在宋元丰年间，距今930多年。千年沧桑，老而弥坚。晓起全村为古樟树环抱，树木葳蕤，溪水清流，极显人丁强旺。而村后的那棵老樟树，是老者中的树精，有如人瑞，它的周围用竹木拦起了篱笆，有了特护。

　　老树是村头活历史，而"三雕"是静态的艺术化石。山水灵秀的婺源，植物群落丰茂，木柴、茶叶、山货，连同石雕艺术，成了人们早期经商活动的内容。他们北上西行，加入了徽商队伍。他们赚钱而归，建房盖屋，修路架桥。或者，读书致仕，荣归故里，留下了一件件精美的民间艺术。于是，民宅、官邸都讲究雕梁画栋，稍好者雕砖，再好者刻木，更好者凿石。于是，一件件一桩桩，或粗或细、或文或野的雕刻，在一些相同的名字比如"余庆"、"聪听"、"笃经"、"成义"等民宅中，保存下来，成为散落于民间的艺术瑰宝。延村是最大古建筑群，有56幢民居为明清时所建，有的雕刻，既有古典中式的福禄寿图，又有西洋的材质，以及百叶窗式样，主人曾留学海外，带回了西方文化的别样风格。思溪村也是建于宋庆元五年，村中俞氏房屋宽大，木雕精美多样，最为突出的是，客厅隔扇门上，阳刻了96个不同字体的"寿"字，连同屋内其他处的四寿，组成精美的"百寿图"，为木雕艺术的绝佳精品。著名的"百柱祠堂"、"通济桥"

等建筑，也融会了雕刻艺术精华。

　　当然，还有人文传统，这是撑起婺源村落文化的灵魂。有俚诗赞曰：山间茅屋书声响，放下扁担考一场。读书传家是这村上的传统。不用说宋代理学大家朱熹从这里走出去，不用说众多乡村都冠以书乡的称谓，也不用说仅一个理坑村历史上曾出了尚书二人，其著作五种七十八卷入选《四库全书》，以及老宅处处可见进士第、尚书第、司马第、天官上卿的匾额等等，读书，习文，维系了乡土人脉，也赓续了祖上的文脉，更主要的是，小小的偏乡僻壤成为一个世人瞩目的所在，一个有研究价值的、极富人脉和文气传统的"世上遗存"。

　　走进村落，婺源的至美，仿佛有了更实在的依托。而今，婺源人搞生态游，打文化传统牌，注意了旅游与开发，保持传统与发展文化的关系，可是，在汹涌的时尚文化、纷至沓来的游客面前，古朴和清幽被浮躁和喧哗侵扰之后，传统文化、优美的乡村，如何应对，如何在现代文明面前既持守又发展，是一个新课题、难题。但愿婺源人有更清晰的认识。

2005 年 11 月

徐霞客的上林

历史有幸让这块土地增添了荣光。上林,这个在史书记载为古代皇家林苑的名字,在华夏版图上则有一个活生生的存在,这就是南宁北郊百多公里的地方,因为一个历史老人的寻访,变得特别,变得闻名,成为史籍上一个有意义的记载。

那注定是让人难忘的时刻。三百七十多年前,公元1637年冬,山路崎岖,一位徐姓老者在小雨寒风中,粗衣竹杖,从南宁过昆仑关,逶迤而行,在这里——南宁北面当时的思陇和三里城,住了下来,这一住就达五十四天之久,成就了这位历史上的伟大旅行家与南粤著名风景点的佳话因缘。

这是徐霞客的第十六次出游。此时他年届五十,感到自己老病将至,计划已久的"西游"再也不能迁延,他毅然踏上旅途,开始了他一生中最后一次也是最壮烈的一次"长征"。

作为一个成功的壮游者,其心雄万丈,他要遍游南国,"问奇于名山大川"。于是,他不顾年老力拙,不顾及荒蛮、封闭与瘴疠的肆虐。一年前的初夏,从江阴老家出发,走江西再湖南后广东,入广西时已是次年阳春四月，他先是在南宁逗留，由此为基点游历了广西的东北和西南，而后他来到上林，已是寒秋时分。雨水不时地在这秋寒中淅淅沥沥，他踽踽独行，山涧的树果草根成为他的果腹之食。或投宿于寺中，或寄宿于茅舍，晚间他写游记，写山志，留下了一个行者与智者的思索。

"又行坞中二里，有小水南自尖山北夹来，北与界髀之水合有小桥渡之，是为上林县界。"

《粤西游日记·上林》这样开篇，他详细记录初到上林的细节。他在《粤西游日记》中，以简练求真的表述，或长或短，或记录山形地势，或写物事风习，或留下旅行指南式的评点，其景可观，其情可见，而朴实中有含蕴。不知何因，他在上林境内逗留的时间是他此行最长的，凡五十四天。上林寻游，盘桓勾留，景物与人情，建筑与史实，成就了他的一万四千字的日记，历数这块土地上的山川地形，风物人事，成为他此次出游的一个亮点。

所谓踏着古人的足迹，或许这是一次真正的兑现。在一个盛夏的中午，烈日当头，我们沿着徐老先生当年足迹，行走在他所描绘的三里城地区。满目青绿的禾苗抽穗拔节，秀丽的河流纵横交织。绿树红花是大地生命的色彩，而潺潺流水是夏日风景的灵魂，这里，有洋渡河，有大龙湖，有峡谷溶洞，有湿地，有成片湖泊草地。作为与桂北、粤西山水同一脉系的喀斯特地貌，上林的山水景致不仅是绮丽灵动的，而且多有幽深与奇崛的特色，它不是一个个独立的个体，而是一片片相互联缀的整体气象，水与山相依相偎，绿树与村舍的映衬，在山凹深处，绿色葱郁如海，清流野渡有断桥，间或牧童戏玩，其景其情，或许陶渊明笔下的桃花源之景堪可比肩。

面前就是一个叫三里·洋渡的地方。恰是当年徐老先生的流连之处，背有大山之依靠，前有流水之环绕，清水河如同一条玉带，串连起这块树丛草地。这里是一个平坦而广阔的生态绿地。夏日的阳光下，悠悠绿色绽放油亮的光泽，我们被安排在一个旅游的开节仪式上，依傍阡陌田畴，享受着这片特色的风景，但难耐暑气侵袭，不一会汗流满面，可是，一队队拖家带口的人们骑摩托聚集到临时广场上，还有不少戴小红帽的学生，成了当地一个盛大的节日。或许是霞客老先生的号召力，野地里的这个临时广场，成了人们热闹的聚会场。几个相关的程序和节目在人们欢呼中完成，而近旁简易的展览室里，书法和摄影展吸引了更多的人。我流连于此，看到上林风光在众多的摄影者眼中，有各种奇异的再现和描绘。更多的是，书画家们以对当年造访到此的一代伟人的崇敬和怀念，书写下真诚的感悟，挥毫落笔之间，一代旅行大家、一个倔强的独行侠、一代游记的集大成者，对中华文明的贡献与引领，跃然纸面，令人肃然起敬。

　　回到县上，在一个安静的院子的会议室里，县上徐霞客研究会有活动。同样，墙上挂着不少的书画，桌上放着新出版的大本研究文字，当年行走上林、客居五十多日的大旅行家，如今得到了如此的尊重和厚爱，老者青年，官员学人，济济一室，商议着研究、纪念事宜。当年辛劳事，今日座上魂；万言写大千，行状后人敬。如若徐霞客老人有知，也不枉那艰辛的粤西游、上林行。

　　一片风景的美丽，或许有了这样一位巨人的参与，有了千古流传的故事，才有了不同的成色质地。

2012 年 8 月

宜兴龙窑

  如同人一样，城市的名气也要多年的积累。比如这宜兴，名头岂可了得？她的历史，可以追溯到春秋战国时的阳羡（这也是多么古雅诗意的名字，不知何故，没有宜兴二字叫响），也可以在考据的介绍中，感叹她近千年的制陶历史（据《宜兴县志》载，早在西周时期，约公元前11世纪—公元前771年，宜兴就出现了圆形升焰窑），还可以在有记载的2200年的建县历史中，寻找一个城市的悠悠古韵。作为一个县级市，宜兴的亮点，不只是古雅的历史，那精美的紫砂陶艺，浩渺的太湖秀色，以及众多名人故居，都成为她美名远扬的组合名片。

  陶艺砂器，环顾国中，虽有不少地方生产，然而，人们认可的首推宜兴，要不这里被誉为陶都，每年还举行盛大的陶艺节。口碑是历史的活广告，也可以让一切美延续。人们对某一物件的喜爱，或者，某个历史事件，大自然中某个物件，有了特别的闪光处，得到了大众的认可，在民间流行中形成优势，于是有了口碑，有了美的流播。而这宜兴的紫砂陶艺，就是因为丰富的民间性，瓜瓞绵绵，风华绝代，成为流芳广远的一种商品、一种艺术品。

　　我们走在宜兴的街头，正值初夏时分，小雨如酥，花香袭人。这是想象中的陶艺紫砂圣地吗？可是，并没有其他地方为打名牌造声势，而无处不是某个产品的集散、某个产品的卖场的场景。乘着苏南经济发展大势，这个富庶的县城，有了冠绝神州的陶艺紫砂，想象中应当有各类交易市场，各个热闹的展品推销，张扬经济实力，然而，错了，除个别店铺外，几乎与其他的城镇一样，琳琅满目的是各类当季用品和时尚的店铺，你仿佛置身在一个常见的南方小城，绿树簇拥，清亮的街道，花香，湿润，清丽，以及细软的家常口语。所不同的是，那些擦肩而过的人们，默默地与这个热闹繁华的世界交集，好像这里的历史，这里的名产，与他们无关，或许，熟视无睹，见惯不怪，这绿肥红瘦，这绿杨荫里，对于他们来说，本是寻常物事，本是大自然的一种造化，与其和谐共生，享受与幸福也就同在。这样一种沉静而内敛的生活态度与方式，是造化，也是一种修炼。

　　繁华是一种气象，而沉静更是一种蕴藏。作为苏南经济快车道上的一支生力军，宜兴有理由自豪，也有理由被关注。在这样的感觉中，我们见到了龙窑。

　　这里是丁蜀镇一个普通的院落，不规则的街道，院落杂居，不少家的门口堆有一些陶器制品。在一个门楼边，立有一方石牌，上面写着全国重点文物保护单位，为国家有关部门制牌。据有关资料介绍：这是宋代的古窑。龙窑头北尾南，长约50米，窑身内壁以耐火砖砌成拱形，外壁敷以块石和太湖边上特有的白土，窑身左右设投柴孔（俗称鳞眼洞）42对，这些是投放燃料和观察火焰温度的窗口。烧成温度紫砂在摄氏1150度左右，所谓千度成陶。西侧设装窑用的壶口（窑门）5个，是窑工进出取放陶制品的通道。窑洞呈32度斜坡，它可以让火自下而上自然升温，窑尾还在烧着，窑头就可以出窑了，出空的窑位又放入新的泥坯，利用余热进行干燥加热。窑体上方建有窑棚，花岗石柱，上覆以木质梁架及小板瓦，用来遮风挡雨。

燃料主要为煤、松、竹枝等。这尊龙窑是留下来历史最为悠久的一个，而现在还在服役，主要是烧制壶、盆、罐、瓮等一些粗陶日用品。

我们去的时候，是龙窑的空闲，停火休养。从外观看，她那圆圆的身子敦实硕大，如一条土龙伏卧，也许这就是其名称来源。正好可以深入内部，从中部黑色的肚腹中，看到了长长的隧道似的空间，顶端透示几星光亮。有人进去照相，太暗效果不好，就有人喊了一嗓子，仿佛唤起历史的回音，仿佛进入了时间的隧道。是的，我们面前是一条时间的长龙，记录着陶艺紫砂的历史，至少是一个百年的民间艺术的见证。民间窑制品，源远流长，已成为宜兴人家中较多见的手艺，因其原料的稀少，加之工艺提高后对其要求愈发精尖，现在，成为流传认可的大家，也变得极其不易，但是，作为最为大众的最为灵活的民间艺术，宜兴的陶艺紫砂，却保持着旺盛的民间活力，各类小的作坊不少。

一座数百年的老窑，风雨沧桑，仍然青春焕发，服务于人，令人肃然起敬。出窑口边堆积了不少的烧制品，有盆有罐，也有陶瓷缸，大小不等，其大的壶状高半米，还有一些破碎的陶片，同行的有开玩笑说，弄不好，捡的就是文物啊。可是，没有见到那些精制的茶壶和艺术品，也不知陶艺大家们的作品是不是在这里烧制出炉的，就有人不无遗憾地说，古旧成精，龙窑老了，也许是太累了吧。

是的，在那成堆的可能是次品的陶品前，我们没有见到在博物馆、商品店里看到的那些精美的身价高贵的紫砂壶，想象着它们的不同。可相同的是，它们的问世，得益于大自然的赐予，也是巧匠们的创造，然而，最后的功劳，也是由无数个像龙窑一样的母体孕育诞生。千度烧制方成陶，是火的炙烤、炼制，才有艺术品的纯度。事实上，人们关心的是紫砂艺术的美，却很少知道烧制出艺术品的窑是什么样子，更不知道它们安身何处，境况如何。

离开的时候，大家在这里合影，因有众多房屋影响，难有一个全景可取。拍出来的照片，也不太好。这龙窑，为紫砂器物的母体、摇篮，其实也是很简陋的，甚至粗陋的。山不在高，有仙则名，不在于她的外貌如何，出身如何。她的强韧，她的博大，她的坚毅，她的沧桑，甚至她的简朴与粗陋，都是她的品格。而经历数百年，仍然傲然人世，历经烟火燎淬，孕育出那些或粗或精的陶器生命。可是，为何却在这个驳杂的村落中默默卧着，除了那块牌子显示着它的身份外，是并不显眼的。我曾经看过几张过去龙窑照片，周围是一些空旷田地，龙窑的形象突出，世事沧桑，而今在密集的村落街道中，却几近被周围的拥挤所遮蔽，粗朴简陋之中，平生几分孤独与无奈。

紫砂陶器在时下颇受一些人的追捧。她纯美，造型万千，可以风姿绰约，可以文质彬彬，然而，她是泥土的艺术，因其植根于民间，其实用性与欣赏性的结合，加之她沉静，安闲，内敛，成为不同的人群共同的喜爱。这龙窑，这宜兴，或许也是这样的品性，这样的存在。

2013 年 6 月

小城大馆

说这里是个小城，也不尽然，在美国中西部的城市都很密集。从地图上看，城市臂膀相拥，鼻息相吸，连成一片，你我不分。这个俄亥俄州的小城，却在俄州以至全美国也是相当有名的。

它叫代顿，又写为戴顿。

因为它有一个赫赫有名的全美空军博物馆。

在美国，俄该俄州的首府是哥伦布，一个发现新大陆者的名字，如果在地图上找，这个首府并不起眼，它的周边有克里夫兰，有辛辛那提，都是在俄州叫得响的。而克里夫兰的美国职业篮球骑士队声名可是了得，辛辛那提的交响乐团也是世界闻名，还多次来过中国演出。再远一点，是芝加哥，从中国大陆到俄州也要在这里转机。2004年，我在俄州的哥伦布住有月余，朋友们看我首次来美，问及我观光计划，说就近带你去转转，说哪里是风景，哪里有名胜，哪里有人文，而说得最多的是去代顿，那里有内容。

这内容就是美国国家空军博物馆。在美国，共有三个航空博物馆，在华盛顿和其他地区有，而代顿规模和展品是名列前茅的。

那是一个休息日，秋风习习，早早自住地出发，一路上，美国朋友克瑞斯先生当司机，他的夫人曲女士，还有另一位中国留学生武小姐。除了我，他们都曾去过。专门为我安排此行，真有点过意不去。

车从克瑞斯家出发，上高速，中部平原上的开阔旷远，在早晨的阳光下，让人心旷神怡，也令司机和汽车都劲头十足。公路是六车道，时速虽有限制，但一路上车辆并不多，就显得很快。克瑞斯先生的驾技不用说，而坐驾又是相当够派的福特，在这宽阔平原的高速路上，就像是一艘游弋在大海中的飞艇，击浪而行。路上，秋景缤纷，花团锦簇，树与花除了高矮不一样外，亮丽美艳的分不清是树还是花。走了约个把小时，到了更为开阔的地方，他们提醒说，可以看到路上被轧的野鹿。说话间，真就有被汽车撞死的动物尸体，弃于路旁。据说这里的野鹿野兔常遭此不幸，自然生态好，路况好，车速一快，可怜的它们就成了冤魂。而这不会追究司机的责任。

走了约两个小时，就到了一个像是镇的地方。有军人模样的持枪而立，好像是到了空军基地的地盘。军人上车检查，通过后，拐了一个弯，进入空军的领地。两旁有高大的树丛，多了一些军人守卫，也有各色的军车在三三两两的排开，再就是相当大的开阔地和高大的绿色植物。到了，这就是空军博物馆。与我所想象的不同，除了路程稍远外，也没有什么费事的。手续之简便，哪怕是几位荷枪实弹的军人，也微笑地放行。眼前是宽阔的绿草地，中午时分阳光明媚，让你觉得有好心情。

说是大博物馆，从外观上看，没有什么特别的感觉，远远看去，前面一圆锥体的建筑，横立于前，后面的是几排房子，一溜长约数百米，如同国内库房似的大仓储形状，或者像一个巨无霸似的车间。周围是广阔的草地，也更没有什么感觉。

可是，山不在高，卧虎藏龙。一份资料说："美国国家空军博物馆是世界上最大也是最古老的军事飞行博物馆。这独一无二的景观讲述了人类飞行的发展史，从怀特兄弟发明飞机到当代飞行技术。每年大约100万的观者，从世界各地来到这占地10英亩，拥有300架飞机和导弹的地方参观。"

到了门口，一眼望去，这个仓库或者大车间的感觉更为明显。它们都是庞大宽厚但不太高的建筑，从外观上看不出它们的规模和内涵。阳光下平淡无奇的屋顶也显得有点沉郁，而且，没有通常的高大围墙，没有人来人往的热闹。也许我们来得早了点，美国人的在休息日通常是很晚才行动的。

进得里面，门口有一个不规则的高大厅堂。通常有的展示和摆设，好像有一个什么雕塑，一个很小的接待台子，有两位老人，一位穿着大红西服、一位深蓝西服，和气地登记来宾的资料。不收费，是美国博物馆和公园的特色，以老军人来做服务生，不像国内通常是年轻人，以付不测，或多是女性，为了安排人员有事做。他们军人的风度和历经世事的态度，让来宾有一种信任。当然，在这个涉及军事或者与军事有关的地方，这些退休的人，是最有资格的。

展厅是按专题分类的。从怀特兄弟开始制造飞机的梦想，到现在高科技成功，一一展示。说其大，是以主馆的三个巨型机库，一个科研机库和一个总统机库组成。主馆分为早期、一战、二战、冷战、动力、现代厅，和空间技术不同的展厅。

穿行于内，先是从那庞大的物体和较小的说明，加上同伴们的介绍中，温习着这航空的历史，也回溯着这个人类漫长的技术发展。一百年前，代顿人怀特兄弟在这块土地上，不畏风险，多次试验着人类的上天飞行，开启着人类的想象之旅。是的，没有这个早期飞行的梦想和试验，没有那人类先驱者们的先飞一步，今天，航游天际、与天比高的人类，将是什么样的状态。至少，人类航天的理想，会延迟多少年啊。当然，这些技术又在残酷的战争中变得血腥而惨烈。二战时的偷袭，原子弹的施放，多因这残忍的空战而起，也残害了多少生命啊！

早期馆，讲述了军事飞行起源。该馆有世界上最佳的"一战"飞机收藏。世界上第一次环球飞行及早期的技术发展将你带入"二战"的初始阶段；飞行动力馆，将你带入"二战的心脏、喷气飞机时代、"韩战"及"越战"年代；冷战馆，则讲述了美、苏的对抗以及柏林墙的倒塌。现代飞行馆，展示了最新的飞行技术，包括B-29轰炸机。还有，在宇宙空间馆，收藏了早期的宇航服。当年，美国宇航员曾经用过的物品、食物以及月亮石等，林林总总，这些实物和展品，还包括几千件飞行纪念物，个人纪念品、制服、以及图片等。加上现代高科技的录像介绍，让冰冷的机器，有了鲜活的生命。

在朋友的指点下，我走马观花，按图索骥，朝一些重点展品奔去。展品体积大小不一，有大似小山的，如作战用的轮渡，其庞大模型如实物似的，我们上去，有二层楼高，也有小飞机如一辆小型担架，还有，因场地之高大，挂在展厅里的美国国旗，其大无比，是我在美国东西部旅行中见到最大的一面旗帜，同行者小武知我对美国国旗有拍照的爱好，自然也不错过按下快门。这么大的家伙，高悬在上，给人庄严感，也体现着美国人强烈的国家意识。在一些大城小镇上都可以看到不少私家车上，安上国旗或画上国旗。而一些居民区、私家的墙壁或门前，也多有张挂的。那几天，正是美国四年一度的大选决战期，人们热情高涨，即使在一些偏僻的居民房屋前，除了候选人布什和克里的名字外，到处颢扬的是国旗。

穿行在这些有点杂乱的展品面前，眼前多是些冷兵器、军用的武器，在暗弱的灯光下，泛着黄幽的光。有的飞机为了吸引观者，还以剖面示人，机件构造一览无余。当然，这高科技，炫耀了军事强力，而它们对于生灵的残害和历史的负罪，又有怎样的回答，哪怕是去解说呢？好像，不少的说明上都提及了哪架飞机如何参与了哪次的作战，而就没有这些武器的杀伤和残害的说明。当然，战争的正义与否，不是个简单的算术式，可是，一旦这种武器的出现，其威力和血腥，总是对人类有威胁甚至犯罪的。在我的遐想间，来到一个巨大的轮胎前，好家伙，这是一个飞机降落用的轮胎，约有近二米的直径，为二战时的设计。上面还标明三分之一是尼龙材料，仅这就是普通轮胎60个的用量。这时，周围参观者多起来，有不少美国人一家大人小孩都来，小孩子把这里当游乐场所，热闹新鲜。我们上楼，就有一个白人小女孩与一个黑人小男孩，追逐玩闹，气喘地跑着，差点与我撞个满怀。这些儿童孩子们，感兴趣的恐怕是这个偌大的空间，好奇的也是各种飞机和武器吧。

馆内最大的亮点是总统专机，这些当年的总统坐驾，退役后就收藏在距离主场馆约1英里地方。虽远点，但是参观者必去的地方。这里，像一个工厂维修车间，专机杂乱放着，也没有人看管，也没有参观指南。人们可任意上去，寻找总统主人的感觉。我看到，美国第一架"空军一号"，即罗斯福总统的专机，有艾森豪威尔、杜鲁门、肯尼迪的专机。其中一架飞机多位总统坐过，包括福特、布什以及克林顿等。上了几架专机，好像当年总统们也是有点委屈的，山姆大叔人高马大，可有的专机上像鸽笼一样隔出多个区域，多少有点憋屈。在老艾的专机上，有他的腊人像，端坐如仪，我近身与他合影，朋友问你怎么就选他，我也不知道，大概当年中国领袖毛泽东的文章中，对艾森豪威尔提到多次，我记住了。或可是碰巧，这人像并不英武，在美国，总统领袖无论在任还是去职的，美化、丑化、妖魔化都无妨。哪就合张影作纪念吧，又是专机又是总统的，不枉到此一游。

如果找一点与中国有关系的，就是当年"飞虎队"的陈纳德们了。在旁边的小树林草坪，有一尊后来的雕塑，上有金灿灿的文字，记述了二战飞行英雄陈纳德将军们的事迹。当年，美国军人捐躯战场遗骸留在中国，今天，我们从遥远东方来，默默地献上一份敬意。就在一年前，这里纪念人类飞行一百年的同时，中国政府的代表还在此举办了"飞虎队"在亚洲抗击日本法西斯的展览，说是盛况一时。

代顿航空博物馆，因怀特兄弟百年前的那次试飞，成为这个建筑的缘起。美国人对航天的重视可见一斑。华盛顿的航天博物馆我也去过,从意大利的达·芬奇的飞机构想图,到怀特兄弟1903年12月17日,震惊世界的12秒成功飞行,几乎复制代顿的展品。不同的是,这里的实物飞机馆藏是华盛顿和其他博物馆所没有的。地域开阔,飞机之多,形成了这样的大规模。如今,美国的载人航天技术为世界领先,他们有实力和能力展示这些。当然,这对世界历史和人类发展不无裨益。

但作为美国文化的一种表达,我想,创立这展示科技历史和国家技术的博物馆,展示军事实力,也没有完全去意识形态化。在冷战馆出口,就有一个表现当年柏林墙推倒的模拟场景,与这航天的技术几不搭界。一辆破旧的小汽车上,站着一名女性,一手握笔在写画什么,另一只手扯下了东德的国旗,另一男子骑在柏林墙头,举起了拳头。这幅场景,是何寓意?我老在琢磨,挥之不去。小汽车被示威者踩在脚下,旗帜被拉扯掉,高墙被推翻,失败的、终止的、消灭的,都是些什么?杂乱的画面与这宏大的实物实景,似乎没有关联。这又是为什么?可能在说明牌上有回答,我看不懂,或许也不必去弄明白。

出了馆,在对面稍远距离的草地上,找个角度想照个全景像。打量这个名气大的家伙,一股威武气息之外总有点隐隐的感觉,是它呈现的强大的科技实力,是它不忘不弃的意识形态主义,还是它的自由随意的参观方式,或者还有,它在这个小城兀然而立,几经风雨,或者,它那无远弗届的声名,和不多不少的参观者带来的人气……总之,我去了一个名气可比肩西部大峡谷、好莱坞,东中部的尼亚加拉瀑布、哈佛大学等,这些美国闻名的地方。这就够了。

2010年6月

邂逅美国"大选"

  这次在美国月余，有幸赶上总统大选。正好我所在的俄亥俄州又是举足轻重的，如今大选尘埃落定，可是这个俄州的统计票到最后才水落石出。以至有些俄州人氏，小有自得。想想也是，借着总统大选，吸引世界的眼球，多好的超级广告。

  甫到俄亥俄州立大学访学，朋友就说，你这次可是赶上了，还灌输了这次大选的"观战方略"。不过，无论是同胞老乡还是金发碧眼的老外，说的最多的是，两位候选人大选临战前夜是要到这里来的，特别还提到，上次上上次的选举，谁谁到了学校，场面如何如何精彩。有还提到，俄州也是风水宝地，历史上出过几任总统，哪次的检票又是如何的影响全局什么的，说这说那，总之，这里是不能小瞧的。

  进入十月下旬，我发现每天的电视报纸上，大选的内容逐步升级，可是，除了私下里朋友发发点对布什表现低能的牢骚外，并没有我想象的那样场面热闹。不管怎么说，四年等一回，一个全国性、全民的政治行动，岂能让素有民主传统和习惯于民主的老美们，无动于衷，有如此的平静，令人纳闷。忽一日，我在学校留学生办公楼前办事，发现一张小桌子旁，有几位学生模样的人在向路人发放宣传品，觉得好玩，即前去问讯，才知是共和党的支持者在拉选票。我看那些礼品——铭牌和国旗，都很精致，想要一份，无奈还要填表，要登记，像我这样的隔岸观火者，哪有这门心思，只好放弃。可是，也没见什么人去凑热闹。当时就想，是否还没有到火候呢？

不曾想，就在几天后，十月二十八日中午，我所在的东亚语言文学系的 Galalwalker 教授递给我一张像海报样的东西，上面有这次民主党候选人克里（在美国叫他凯瑞）的照片，还有他下午来学校演说的消息。在吴的办公室，他用中国话对我说，要看看去，有意思的。

这是克里第二次到访。在大选进入最后冲刺（还有五天就要揭晓）之时，克氏的到来，无疑要掀起一个高潮。再说，依我不太确实的了解，这个学校他的支持者多，要不，他为何几度奔波于此。据说，他上次来是今年三月份，有一位就读于本校后留校的女同胞，平时不甚关心这些，可那天正好看热闹，挤在前面，被那场面感染，情急中把自己的玉照拿出让克里亲笔签名，这个收获，她炫耀了好久，也让同事们好生羡慕。不知克里是否还记得这细节，也许一个中国女生的热情，让他印象深刻，再次光临。当然，这只是我的臆想。听说，这次有好些人都作了准备。

只听大操场那端喧闹嘈杂，一片沸腾，老远就看到拉起了警戒线，警灯闪烁，人头攒动。人们陆续往中心圈集中，有学校的师生，更多的是校外的人，有的还吃着东西，三三两两，结伴而行，虽离主角克里到来还有三个多小时，人们已蜂拥而至，是为了找个好位置。

学校的广场，占地不小，地处学校中心，一侧长着高大的像枫树和橡树一样的乔木，还有"校树"七叶树，粗的要多人环抱，荫庇如盖。中间有修整很好的草坪，是休闲娱乐的好地方，也是绝佳的集体活动场所。今天，就在这正中间搭起了一个台子，挂起了据说是克里的名言——"给美国一个新起点"的横幅，也树起了高音喇叭，播放着美国一位当红歌星的歌曲，营造的气氛热烈红火。这阵势，让我久违，想起过去我们所经历的一些政治运动。

所以，有幸赶上这时刻，岂能随意错过。几天来，在大选的关键的时刻，报纸电视上有不少关于大选的内容。无非是，关于经济、就业、减税，关于安全、反恐，关于教育、环保等等，对阵双方短兵相接，还提出一些口号，许诺，憧憬，诱惑，以至于揭老底，对骂，这些常见的美式的民主，和政治游戏规则。有意思的是，候选人还以广告的方式，向对手示威，听说还得交广告费，市场经济，价值规律，政治与金钱脱不了干系。俄州州府哥伦布街头也有克里的大幅广告，像明星一样抢眼。我几次路过，都注意观察，因这里是一个交通要地，除了汽车司机无意间可见到外，好像没有多少人当回事，我想那也是要收费的。

　　这次克里到来，正好是最后一次的电视辩论刚结束。美国朋友、中国老乡都大谈辩论的事，布什的木讷，而略带狡诈，克里的老相，而不乏几分愚顽。有资格的选民们盘想着这张票给谁，而我的好多同胞们，没有这个权力，而关心的是那个家伙上去了，社会福利什么的，如何如何有些改善，议论最多的是油价上涨，股市下滑，报纸上的趣闻等。

　　也许这个美国中（西）部州，历来为两党选手兵家必争之地，在这里看大选更有意思。我注意到，克里是这里的精英人士、或者我们同胞喜欢的，每每与大家说到电视上两个选手的表现，这个马萨诸塞州的参议员，虽然年已花甲，却很有人缘，他的所谓：让美国重新成为美国，"给美国一个新起点"，以及关于医疗、环境、科学、反恐等方面的主张，也培养了一些拥趸。还有，他曾在二十年前，为研究酸雨问题，亲赴欧洲调查，这些都成为他的支持者们所乐道的。当然，这种大选，对于选民来说，多少带有点赌的心理，不是吗，我那位女同胞就乐滋滋地说，克里先生可要让我的签名升值。当然，政治的游戏，从政者的游戏，更是风诡云谲、变幻莫测的。

　　虽是这样，对于政治，美国人只要参与，总有热情，变着法子表达意愿。街头行走，冷不丁，一辆汽车过来，车屁股上贴着某候选人的名字，像个汽车广告；还有不少人在自家门前竖上牌子，写着支持者的大名，让候选人为自己镇守屋宅。一家人可以有不同的支持者，驴派象党，老婆老公，各为其好。我们住的附近，有一个风景优美的小区，黄叶萧萧，红枫艳丽，人口稀少，较为宁静，可"万圣节"前不少人家门前鬼怪面具悬挂张扬，以及不少人家绿地上插着的候选人名牌前后错落，却又显出几分热闹与生动。一天，我和朋友去那里照相，看到绿茵茵的草坪上，插有不少各不相同的名牌，再仔细一看，像是统一制作的，字型字号色彩等都很统一。后来问明白人，的确有专门的发放点，登记了就可领取。有意思的是，在一些街道门前，布什在前，克里在后，或克里与布什平起平坐，相安无事，井水不犯河水。

大选的故事多多，也透示出美国社会的一面。有的街坊间，为插这些弄得不快。一位已在富人区买了房子的朋友，在这里留学多年，毕业后嫁了美国人，她与老公都是克里的支持者，可与对面的邻居本来关系不错的，不料有一天，邻居在家门口竖起了布什的牌子，她气愤地说，看起来挺有文化的人也这么愚蠢，颇为不屑。也曾听一位朋友说，有一对美国老夫妇，夫妻有不同的"目标"，倒也心平气和，各有其好。可一天早上，他们家门前刚插上的牌子丢失，本来是老婆与老公商量好了，先由老婆"供奉"自己的支持者一天，再给老公机会，次递露面，一人一天。可是，仅第一个晚上就发生情况，老婆不干，以为老公做了手脚，遂阻止老公插牌，而老公则是有口难言辩，自认倒霉，弄得举家不欢，到后来，也是无头案。也听说有人专门月黑风高之时，看不顺眼，就去拔牌子。

我们来到现场后，看到气氛越发热烈，人越聚越多。广场临街，马路上被限制通行。听说只有学校举办国球"橄榄球"赛事，才有这等景象。这时，有不少小贩来发"大选财"，卖克里的纪念章的，一把小板凳支着，五美元一个，如水杯盖大小；卖印有克里头像的T恤或图书的，生意稍稍红火一些。那一处另有风景：有人把布什的头像放大弄成漫画，怪里怪气的，还能动弹，不少人争相上前照相，好像并不收钱。不远处，也有布什的支持者扛来几幅照片，在入口处一字儿摆开，那架势如同开图片展览，仔细一看，全是反对堕胎的照片。那血淋淋的镜头，或一些病状的图片，让人不忍看，当然，慑于这边的强势，这些布什的支持者也只是在警戒线之外，但几张抢眼的图片，和一溜长的阵势，还是吸引了一些看热闹的人。

下午的活动是要票的。票可以到学校某处统一领取，也可以自己到克里的竞选网站上去打印。用绳线拉起的警戒线内，进入时把票举一下就可，不算严格，但进去后再出来，还得重新验票，好像是到机场安检一样了。

　　我们进去的时候是五点多钟。想往里挤，到中心区看是些什么，但人太多，深入不了，只好回到原来最后一排，我也好趁机照相。在眼前的警戒区内，停着一辆簇新的小货车，车门上面一幅克里的头像占据整体，车身以蓝色调为主间以白红三色，很吸引人。旁边另有一辆集装式的大卡车，写着克里和副手的名字，好像是专门为候选人到各处演说而准备的"道具"。车旁几位警察执守，多了几分威严。两车油漆鲜亮，很是好看，不少人争相在这个画像（其实是照片）下留影。后来，操场中央的活动开始后，人挤得远处看不清，有人就干脆坐在车上，成为制高点，也没有警察干预。

　　人渐渐的多起来，中心地带更是热闹非凡。听介绍，主角好像要等七点左右才来，没有人抱怨，只是一阵阵的掌声，大概是为主持人唱赞歌。这时，也听不清是说还是唱，我们索性就当个看热闹的看客，真正地欣赏西洋景了。

　　我试图还想穿过去，深入往前，可是，人流在集中，我无法也不好意思。只是想通过可以推拉的相机，把前面台子上的情景拉过来。这样几次反复，收效不大。远处只见有乐队彩装在身，跳跳唱唱的，很是投入。在操场上方，一个汽艇游弋在上空，也有飞机飞得很低，有人猜测是克里的支持者干的，天上地下，立体行动，很是气派。而近处，人们听得认真，大概引起了共鸣，不时地应和着主持者的节拍。也有的就席地而坐，吃着东西，很是休闲，大约是做了坚持等下去的准备，或者如我者是看热闹而已。

　　过了小会儿，天渐渐暗下来，前面的台子上，鼓乐手仍在演奏，歌手也在不停地跳着。人群中不时掀起阵阵掌声，一会儿，复又安静，再就是大声喧哗。有人在为克里的政策叫好，有人说，布什如何的低能。歌声也是尖厉刺耳的。叫声和着掌声夹着歌声，为克里的到来呼啸，有如体育竞技的预热，不能不说还颇有声势。

　　我观察着周围的人流，想这块斯文之地，这样的作秀似的演讲，带给这些参加者的是些什么。或许，来的可能是些看热闹的，但从那认真的样子，觉得不尽是那么回事。人各不同，心态各异。

有的父母把孩子带来，可能是刚好下班，看看热闹，小孩子读着书，大人专注于前面的动静；一位身上挂着不少克里像章的老者，也趁机向人们展示这特殊的支持；还有一位年轻女子，席地而坐，抽着烟，木呆呆的，而就在克里的汽车前，我镜头对着她数次，也没有任何反映，或许是被这些热闹场景所刺激，想着什么心事。一些人交谈寒暄着，借机会会朋友。不管怎么样，这种场面更像是一个节日。

突然，在警戒线外，一阵骚动，只见一队人马举着布什的画像，行进着，先是十来人，后又有尾随者渐渐增多，如此反复，来回游动，像一条长蛇，引来不少观者。因人少，一会儿淹没在人流中。后来，这支队伍又重新结集，除了布什的画像，还有装扮成鬼怪样的，披着一个红色的大氅，更是引人注目；人员有时也发生变化，主要以年轻人为主。前面的举起布氏画像，后面的人手一名牌，但多为自由散漫状，以至后来有的人就一双拖鞋上阵。这样子来来回回，自然引起克里支持者的不悦，也略为警觉。不过，也只是怒目相向。可是过一会儿，那边的队伍越发长起来，过一刻钟就一番行动，还故意地从原来的路线走，也有手舞足蹈的，这种示威性的行为，让这边一些人心烦了。这时，只见警戒线内，一个戴着白色帽子、长得浑圆的中年男子，每在布什的支持者过来一人时，就反复地说着同一句：愚蠢，或是再加一句：笨蛋，表示了极大的不屑。他警惕地盯着对方，并不在乎场中央的动静，好似专门来阻止布什派们行动的。我对他观察了十数分钟，他高频率地向对方发出不满，手势与语言一样有力，也算场上难得一景，令对阵双方不少人都好奇。

虽然，这些争执激烈、冲动，但还是斯文的争斗、文斗，也没有多大的声响，与广场中央的热闹形成反差。或许这就是所谓美国式的民主，君子动口不动手，也或许，大家对这些所谓的大选演说，见惯不怪的，发发郁闷，泄泄心火，或者是对油价不断上扬，福利没有上去，安全受到威胁等等不满，找个出气口而已。这才有了这热闹而不失态、嘈杂而不野蛮的场面。就在这双方对峙的时候，我看到在一旁有人牵着一只高大的狗，在训练的样子，让狗往上面蹦跳。还有，场中央的音乐声起，这边场外有一位老年女士，穿着长长的吊裙，一袭深绿色的打扮，应和着音乐的节拍，优雅地跳起了舞。似乎那边的动静，仅在于音乐对她没吸引。

忽然，那边对峙的两派有些火气了。因出言不逊，有了一点小摩擦。只见一个男子上身赤裸，在向一位线内的克氏支持者挥着拳头，那架势是要动武了。后面的双方支持者，也怒目圆睁，只是，并没有先行动。几位本来闲得无事的警察，过来干预，双方才作罢。这边平静后，除了高音喇叭的声响外，只有那仍喋喋不休的中年男子，还在对往返于他身边的布什派们，重复着那句话，举着左手不停息地激动着。

我们因别的事情牵扯，没有继续等下去，一个钟头后再回返，已是灯火一片，场面更为激情鼎沸了。在场内等了三个多小时的人们，仍有滋有味地站着，一阵阵的掌声豪情依然。这时，主角克里已经登场。朋友翻译说，他在谈经济，减税，低失业率，社会福利，一如他在不少地方都演讲过的"要建立一个强大的美国"，"有一个新的起点"，颇能蛊惑人心。为了造势，哥伦布的市长也在说着什么。克里的声音高亢，听者们也激烈，和着静寂的夜空，传得很远。而那些布什派们大概已完成了任务，或者没有了耐心，悄然散去。

当夜，在这个城市的电视节目里，我才清楚地看到了这位民主党候选人的面孔。

过了五天，也是从电视上，我看到整个美国的版图被清楚地一分为二，红色占据了主导地位，蓝色在两岸徘徊，朋友说，红色是共和党的天下，蓝色代表民主党。从美国国家广播电视公司的老牌晚间节目主持人 Tom Brokaw 口中，我得知民主党候选人、马萨诸塞州副州长、参议员、六十四岁的克里先生，落败于布什。据说，当天他即在电视上讲话认输。

2004 年 12 月

唯美卢塞恩

美丽是没有说法的。魅力是无所谓大小的。

当每年的游客熙熙攘攘，达百万计涌向这里的时候，卢塞恩，这个面积仅七万平方公里，人口约四十万的瑞士高原小城，不能不让人探究其魅力和美丽之所在。

人间四月天。这里是"春的盛宴"。从苏黎世坐火车，约个把小时的车程。沿途，大片的黄色野菊灿烂绽放，与绿草相映；河水清澈，一个个静静的湖与各式尖顶独立的小木屋在山坡草地绿树中显现，偶见湖上有水鸟和垂钓者共乐。远处阿尔卑斯山雪山剪影，影影绰绰，交织成一幅静谧的图画。遍地葱茏，生气淋漓，造物主向来访者展示了偌大的风景画。

古老的火车站前，就是闻名的卢塞恩湖。正午的阳光有点刺目，却感到水气氤氲，一汪蓝蓝的湖水在微风中轻轻拍岸。从车流中看去，城市的名片——廊桥与灯塔，清晰可见。远处山坡上，欧式特有的双尖顶教堂，近处河湖旁，一排排古雅而整齐的街道，和茂密高大的七叶树，还有与人们嬉戏的鸽子、白鹅，簇拥着这个山水古城。这就是卢塞恩，自然恬静，生态纯美。

卢塞恩，港台地区又译成琉森，拉丁文是"灯"的意思。古罗马时期，这里只是一个小渔村，为了给过往的船只导航，修建了一个灯塔，因而得名。卢塞恩于1178年建城，1386年与其周围地区组成了瑞士的一个州。18世纪时曾为瑞士当时的首都。

城里名胜数灯塔旁边的卡佩尔桥最为耀眼。它建于1333年，长200余米，其木桥结构有如我们常见的廊桥。桥的顶部绘有110幅三角形的反映城市历史和人物故事的彩画。据称，瑞士著名的巧克力品牌Toblerone的三角形设计灵感就来自于这些画。每年春天，桥上鲜花垂吊，灿烂绚丽，花映水中，也称花桥一景。可惜二十年前，不幸被大火所毁，后经重建恢复了原样。与其比邻的八角型水塔，是四百年前建造的，而今仍雄峙水中。这一桥，一塔，成为卢塞恩名片，在各类宣传资料中赫然成为城市的象征。

美丽总是与文化结缘。当年，这个欧洲蕞尔小城，多有一些文化名人光顾。作家歌德、列夫·托尔斯泰、雨果、马克·吐温，音乐家瓦格纳，哲学家尼采、叔本华等，曾流连于此。托尔斯泰、雨果还写过有关卢塞恩的文章。歌德在希尔广场，雨果在罗伊斯北岸居住地，曾辟为博物馆。音乐家瓦格纳在这里完成了他的几部传世之作，湖边的博物馆存有他的作品真迹。而法国作家大仲马更是以"世界最美的蚌壳中的明珠"称誉卢塞恩。

曾经作为瑞士首府的卢塞恩，悠久的文化历史，刻镂了一卷卷厚重的史书：石板路、古旧的街道和商铺，记录着昔日的荣光。后街山坡有一个"狮子纪念碑"，由丹麦的雕刻家特尔巴尔森设计。这是为了纪念在1792年8月10日，为保护法国国王路易十六世家族的安全，而牺牲的786名瑞士雇佣兵。纪念碑在一面坚硬的石壁上凿洞雕刻。一头中箭垂死的狮子奄奄一息地躺卧着，断箭头凸出在肩背上，皱着眉头，微张着嘴巴，隔着一方水池仿佛也能听它的喘息。垂死的雄狮不无悲壮，却显示着力与美！作为一件栩栩如生的雕刻杰作，它声名远扬。马克·吐温曾称赞道：它的头低垂着，断裂的矛尖仍在它的肩头；它的一只爪子按在法国皇家纹章的鸢尾花上，似乎以此来保护自己。

当年的老旧市政府，现在是一个公寓，而上面斑驳的壁画，展示了当年艺术的成就，吸引游人驻足。还有，百年老店宝齐莱的钟表销售，在川流不息的不同肤色的来客中，成为一个美丽的风景。

卢塞恩是闻名于世的音乐之都，其夏季艺术节是世界著名的几大艺术节之一。KKL卢塞恩文化和艺术中心，屹立在湖边。这座建筑是由法国杰出的建筑设计师Jean Nouvel设计的，巧妙地把湖水引入了大厅。人们在观赏艺术的同时亲近着自然，其设计理念，让人叹为观止。

乐山乐水，亲近大自然，人类共性，而自然物件中，水和树是至为重要的，当热情的绿树和柔软的湖水就在你的脚下，优游于你的身边时，你是何种的感受啊。眼下，这两件东西，恰就是卢塞恩最奢侈的。长约35公里，最宽处有2公里的卢塞恩湖，犹如瑞士高山湖中的美妇，而邻近皮拉图斯雪山和罗伊斯河，使湖水得到了补养和净化。

从市中心坐车或坐船半小时行程，就可到布尔根施托克，一个著名的山峰。她三面临湖，是一个已有百年开发史的半岛。坐在高山会所往下看，满眼青翠的植被，簇拥一大片蓝色的湖面，游轮历历可见，草坪上各色花伞和帐篷，美丽夺目。这里有一百多年前建成的休闲会所。1954年，美国当红女影星赫本曾在山上的教堂举行婚礼，曾在这里居住数月。湖边直立而上的一架百年历史的老电梯，来往高度达到153米，仍然执行着从渡轮上运输游人的任务。宾馆的雕塑和壁画，展示了中世纪的风格，走廊天花板的檩条上，刻有不同时期来过此地的名人姓名。这些独特的遗迹，成为这块山峰自然景色中的一个灵魂。保护历史，同时利用自然，让环境为现代人的生存服务，这是现代城市的管理者们发展城市文化的理念。现在，山头修建了宽广的公路，一些古老建筑也在维修中。

当然，生态环境的守护，是卢塞恩人最为自觉而平凡的事。离这里七八十公里的恩特雷布赫，是瑞士唯一的联合国自然保护生物圈，约有44平方公里面积。根据不同功能，划为三个保护区：重点保护、开发利用和一般管理区。从卢塞恩坐火车一小时，可到开发利用地区。绿草黄花的山坡上，圈养的水牛悠闲地啃着花草，两层高的牧民居家木屋，随意地分布在空旷的草地山坡，小路隐身在花草丛中，一派生物圈保护地特有的景观。

生态、自然与人文，艺术、历史与宗教，一个包罗了万千气象之美的城市，唯其如此，卢塞恩，魅力与声名岂是了得。

2011 年 5 月

酒之魂

德州好风日，我来寻佳醇；悠悠运河水，绵绵古贝春；一杯一陶然，数杯见性情；微醺又复醉，飘飘欲仙神。

大野尽葱茏，平地涌酒泉。初闻酒馥香，再闻诗味浓；诗碑立大道，书法百家众。企业诚信先，文化酿酒魂。

这是壬辰年夏天我在山东德州古贝春酒厂参观后的即兴口占。

因了身体的血管之虞，平生前半辈妄说"诗酒趁年华"，有那么点意思，而壮年之后，对这酒也有所收敛警惕。记得在青葱岁月，缺少吃穿年代，酒更是一个稀罕物，当年为给奶奶解馋，听说镇子上卖酒，便起早排长队用暖壶打回点如葡萄汁似的酸不酸甜不甜的液体，急火火的回家路上，有时偷偷地抿上一口，那个滋味至今仍没法形容，那感觉就是人生的第一次监守自盗，然而从此有了酒的心得。后来，"文革"中"革命大串联"，学会了人生的大事是抽烟喝酒，及至马齿渐长，酒没少碰，可多是在场面上的趁兴和娱乐而已，可以放个大话，虽喝了不少年的酒，至今是没有大醉的。不是量大，是胆小。人生半百后，江湖酒肆出来混，心脑血管不争气，胆更不复当年，每每场面上是以水代之，不少次被人讥为女性同胞一类只配喝饮料。现在的身份是不喝之徒，所以，一个对酒有点警惕的人，一个对酒的牌子名气不太关心的人，一个多年习惯于酒桌上当看客的人，在鲁北的武城古贝春酒厂，禁不住主人的美意，体味了多年没有的酒酣耳热之感觉，这一举杯我说是把多年的量都给完成了，当然，这个酒的酿造地和与酒有着更多故事的地方，让我也有了新的感受，见识了什么是品酒，什么是酒文化，什么是酒的世界、酒王国。于是，有了这口占的打油。

　　没有想到这样的场面，与酒和酒事关联。从德州火车站出来，大巴在鲁北平原疾行，玉米地、瓜果林，再是高楼大厦房地产项目，没有细问目的地酒厂有多远，未几就在一个庄稼地包围的绿树丛中，透过围墙看到了偌大的厂区，大排的车间和厂房。到了，这名为古贝春的酒业公司掩隐一个宽敞的平地上，没有高大的建筑，没有奢华的门面，大隐隐于野，朴素得让你想到与这个特别名称相关的风格和国企的做派。虽不古，却也不洋，不露山显水，可是，就在这淳朴闲情之时，就闻到了浓郁的酒香。套用句俗话，想到过酒厂的味道，没有想到有这等醉人的酒香，这味道也把那灿烂的阳光和绿树秋果们比了下去。

　　也许是文人的臭毛病，就问这名称何来。是啊，从没听说过一个叫古贝春的企业，是人名还是地名？以至在聊天中我戏称这个名字是一个很好的形象代言人，或可拟为"古贝春小姐"形象。其实，武城为古代贝州的范围，酒名沿用多年，而酒厂也有六十多年历史，几经变革沉浮，特别是十多年来一番拳打脚踢，而今，终成正果，牌子成了远近闻名的市场号召力，只是我们这些平素与酒有点隔膜者，孤陋寡闻，误把铭牌当作名字，以至于戏言露怯。关于其生产成绩，已是声名远扬，成功的标志有众多硬指标量化，特别是一些奖牌荣誉。我们在企业的博物馆里看到了众多的荣誉，即使近几年其业绩也甚为可观：三十八度古贝春酒获 2005 年全国浓香型白酒质量第一名，五十二度的酒获第二名，其古贝春商标为中国驰名商标；企业还先后获得中国公认名牌、中国文化名酒、中国著名品牌、巴拿马国际金奖，而公司集团的董事长当选全国人大代表。

当然，酒的好坏由酒人们去品，由市场、买家们去说，而我更感兴趣的是，产生了这等效应、获得这些殊荣的缘由是什么。或者，为何在这样的一个不起眼的地方——一个平原上的普通的地理区位中，有了这样一个响亮的名字？一般而言，南方多名酒佳酿是因为水，因为气候，而北方霜冻期长，在水质与水源没有南方优越的条件下，能够叫响，打开市场，奥秘何在？

答案可以多个，比如武城地处古运河，多年来的酿酒工艺创新，对于现代技术的借鉴，网罗高端人才，营销细致到位，等等等等，然而，我感兴趣的是，他们对于文化的深入理解，一种有创意的利用。

进入厂区，眼前一亮的是一片诗苑碑园，大小、圆方，各形各态的石头上刻有诗作，在一大块绿树红花中或立或卧，如一个诗的王国，或者是诗的雕塑园。细看诗作，多是乡土和亲情的内容，句式凝练简朴，刻镌字迹不一，但多是朱红配色，或许这是对文化的一种具象的展示，一种文明的表达。酒，这个来自于谷物泥土中的人间饮品，与诗这来自于大地乡土的精灵，都是大自然馈赠，有着亲缘，才有了这诗与酒的结合。古代文人与酒的亲近已有众多佳话，有诗有酒，相偕相处，自然合拍，诗酒竟风流，为人生一大快事。我们也享受着古人的快意人生。正值秋意十分，在绿树和花草丛中，数十尊诗碑成为一个亮丽的景点，而充于味觉的是酒香，这酒与诗的"配对"，让来访者情怀触动。而不远处，在通往车间的道路上，有千米"诗酒大道"，更是深度地立体地展示了酒文化的内涵，令人叹为观止。

恰是企业休息日，厂区安静，更增添了这诗酒大道的宁静。诗的大道，也是书法的大道。几分古雅，几多文气，让人不得不驻足。细细看来，在千米长道上，用暗褐色花岗石砌成一溜约高半米、宽二米的台阶，两侧镌有历代文人关于酒的名篇佳句。早期的有李白的"兰陵美酒郁金香"、"且就洞庭赊月色"，苏轼的"诗酒趁年华"、"把酒问青天"，也有杜甫、李清照以及近代名人的诗作达百余首。诗是名句，书写也是佳品，每首诗以不同的字体书写，或篆或楷，或隶书或行草，风格各擅其妙，名句并书法，意味无穷，岂是一个诗的大道所能概括的。与之协调的是，在两旁矗立着四十位对酒文化发展有过影响的中国历史人物雕像，从黄帝开始，有政治家也有文人。雕像古朴，栩栩如生，为这诗的大道平添了几分庄重与神圣。

诗酒大道的尽头就是古贝春的酒仙山。山上有亭翼然，阁楼上置美酒，陈列有关于酒的书画。那天，正是中秋前夜，月上柳枝，一行中有作家数人，周、朱、徐、邱几位当红的小说家，加上"王姓三人"共七位，刚从住地酒桌上下来，没有主人相陪，沿诗酒大道登临此山。月华如水，酒意阑珊，倚傍山上"和谐亭"的栏杆处，众人随意畅谈。说到酒，说到中秋，又说到酒仙山。日月倏忽，人世纷杂，不禁感事抒怀，现实的喧闹，文学的沉寂，友情的可贵，还有，脚下的酒世界里的文化品位，于是，博大文化中的诗文酒话，生活中的中秋国庆"双节"，间或近期的国家大事等，宏大叙事与个人情怀，遂成为秋夜寂寥中酒仙山上的不尽话题，想象中古代文人墨客诗酒人生的快意也无非如此。

于是又说到了古贝春的酒文化内容。厂区里的白酒文化博物馆颇具创意。那里不只存有各类酒品实物，展现了一个酒业兴盛的历程，更主要的是把中国酒文化历史勾勒得清晰、明彻，展品有图片、有实物、还有名人配制的专题画作，以不同的艺术形式阐述了酒文化的历史。那些先民始祖们如何发现酒，如何酿造酒等，形象的展现，打开了对酒文化研究的一些思路。

晚上，在宾馆与同行朋友谈天，说起白天见闻，都说到文化在这里比酒味还浓，没有怎么去看这酒如何配制，如何勾兑，其企业的营销手段如何，企业的当家人们也没有刻意讲述，摆亮点，然而，企业的文化味，是让我们闻出了特别之点。文化几乎无所不有，且是多侧面、多层次的覆盖。

朋友也说，这里的文化不是搞附会，是切实的进行整理，渗透在对企业的提升与发展的理念中。比如，多年来，积累了一些领导者包括国家政要的题词，一些专家们的勉励诗文，还有广泛收集客户对于酒的感言期望。这些不只是对一个品牌的肯定，更多的是对酒文化的开掘，从酒说人生，从酒感知生活，从文化解读物质文明的发展面貌。还有，在宾馆走廊，在地下酒窖，都有关于酒的图片、格言、历史故事画图等。这不是简单的装饰，不是一个形式。往大里说，是源于对历史和文化的尊重和敬畏，是对社会和历史的一种负责。

作为社会的财富，酒文化是国粹，要有很好的开掘，而一个有名气的厂家，发扬光大酒文化，让诗酒文化成为人类文明的财富，或许不同于一个企业的广告包装，对于企业发展，文化是一个引擎，是灵魂。

后来听说，古贝春的文化建设得到各方认可，这里是向社会开放的一个企业文化的参观点。每年都有大批人来参观博物馆和诗酒文化。酒文化的适用和开掘，超越了一个品牌的意义。

2012 年 10 月